BESTIE

CARLO
LUCARELLI

BESTIE

THRILLER

Aus dem Italienischen von Karin Fleischanderl

FOLIO VERLAG

Die Originalausgabe ist 2013 im Verlag Giulio Einaudi editore, Turin, unter dem Titel *Il sogno di volare* erschienen.
© Giulio Einaudi editore, Torino 2013
Published by arrangement with Roberto Santachiara Agenzia Letteraria

Umschlagfoto: © Gettyimages / Tim Flach

Grafische Gestaltung: Dall'O & Freunde
Druckvorbereitung: Typoplus, Frangart
Printed in Europe

ISBN 978-3-85256-647-4

www.folioverlag.com

Für Yodit, Giuliana und Angelica,
Personen aus dem wirklichen Leben,
das schöner ist als jeder Roman.

Da giovane avevo un sogno,
volare come un uccello,
ma adesso che schiaccio l'aria
col mio peso non mi pare bello.
Io volo come un mattone,
come un sasso, una chiave inglese,
volare senza le ali
è un problema, mi sembra palese,
volare senza le ali
è un problema, mi sembra palese.

In meiner Jugend hatte ich einen Traum,
ich wollte fliegen wie ein Vogel,
aber jetzt, da ich die Luft
zerquetsche mit meinem Gewicht, gefällt es mir nicht.
Ich fliege wie ein Ziegel,
wie ein Stein, wie ein Schraubenschlüssel,
fliegen ohne Flügel
ist schwierig, das ist wohl klar,
fliegen ohne Flügel
ist schwierig, das ist wohl klar.

Andrea Buffa, *Il sogno di volare*

Es war nur ein vages Gefühl.

Kein Geräusch, denn die Musik aus dem ipod verstopfte ihm die Ohren wie weiches, flüssiges Wachs, und es war auch kein Schatten und keine Bewegung. Die Laterne war kaputt und unter den Arkaden war es fast dunkel, aber er war derart in Gedanken versunken, mehr mit seiner Innen- als mit seiner Außenwelt beschäftigt, dass er nicht mal was bemerkt hätte, wenn es taghell gewesen wäre und die Sonne geschienen hätte.

Es war nur ein Gefühl.

Wie wenn man plötzlich aufwacht, weil man spürt, dass einen jemand ansieht, und Enzo riss sich tatsächlich von der Musik und seinen Gedanken los, nahm die Kopfhörer ab und drehte sich um.

Aber da war nichts.

Er dachte: *nichts.* Nicht *niemand,* sondern *nichts,* denn sein Gefühl sagte ihm, dass unter der dunklen Arkade, wo er das Rad abstellte, *etwas* gewesen war, nicht *jemand,* sondern *etwas.*

Etwas.

Aber da war nichts.

Am liebsten hätte er sich wieder seinen traurigen Gedanken überlassen und sich von der Musik berieseln lassen, die so traurig wie seine Gedanken war, und die er gehört hatte, während er durch das menschenleere Bologna nach Hause geradelt war, aber ausgerechnet der Anblick des Fahrrads oder besser gesagt der Kette, die er in der Hand hielt, oder eigentlich des offenen Schlosses ließ ihn alles vergessen, das Gefühl, die Gedanken, die Traurigkeit und die Musik.

Unter der Arkade, an der Säule, an der er immer sein Rad festmachte, klebte nämlich ein Plakat, ein in Großbuchstaben beschriftetes Plakat, ein Computerausdruck, und darauf stand, es sei absolut verboten, Fahrräder und Mopeds hier abzustellen. Und tatsächlich war der Laubengang leer, nichts lehnte an Wänden und Säulen, und allen, die sich nicht an die Anordnung hielten, wurden die Reifen aufgestochen.

Nur ihm nicht.

Er stellte sein Rad nach wie vor dort ab, kettete es am Pfosten des Halteverbotsschilds oder direkt an der Säule an, niemand hatte je was zu ihm gesagt.

Er wusste, warum. Und das machte ihn wütend, so was von wütend, dass er mit den Zähnen knirschte, auch jetzt knirschte er mit den Zähnen, und er ließ das Schloss offen, ließ die Kette über der Lenkstange hängen, dachte, *Verdammt, mir stehlen sie nicht mal das Rad,* öffnete das Tor und ließ es zufallen, und das um diese Uhrzeit, obwohl die dumme Kuh aus dem ersten Stockwerk ebenfalls ein Plakat geschrieben und im Flur aufgehängt hatte, bitte die Tür nicht zufallen lassen, *verdammt, verdammt, verdammt nochmal.*

Aber Enzo neigte eher zu Traurigkeit als zu Wut. Also setzte er sich wieder die Kopfhörer des iPod auf, und da er die Wiedergabe auf endlos eingestellt hatte, hörte er wieder den Song, in dem es um eine Elster ging, *vurria ca fosse ciaola*, sie möchte zu dir fliegen, und den ganzen Kram, den man sich anhört, wenn man verliebt ist und nicht erhört wird, sonst wäre es nämlich eher Sehnsucht gewesen und nicht Traurigkeit.

Diese Zicke.

Und da er in diesem Augenblick sehr, sehr traurig war, stellte er den iPod lauter und hörte nicht, dass das Tor, das er zufallen hatte lassen – *verdammt, verdammt, verdammt* – nicht ins Schloss gefallen, sondern ganz leise geschlossen worden war.

Diese Zicke.

Die Musik füllte seinen Kopf mit einem dichten, warmen Nebel, wie Marihuana. Er sang die Worte ganz leise mit, *vulasse a 'sta fenesta*, er hatte sie ihr vorgespielt, der Zicke, er hatte sie ihr übersetzt, und während sie mit typisch nördlicher Herablassung lächelte, die ihn vor Angst und Begehren vergehen ließ, hätte er ihr gern erklärt, dass die Musik nicht einfach Volksmusik war, sondern von der *Nuova compagnia di canto popolare* stammte, aber wozu eigentlich, offensichtlich verstand sie die Musik nicht – *Ethno* hatte sie sie genannt, *Ethno,* nicht Volksmusik – sie gefiel ihr nicht und vor allem er, Enzino, gefiel ihr nicht. Sie könnten ja Freunde sein, aber das war ihm nicht genug. Welcher Junge hätte sich damit zufriedengegeben, der Freund des Mädchens zu sein, das er liebte und das ihn nicht erhörte? Gab es so einen Jungen? Also verpiss dich, verpiss dich, verpiss dich, du dumme Zicke, aber bei diesem Gedanken empfand er keine Wut, sondern eine sanfte Traurigkeit, sodass die Worte fast wie ein Kompliment klangen, und in diesem Augenblick spürte er es wieder.

Das Gefühl.

Jetzt spürte er allerdings ganz deutlich, dass da was war, und da riss sich Enzo die Kopfhörer vom Kopf, er nahm sie nicht ab, sondern riss sie vom Kopf und schnellte herum, hielt den Schlüssel, den er gerade ins Schloss stecken hatte wollen, wie eine Waffe vor sich, und er hatte eine Gänsehaut bis zu den Haarwurzeln, obwohl er noch gar nichts gesehen hatte.

Und als er ihn sah, streckte er die Hände nach unten aus, als würde er einen Hund abwehren, denn er kam von unten, er dachte *oh Gott, oh Gott, oh Gott,* und riss den Mund auf, um so laut zu schreien, dass ihm die Stimmbänder gerissen wären, doch er konnte nur die Augen verdrehen, aufgrund einer stummen, absoluten Angst, die allein schon ausgereicht hätte, ihn umzubringen.

Teil I

Ich erinnere mich nicht mehr

Non ricordo più come andò, come fu
la storia riporta che
non trovai Belzebú, Odino o Manitú …
qualcuno che aiutasse me!

Ich erinnere mich nicht mehr, wie es geschah,
die Geschichte besagt, dass
ich nicht Belzebub, Odin und Manitù fand …
ich niemanden fand, der mir half!

Bandabardò, *Non ricordo più*

Der Cursor funktioniert wie ein Radiergummi.

Er löscht den blauen Bindestrich und lässt einen weißen Strich übrig, der immer länger wird, langsam, entschlossen und stumm, ich kann mit den Kommandos nämlich noch nicht so gut umgehen und der Cursor bewegt sich stumm, während darunter, in Klammer, die Sekunden angezeigt werden.

Den schwarzen Hintergrund habe ich auf Vorschlag des Providers gewählt, die anderen Vorschläge erschienen mir unpassend, zu eindeutig – eine blaue Feder, rote Tinte, grüne Steine, Blumen –, unpassend und zu bedeutungsvoll. Am liebsten wäre mir eine weiße Seite gewesen, einfach eine weiße Seite, aber es gab keine, also kam nur Schwarz in Frage, eine schwarze Seite mit grauen Vierecken am Rand.

Oben in der Mitte, in Tahoma, Größe 20, mit weichen, langen Schleifen, steht der Titel: *Logbuch*, grau auf schwarz, darunter, in weißen, flachgedrückten Buchstaben, Größe 12, der Untertitel: *gibt es jemanden da draußen der mir helfen kann?* Ohne Beistriche, alles in Kleinbuchstaben.

Es war einfach gewesen, den Untertitel einzufügen, genauso einfach, wie das Foto einzufügen. Ich hatte es mir schwieriger vorgestellt, ich richtete den Pfeil der Maus auf das Icon des Fotoapparats (Dateipfad anlegen, umblättern, Bilder einfügen, Ausrichtung und Größe wählen, hinzufügen, nein, zuerst das Kästchen ankreuzen, zum Beweis, dass man die Geschäftsbedingungen akzeptiert) und schon war es da, mitten auf der Seite.

Auf dem Foto ist ein Mann zu sehen, er sitzt auf einem Stuhl, einem Holzstuhl.

Er sitzt in einem Innenhof, auf Lehmboden, und neigt sich auf die rechte Seite – es sieht aus, als würde er auf zwei Stuhlbeinen balancieren und gleich umfallen –, einen Arm hat er abgewinkelt, als hielte er einen Schirm, und er beißt die Nägel der anderen Hand.

Es ist ein sehr altes Foto, eine an den Rändern vergilbte Buchseite, dunkle Fäden im Gewebe des Papiers, wie Falten, und auch das Bild mit dem dünnen schwarzen Strich rundherum *(Abb. 10)* ist porös und ausgeblichen wie eine Daguerreotypie. Und in der untersten Zeile der Bildunterschrift steht auch tatsächlich *mars 1877*, auf Französisch, und der Mann auf dem Sessel ist auch kein Mann, sondern ein Junge, denn er ist erst *treize ans*, dreizehn Jahre alt.

Er sieht jedoch älter aus.

Und nicht nur wegen der vorne offenen Jacke mit den großen Knöpfen, wegen der langen Männerhose, nicht nur wegen des Scheitels, der die dichten Haare teilt.

Er sieht älter aus, weil es ein trauriges Foto ist.

Der Junge, der aussieht wie ein Mann, starrt geradeaus, nach unten, auf seine übereinander geschlagenen Beine, auf die Schuhe, die übereinander liegen wie Hände, die einander zum Gruß gereicht werden, aber er sieht sie nicht an, er schaut ins Leere. Er nagt am Nagel eines Fingers, wahrscheinlich des kleinen Fingers, und er runzelt die Stirn, die Augen versteckt unter den buschigen Augenbrauen.

Ich frage mich: Was sieht er an?

Ich frage mich, warum sieht er es so an?

Eigentlich dürfte er gar nicht traurig sein.

Die Bildunterschrift besagt eindeutig, dass Louis, so heißt der Junge, *n'a pas encore vu la vipère*.

Er hat die Schlange noch nicht gesehen.

Sei ruhig (denke ich), noch ist nichts passiert, und berühre den Bildschirm mit den Fingerspitzen, berühre das traurige Foto, und ich weiß, dass ich nicht mehr lange Zeit habe, ich muss fertig werden, bevor die anderen kommen, aber ich sehe das Foto lange an, und ich lege die Hände auf den Mund, übereinander, während mir eine Gänsehaut über die Haut läuft, bis es fast wehtut.

Ich weiß, wenn Musik anstelle des stummen Cursors wäre, würde ich mich immer schwächer, immer leerer fühlen, so leer, dass ich nach vorne kippen würde, bis meine Stirn die Tastatur berührte, mit aufgerissenem Mund, aus dem die restliche Luft strömen würde, spärlich, trüb und flüssig, meine Wange würde auf dem Plastik zerfließen, das Kinn würde auf dem Holz des Schreibtisches schmelzen, zur Seite fließen wie Wachs und auf den Boden tropfen.

Das passiert mir immer.

Ein plötzlicher, sehr kurzer Schwindel, eine kurze Benommenheit und dann teilt sich die Luft vor dem Gesicht und ich sinke hinunter, langsam, sehr langsam, bis mich etwas aufhält.

Das Blut rinnt nicht länger in den Adern und der ganze Körper wird groß, weich und schwer (glaube ich zumindest), kraftlos, nur noch ein Wimmern, nur der Wunsch, mich zusammenzuziehen, um das Feuchte, das ich in mir spüre, herauszupressen.

Es gibt jedoch keine Musik, nur den weißen Strich, nur die Schrift *Bandabardò, Non ricordo più* daneben, stumm über dem traurigen Foto. Louis hat die Schlange noch nicht gesehen, aber es geht ihm trotzdem schlecht, und jetzt nehme ich die Hände vom Mund und das Gesicht in die Hände und drücke mit den Handflächen auf die Augen, als ob ich sie in die Augenhöhlen hineinpressen möchte, und weine, schreie mit weit aufgerissenem Mund, wie damals, als ich mir beim Weinen zugesehen habe, mit nach unten gezogenen Augen- und Mundwinkeln, drei schwarze Löcher in der Mitte wie die Fenster einer Kathedrale, drei Ofenlöcher, drei finstere Höhlen, aus denen ein langes tränenloses Heulen dringt, das lange anhält (wie lange?).

Zum Glück hören mich die anderen nicht, und als ich aufhöre, ist mein Mund so trocken, dass es wehtut.

Jetzt vermeide ich es, das Foto anzusehen, und bevor ich alles online stelle, samt dem automatisch auftauchenden Datum (Donnerstag, 4. August 2010), tippe ich auf der Tastatur rasch das einzige, was ich hinzufügen kann.

Times New Roman, Größe 12.

Weiße Buchstaben auf schwarzem Hintergrund.

Gibt es da draußen jemanden, der mir helfen kann?

Gibt es da draußen jemanden, der mir helfen kann?

Sie hatte einen Traum, sie sah das verknautschte Gesichtchen eines kleinen Kindes, eines Babys, es plärrte unaufhörlich und laut, und daneben noch ein Gesicht, das genauso aussah, dieselben vor Anstrengung verzerrten Züge, geschwollen und rot, und mitten drin dieselben Schlitze, die geschlossenen Augen und der weit aufgerissene Mund. Grazia sah von oben auf sie hinunter, sie stand unbeweglich am Rande des Bettchens, ein kochend heißes Milchfläschchen in der Hand, sie sah den Babys zu, wie sie plärrten und strampelten und mit den kleinen Fäusten ins Leere boxten, und sie erinnerte sich nicht mehr, welchem der beiden sie eben das Fläschchen gegeben hatte, denn sie sahen ganz genau gleich aus, eineiige Zwillinge. Sie dachte, wenn sie sich irrte und dem Baby das Fläschchen gäbe, das schon getrunken hatte, dann würde es übergehen wie ein volles Glas, und sie sah – nach wie vor im Traum – gewissermaßen als Vorwegnahme des Gedankens das weiße Rinnsal, das ihm aus den Mundwinkeln, den Augenwinkeln und der Nase lief wie ein Fluss weißer Tränen, und dabei verspürte sie Angst, Furcht, und davon wachte sie auf, denn das war kein Traum, sondern ein Alptraum.

Es war kein häufig wiederkehrender Traum. Sie hatte ihn einmal geträumt und dann nicht wieder, vor langer Zeit, aber jetzt fiel er ihr ein, während sie auf dem Rücken lag, mit gespreizten Beinen und den Knöcheln auf den gepolsterten Fußstützen am Fußende des Stuhls. Diese Stellung war ihr immer unangenehm gewesen, sie wackelte nervös mit den Zehen, bis der Gynäkologe, egal ob Mann oder Frau, sie endlich aufforderte, sich wieder anzuziehen. Früher, als sie noch ein Teenager gewesen war, hatte man sie geduzt, jetzt siezte man sie, aber das Gefühl war dasselbe geblieben.

– Fertig. Sie können sich wieder anziehen.

Grazia ließ die Beine sinken, setzte langsam die Fußsohlen auf den Boden, in der Erwartung, dass der Krankenhausboden kalt war, obwohl es draußen unerträglich schwül und drinnen aufgrund der Klimaanlage angenehm kühl war. Mit einem Taschentuch wischte sie sich das Gel vom Bauch und zog sich rasch wieder an, Jeans, T-Shirt, Bluse, und als sie hinter dem Paravent hervorkam, hatte sie die Turnschuhe, das Pistolenhalfter und das Handy in der Hand, sie wartete nämlich ungeduldig auf eine Antwort.

Es war eine Gynäkologin, sehr kompetent und sehr freundlich, sie erklärte ihr alles sehr genau, sogar das, was Grazia ohnehin nicht verstehen würde. Die Ultraschallbilder, die vor ihr lagen, sahen wie gestrichelte Zeichnungen aus. Grazias Gebärmutter war darauf zu sehen, doch für sie sahen sie wie eingescannte Fingerabdrücke aus, die die Spurensicherung schickte, oder wie Bilder von Überwachungskameras, die von schlecht ausgestatteten Kommissariaten gefaxt wurden.

Sie sah die Ärztin an, diese zeigte beim Sprechen auf die Ultraschallbilder, und Grazia sah sie an, ohne ihr zuzuhören, weil sie Angst hatte, sie könne was sagen, das sie nicht hören wollte. Sie hätte gerne die Beine angezogen, die Fersen am Rand des Stuhls aufgesetzt und die Arme um die Knie gelegt, wie sie es als Kind nach Untersuchungen immer gemacht hatte, sich verschlossen wie eine Muschel, wie damals, als sie das erste Mal am Strand Sex gehabt hatte. Doch sie blieb aufrecht sitzen, bückte sich, um in die Schuhe zu schlüpfen, da stellte sie fest, dass sie noch immer keine Socken anhatte.

– Also, sagte sie plötzlich und unterbrach die Ärztin, wird es funktionieren?

– Aber sicher. Hier ist alles in Ordnung, die Ärztin berührte die Ultraschallbilder wieder mit der Fingerspitze, das Blutbild ist okay und auch das Spermiogramm Ihres Mannes ist ziemlich gut.

– Meines Lebensgefährten, sagte Grazia, und dachte an Simone, der zu Hause auf sie wartete, auf dem Sofa, verärgert und noch immer peinlich berührt, *es war, als hätte ich mir auf dem Klo einen runtergeholt, während der Schularbeit, mit dem Lehrer vor der Tür.*

– Natürlich wird es funktionieren. Nichts spricht dagegen, dass Sie schwanger werden. Aber es gibt auch viele Faktoren, die sich negativ auswirken. Stress zum Beispiel.

Das Handy vibrierte wieder neben der Pistole, es summte auf dem Holz des Schreibtisches wie eine riesige Hummel. Grazia drückte auf den Knopf an der Seite und machte den Ton aus, ohne überhaupt nachzusehen, wer sie angerufen hatte, sie hatte sich nämlich den Tag freigenommen, um in die Klinik zu gehen. Sie legte das Handy mit der Vorderseite nach unten hin und stellte fest, dass die Ärztin die Pistole betrachtete.

– Wahrscheinlich ist auch Ihre Arbeit nicht gerade …

– Es ist eine Arbeit wie jede andere auch, sagte Grazia und befestigte das Halfter am Gürtel, im Rücken, unter der Bluse, die sie offen trug wie eine Jacke. – Hängt nur vom jeweiligen Augenblick ab.

– Nun, dann sorgen Sie dafür, dass es der richtige Augenblick ist. Früher sorgte die Natur dafür, vor allem bei einer jungen Frau wie Ihnen. Wie alt sind Sie, einunddreißig?

– Dreißig.

– Dachte ich mir's doch. Und außerdem die Umweltverschmutzung, die Ernährung, Häufigkeit und Qualität des Verkehrs …

Wieder Simone auf dem Bett, nackt, bei einer der letzten Gelegenheiten, als sie Liebe gemacht hatten. Er starrte an die Decke, ohne sie anzusehen, er war von Geburt an blind, aber es war, als könne er sehen, und mehr noch, denn er nahm die Dinge mit allen Sinnen wahr. Er hörte, wie sie Rotz hochzog, kaum mehr als ein Seufzen, aber etwas zu feucht, streckte den Arm aus, bevor sie den Kopf wegdrehen konnte, und wischte eine Träne weg.

Hätte er doch etwas gesagt, hätte sie doch was gesagt, damals, gleich, aber niemand sagte was, Simone starrte an die Decke und sie ging in die Dusche. *Sag ja nicht, wir hätten Liebe gemacht,* hatte er ihr beim letzten Mal zugeflüstert, *ich weiß nicht, was es war, Grazia, aber Liebe ist es nicht mehr.*

– Stress vor allem.

Das Handy hatte wieder zu summen begonnen. Grazia schaltete wieder auf lautlos, sah nicht auf das Display.

– Warum machen Sie es nicht aus?

– Ist egal, es stört mich nicht.

– Gut. Ich brauche noch ein paar Unterschriften, Ihre Erklärung, dass Sie die Informationen zur Therapie erhalten haben, Ihre Zustimmung zu Datenschutz und Kostenvoranschlag. Ich schreibe Ihnen mal das Rezept für Gonal und Decapeptyl auf, und dann erkläre ich Ihnen, wie Sie es einnehmen sollen.

Wieder die Hummel. Grazia hatte das Handy zwar auf lautlos gestellt, aber es war trotzdem lästig, ein lang anhaltendes Summen, das aufhörte und wieder von vorne begann, immer wieder, genau wie eine riesige fliegende Hummel, mal weiter weg, mal nahe, dann wieder weiter weg …

Grazia nahm das Telefon und sah auf das Display.

Matera.

Sie hatte im Büro doch gesagt, sie nähme sich einen Tag frei. Sie hatte gesagt, sie käme an diesem Vormittag nicht ins Büro, müsse etwas erledigen, Privatangelegenheiten, ein Arztbesuch.

Matera.

Sie hatte es doch gesagt, sie hatte es doch gesagt.

Matera.

Scheiße.

– Matè, was willst du? Ich habe gerade zu tun.

Matera hatte die Gewohnheit angenommen, mit fast geschlossenem Mund zu sprechen, mit der Zigarre zwischen den Zähnen.

Seitdem er auf Anordnung des Arztes nicht mehr rauchen durfte, hatte er immer eine Zigarre zwischen den Lippen, sie glühte zwar nicht, aber dafür hatte er sie immer im Mund. Er aß sie langsam auf und am Ende des Tages war sie verschwunden.

– Grazia, du musst sofort kommen. Es ist wichtig.

– Auch ich hab was Wichtiges zu erledigen. Ich habe ja gesagt, dass ich heute nicht komme, ich habe es doch gesagt.

– Hör zu, heute Nacht ist ein Junge umgebracht worden.

– Ich weiß, ich hab es gehört, ein Student. Aber was geht uns das an, das ist ein Fall für das Morddezernat. Was hat die Antimafia-Abteilung damit zu tun?

– Nichts, solange er nur Vincenzo Cardello hieße, Cardello wie sein Vater. Willst du wissen, wie seine Mutter heißt?

Grazia hatte eines der Formulare genommen und wollte sich gerade einen Kugelschreiber aus dem Becher fischen, auf dem sich das Logo einer Arzneifirma befand. Sie wollte gerade ihre Unterschrift unter eines der Formulare setzen, um der Ärztin zu beweisen, dass das Telefonat gar nicht so wichtig war, dass sie gleich auflegen würde, aber sie setzte keinen Strich aufs Papier und der Kugelschreiber blieb im Becher.

– Sie heißt Giannello. Anna Maria Giannello. Der ermordete Junge ist der Neffe von Giannello Carmelo.

– Scheiße.

Sie wusste nicht, ob sie es gesagt oder nur gedacht hatte. Die Ärztin hörte jedenfalls damit auf, Kreuzchen neben die gepunkteten Linien zu machen, und sah Grazia an, die schüttelte den Kopf und biss sich so fest auf die Lippe, dass es wahrscheinlich wehtat.

– Ist gut, Matè, ich komm schon, sagte sie ins Handy, und dann zur Gynäkologin: – Ich nehme die Formulare mit und unterschreibe sie zu Hause, geben Sie mir bitte das Rezept, ich rufe Sie später an.

– Genau das, sagte die Ärztin, habe ich gemeint.

Das bedeutet Krieg, dachte Grazia und versuchte sich an der Kreuzung zur Via Isernio zwischen ein Taxi und einen Volvo zu quetschen, wegen der Baustellen für die neue Straßenbahnlinie bildeten die Autos eine lange Schlange. Instinktiv hob sie den Arm, als hielte sie die Kelle in der Hand und könnte die wütende Schlange entzwei teilen, die sich in der Gluthitze vorwärts wälzte im ohrenbetäubenden Lärm der Presslufthämmer, die den Asphalt aufbrachen, aber sie saß nicht im Dienstauto, sondern in ihrem Panda mit der kaputten Klimaanlage, die Fenster waren zwar heruntergekurbelt, aber das nützte nichts, die Luft stand still, und der Ventilator blies ihr heiße Luft ins Gesicht, wenigstens trocknete so der Schweiß.

Das bedeutet Krieg, dachte Grazia, und der Gedanke beschäftigte sie so sehr, dass sie nicht einmal daran dachte, dem Taxifahrer eine entschuldigende Geste zu machen; die Stoßstange seines Wagens war nur eine Handbreit von ihrer entfernt, und im Rückspiegel sah sie, wie er ihr den Stinkefinger zeigte.

Carmelo Giannello.

Sie kannte ihn gut, beziehungsweise sie kannte seinen Körper bis zum Gürtel, denn dort hörte das Foto auf, das auf der Tafel in ihrem Büro befestigt war, an der Spitze einer Fotopyramide, direkt unter der etwas größeren Schrift LEITUNG DER MAFIA-ERMITTLUNGEN und der etwas kleineren OPERATION RIGOLETTO. Auf dem Foto trug er noch einen Rollkragenpulli unter der Lederjacke und auch einen langen Bart, aber es war ein altes Foto, denn seitdem er das Bindeglied zwischen den Baufirmen in der Emilia-Romagna geworden war, die von der Familie kontrolliert wurden, kleidete er sich angeblich wie ein echter Unternehmer. Angeblich, denn seitdem er auf der Liste der zehn meistgesuchten Verbrecher in Italien – und der vierzehn meistgesuchten in ganz Europa – stand, hatte ihn niemand mehr gesehen, zumindest offiziell nicht. Und angeblich war er trotz der Designerklamotten nach wie vor ein Killer, ein Killer mit Rollkragenpullover und Lederjacke.

Grazia wand sich, um sich im engen Auto die Bluse auszuziehen, Schultern und Arme verhedderten sich im eng anliegenden Stoff. Die Autoschlange war wieder zum Stehen gekommen und sie glaubte in der Gluthitze platzen zu müssen, obwohl ihr Unbehagen wahrscheinlich nicht nur von der Hitze herrührte. Sie verspürte eine innere Unruhe, rutschte auf dem Sitz hin und her.

Warum, fragte sie sich, *warum.* Der letzte Mafiamord in der Region lag drei Jahre zurück, ein Unternehmer aus Caserta war im Kofferraum eines Autos eingequetscht gefunden worden, in Castelfranco Emilia, Erdaushubmaschinen, er hatte sich mit denen aus Casale nicht einigen können, sagte ein Spitzel. Seit damals nichts mehr. Die Familien kontrollierten einmütig Zementwerke, Supermärkte und Girokontos zwischen Bologna und Modena, die Region Reggio war der *'ndrangheta* überlassen worden, und im Augenblick herrschte Friede, Freude, Eierkuchen.

Warum also?

Unbescholten, na gut, Enzino Cardella war sicher ein braver Junge, hatte mit dem Milieu nichts zu tun, o. k., so wenig, dass nicht einmal sie wusste, wer er war und dass er in Bologna wohnte, aber er war umgebracht worden, und wenn jemand wie der Neffe Carmelo Giannellos umgebracht wird, kann es sich nicht einfach um einen Zufall handeln.

Das bedeutet Krieg, dachte Grazia, *das bedeutet Krieg.*

Er ist nicht einfach umgebracht worden, sagte Doktor Carlisi in dem Augenblick, als Grazia die Tür zum Besprechungszimmer öffnete, ohne zu klopfen.

– Tut mir leid, dass ich zu spät komme, die ewigen Baustellen in dieser Scheißstadt ... aber sie verstummte augenblicklich.

Sie hatte gedacht, nur Doktor Carlisi mit Matera und Sarrina anzutreffen und allenfalls noch jemanden vom Morddezernat, aber stattdessen waren jede Menge Leute da, sogar zwei Carabinieri mit silbernen Tressen auf dem Revers, zwei Offiziere. Den einen, den großen Dünnen, der sie missbilligend anblickte, kannte sie, es war Colonello De Zan, der Chef der Kriminalabteilung. Den anderen, den Capitano, kannte sie nicht, er hatte rote, kurze Haare, ein freundliches Gesicht, fast ein Kindergesicht. Er lächelte sie an und Grazia erwiderte das Lächeln, sie knöpfte die Bluse über dem T-Shirt zu, denn der Colonello sah sie noch immer an, als ob sie nackt wäre, aber nicht begehrlich, sondern missbilligend.

– Frau Kommissar Negro, sagte Carlisi, ohne ihr die anderen vorzustellen, und redete weiter, Grazia setzte sich neben einen Kommissar vom Morddezernat. *Er ist nicht einfach umgebracht worden. Vielmehr … vielmehr ist er … irgendwie … verstümmelt worden. Wir wissen noch nicht wie.*

Er sprach mit einer kleinen, rundlichen Frau, die eine Brille mit Goldrand an einer goldenen Kette um den Hals trug. Grazia kannte sie, es war Staatsanwältin Deianna von der lokalen Antimafia-Abteilung.

Sie hörte ein Summen hinter sich, der Videoprojektor warf einen bleichen Lichtstrahl auf die Leinwand hinter Doktor Carlisi und auch auf einen Ärmel seiner Jacke. Carlisi saß auf der Kante seines Schreibtisches, den anderen gegenüber, wie ein Lehrer, und offenbar zog er es in die Länge, um seinen Platz nicht verlassen zu müssen.

– Herr Doktor, sagte Deianna und setzte die Brille auf, früher oder später müssen Sie uns die Fotos der Spurensicherung zeigen, wir sind ja keine blutigen Anfänger mehr, wir haben doch schon genug hässliche Dinge gesehen, oder?

Sie warf De Zan einen Blick zu, der schüttelte den Kopf, mit demselben herablassenden Blick, mit dem er auch Grazias verschwitztes T-Shirt betrachtet hatte. Carlisi stand vom Schreibtisch auf und machte Matera ein Zeichen, der ließ die Finger über die Tastatur eines Notebooks gleiten, unsicher, als ob er in der Dunkelheit tappte. Kommissar Matera stand kurz vor der Pensionierung und gehörte noch jener Generation an, die mit Computern nichts am Hut hatte, deshalb nahmen ihm Grazia oder Kommissar Sarrina diese Aufgabe ab. Sarrina war jedoch aufgestanden, hatte *entschuldigt* gemurmelt, und dann so etwas Ähnliches wie *Toilette,* aber er war zu schnell und mit gesenktem Kopf hinausgegangen, als ob er sich genierte, und Grazia wollte unbedingt sehen, was einen wie ihn derart aus der Fassung brachte. Deshalb setzte sie sich nicht auf Materas Platz, sondern blieb sitzen, die Ellbogen auf dem Klapptisch des Stuhles, den Blick auf den Bildschirm geheftet, wie in der Schule oder im Kino.

Beim ersten *klick* wandte Grazia instinktiv den Kopf ab, so schnell, dass sie sich fast den Hals verrenkte.

Die anderen gaben ein Stöhnen von sich, das beim zweiten Bild in einen leisen Aufschrei überging. Der Mann neben der Staatsanwältin presste den Handrücken auf den Mund, um den Brechreiz zu unterdrücken, und lief aus dem Zimmer. Die anderen blickten starr auf den Bildschirm, wollten sich keine Blöße geben, aber es fiel ihnen offensichtlich schwer, selbst dem Colonello, der sich am wenigsten aus der Fassung bringen ließ, doch auch er war blass geworden, leichenblass.

Der Capitano mit dem Kindergesicht drehte sich zu Grazia um, als suchte er ihren Blick, so geschockt, dass er ihr leidtat.

– Was ist das Weiße da?, fragte Deianna ganz leise.

– Zähne. Sie kleben auch an der Mauer.

Carlisi machte eine Geste, als würde er etwas mit beiden Händen auseinanderreißen. – Aber davor hat man ihm Nase und Ohren abgerissen und das Kiefer ausgerenkt, um ihm die Zunge herauszureißen.

Klick, klick, klick.

– Es reicht, sagte die Staatsanwältin. – Ich lese den Autopsiebericht. Macht das Ding aus … gebt das bitte weg!

Matera tippte umsonst auf die Tasten, mit der Zigarre zwischen den Lippen, und Carlisi stellte sich vor den Projektor, der ihnen das zerfleischte Gesicht Enzo Cardellas entgegenspie, schließlich machte Grazia ihn aus. Sie rang nach Luft, wie Matera, und ihr war, als würde sich eine Hand um ihren Magen krampfen, trotzdem hätte sie sich die Fotos gerne fertig angesehen. Sie würden sie später ansehen, wenn sie allein im Büro waren.

De Zan fuhr sich mit der Hand über den Kopf, als wollte er seine Haare glätten, aber er wollte sich nur den kalten Schweiß von der Stirne wischen.

– Wir haben Cardella lange beschattet, sagte er, zur Staatsanwältin gewandt.

– Das wussten wir nicht, sagte Carlisi.

– War auch nicht notwendig. Es war eine Ermittlung der Kriminalabteilung, und wenn wir etwas in Erfahrung gebracht hätten, hätten wir die Frau Doktor informiert.

– Und habt ihr etwas in Erfahrung gebracht?, fragte Carlisi.

Der Colonello presste die Lippen zusammen. – Nein, flüsterte er. Wir dachten, möglicherweise hätte Cardella Kontakt zu seinem Onkel. Capitano Pierluigi hat ein paar Monate lang in dem Haus in der Via Remorsella gewohnt.

Das war der Carabiniere mit dem Kindergesicht. Er nickte heftig und räusperte sich, als hätte er gerade geweint.

– Ich war bis zu seinem Geburtstag dort. Wir glaubten zwar nicht, dass ihn sein Vater besuchen würde, allenfalls, dass er ihm etwas schickte, was uns ein paar Hinweise lieferte. Aber nichts, nicht einmal Glückwünsche. Nur seine Mutter kam ihn besuchen, Giannello Carmelos Schwester.

Seine Augen glänzten noch immer, und Grazia dachte, er habe tatsächlich geweint.

– Warum sind Sie sich dessen sicher?, fragte Carlisi.

– Weil Pierluigi tüchtig ist und ihm nichts entgeht, sagte der Colonello streng, und dann: – Frau Doktor, wir haben nicht vor, hier …

– Es reicht, es reicht.

Die Staatsanwältin war aufgestanden, die Brille zitterte auf ihrem Busen, und selbst im Stehen war sie nicht viel größer als im Sitzen. Aufgrund des sardischen Akzents betonte sie das *B – basta, basta –* wie immer, wenn sie sich ärgerte.

– Aufgrund von Cardellas Verwandtschaftsbeziehungen ist das ein Fall für die Antimafia-Abteilung.

Sie hob eine Hand, um De Zan zum Schweigen zu bringen. – Colonello. – Mit doppeltem *L* am Anfang und geschlossenem *E*.

– Sofern es sich bei diesem Mord nicht um einen Zufall handelt, haben wir es mit einer Kriegserklärung, schlimmer als Pearl Harbor, zu tun, und wir wissen nicht einmal, von wem. Ich schlage vor, dass wir eine Taskforce gründen und einen Verbindungsoffizier ernennen. Ich will kein Durcheinander, wir suchen alle dasselbe, wenn auch auf verschiedenen Wegen.

Sie betonte noch immer die Konsonanten und sprach das *E* geschlossen aus.

– Und jetzt sagen Sie mir bitte, wo die Toilette ist. Ich muss meinen Mitarbeiter abholen, wenn ihm nicht mehr schlecht ist.

Wenn.

Wenn Matera nicht den Drucker im Büro benutzt hätte, um das Handyfoto seiner Enkelin auszudrucken, wäre noch Tinte im Drucker gewesen und Grazia hätte nicht zur Kriminalpolizei hinuntergehen müssen, um Enzinos Fotos auszudrucken, dann hätte sie am Ende der Hintertreppe auch nicht D'Orrico getroffen, der ihr vom Gang aus ein Zeichen machte, sie solle in sein Büro kommen.

Und wenn sie nicht hingegangen wäre, dann hätte sie auch nicht gesehen, dass dem Inspektor die Schamesröte im Gesicht stand (*nur einen Augenblick, Grazia, ganz bestimmt, nur auf ein Wort*) und dass hinter ihm in seinem leeren Büro eine Dame stand, mit zusammengekniffenem Mund und einer Louis-Vuitton-Tasche fest in der Hand.

Grazia kannte die Dame. Die auftoupierte Löwenmähne wie frisch vom Friseur, die dicke Schminke, die Designerkleider – all das hatte sie schon einmal gesehen, ebenfalls auf einem Foto, aber nicht auf einem Fahndungsfoto wie dem ihres Bruders, sondern auf einem gestellten Hochzeitsfoto, auf dem alle Personen gelbe Kreise um den Kopf hatten und von einem Pfeil markiert wurden, mit ihrem Namen daneben. Sie war Anna Maria Giannello, Giannello Carmelos Schwester.

Enzinos Mutter.

– Tut mir leid, Grazia, aber ich konnte ihr den Wunsch nicht abschlagen, flüsterte D'Orrico hastig, während er die Tür schloss und hinauslief, und Grazia begriff, dass man sie früher oder später unter einem anderen Vorwand in die Falle gelockt hätte.

Grazia machte die Tür wieder auf.

– Sie dürften gar nicht hier sein, sagte sie, ich bitte Sie …

– Ich möchte wissen, wer es war.

– Dann müssen Sie mit dem Staatsanwalt oder mit meinem Vorgesetzten sprechen, aber nicht mit mir und nicht hier, ich bitte Sie …

Die Frau rührte sich nicht von der Stelle. Grazia berührte sie nicht, sie hatte die Akte mit den Fotos der Spurensicherung auf den Schreibtisch gelegt, sie streckte zwar den Arm in Richtung der Frau aus, ihre Finger berührten fast die Seidenbluse, während die andere Hand auf der Türklinke lag, nein, sie berührte sie nicht, aber ihre Geste war unmissverständlich und entschlossen. Die Frau rührte sich nicht von der Stelle, sie stand mitten im Büro, wie angewurzelt, genauso unmissverständlich und entschlossen. Sie blickte ihr direkt in die Augen, sie hatte ihr von Anfang an direkt in die Augen geblickt, und zwar nicht herausfordernd, sondern sachlich, und Grazia begriff, dass sie sie berühren hätte müssen, um sie wegzuschicken, ihr zumindest eine Hand auf den Arm legen oder sie mit Gewalt an den Schultern packen, aber sie fühlte sich nicht dazu imstande. Also ließ sie die Klinke los, ließ jedoch die Tür offenstehen.

– Ich möchte wissen, wer es war.

– Wir ermitteln …

– Sie sind aus dem Süden, wie ich.

– Ich bin Polizistin.

– Sie sind aus dem Süden wie ich. Haben Sie Kinder?

– Nein, sagte Grazia.

Sie hatte einen Sekundenbruchteil gezögert. Die Frau bemerkte es und lächelte, ebenfalls einen Sekundenbruchteil lang.

– Wenn Sie mal welche haben, werden Sie meine Gefühle verstehen. Ich bin eine Mutter aus dem Süden, und mein Sohn ist umgebracht worden.

Grazia warf einen Blick auf die Akte mit den Fotos des Massakers. Unter dem beigen Karton lugte ein winziges Eckchen bedruckten Papiers hervor. Sie schob es schnell hinein.

– Lassen Sie das, sagte die Frau, ich habe sie schon gesehen.

Grazia erwiderte den Blick der gleichgültigen Augen. Der Blick der Frau war kalt und hart, etwas Grausames und Böses, etwas Gewalttätiges und Wildes lag darin, etwas, das ihn undurchdringlich und gleichgültig machte.

Grazia fragte sich, ob sie und ihre Kollegen nicht die falsche Person verfolgt hatten. Ob der flüchtige Giannello Carmelo die Geschäfte der Familie führte, oder nicht doch Signora Anna Maria Giannello.

– Ich möchte wissen, wer es war.

– Signora, ich bitte Sie. Das dürfen Sie nicht mich fragen, Sie müssen mit Doktor Carlisi sprechen, oder noch besser mit der Staatsanwältin Deianna, die können Ihnen was sagen …

– Blödsinn. Ich weiß, dass Sie hier das Sagen haben.

Anna Maria Giannello, unbescholten, niemals ein Interview, niemals ein Wort über ihren Bruder, Shopping, Charity-Veranstaltungen und Abendessen im Kreise des kampanischen Jetsets, auch ihr Tonfall war offen wie der des Großbürgertums und nicht geschlossen wie der der Camorra. Hatten sie sich tatsächlich getäuscht?

– Wie gesagt, die Ermittlungen laufen.

– Ich weiß. Auch wir ermitteln.

So. Jetzt war es kein Verdacht mehr, sondern Gewissheit. Sie hatte es gesagt. Wie eine Nachricht, eine amtliche Mitteilung, nicht wie ein Geständnis. Sie war der Boss der Familie Giannella.

– Wenn sich herausstellen sollte, dass es sich um etwas handelt, das ... sozusagen ... uns betrifft, gut. Wir machen unsere Arbeit und ihr macht die eure. Sollte es sich jedoch um etwas handeln, das nichts mit uns zu tun hat ...

– Haben Sie etwa einen Verdacht? Gibt es Probleme, Interessenskonflikte, Missstimmungen mit gewissen Personen, aufgrund derer ...

– Das habe ich nicht gesagt ...

– Hier in der Region? Hier im Norden? Oder auch unten bei euch, oder vielleicht im Ausland?

– Das habe ich nicht gesagt.

Sie hatte nicht die Stimme erhoben, aber es war, als hätte sie es getan. – Ganz im Gegenteil, ich habe nichts gesagt. Vergessen Sie, dass ich Anna Maria Giannello bin, ich bin Enzinos Mutter.

Eine Pause. Aber sie war nicht von Sentimentalität übermannt worden, sie war von allem Möglichen, auch von Wut, übermannt worden, aber nicht von Sentimentalität. – Ich möchte bloß wissen, wer es war.

Grazia seufzte. Sie zuckte mit den Achseln, ohne etwas zu sagen, sie wusste, dass es nicht notwendig war. Sie richtete sich auf, in ihrer hellgelben Bluse über dem beigen T-Shirt, mit im Nacken zusammengebundenen Haaren stand sie vor dieser großgewachsenen Frau, die nur Designerware, selbst Designerschmuck trug, mit aufgeplusterter roter Mähne wie ein Löwe.

– Auf Wiedersehen, sagte Anna Maria Giannello und ging auf den Gang hinaus, wo D'Orrico etwas entfernt auf sie wartete.

Sie ging an ihm vorbei, als ob es ihn gar nicht gäbe, und er wollte ihr schon nachlaufen, doch dann wartete er, bis Grazia aus der Tür kam.

– Ich schwöre, ich konnte ihr den Wunsch nicht abschlagen …
Und außerdem war es kein Gefallen, sondern eine Höflichkeitsgeste, nicht wahr? Nicht wahr, Grazia?

Aber sie gab ihm keine Antwort, winkte ihm im Vorübergehen zu und lief zur Hintertreppe.

Sie würde einen Bericht über ihren Kollegen schreiben, sie würde ihn anzeigen, keine Frage, aber im Augenblick ging ihr etwas anderes durch den Kopf.

Sie dachte: *Nein.*

Bitte, nein.

Ich habe dazugelernt.

Ich habe sogar gelernt, Videos hochzuladen. Beim Öffnen der Seite springt einem gleich der Junge mit dem seitlich gestuften Pagenkopf ins Auge. Eine körnige Großaufnahme mit blassen Farben, es ist ja ein Amateurfilm aus den Siebzigerjahren. Halb geschlossene Augen, halb offener Mund, etwas geschürzte Lippen, die Aufnahme füllt den ganzen Bildschirm mit den Icons am Rand (es handelt sich um die japanische Version eines amerikanischen Dokumentarfilms, ich habe ihn auf YouTube gefunden).

Der Junge wirkt unbeweglich, obwohl sich der Cursor langsam weiterbewegt (die Sekunden vergehen), er scheint ganz in Gedanken versunken, und auch das ist ein trauriges Bild, wie das Foto des Jungen darunter, vom letzten Posting.

Er wirkt unbeweglich, aber der Schein trügt, denn plötzlich (bei 0:22 Sekunden, sagt der Cursor) schlägt der Junge die Augen auf.

Er schaut in die andere Richtung, man sieht die weiße Hornhaut unter den Lidern, und deshalb ist klar, dass er die Augen geöffnet hat. Aber dann dreht er sich um, zuerst schaut er sich nur um, dann wendet er den ganzen Kopf, ganz langsam, und jetzt ist es kein trauriges Bild mehr.

Jetzt macht es Angst.

Ich habe die ganze Nacht dafür gebraucht. Ich habe ein Programm heruntergeladen, mit dem sich das YouTube-Video konvertieren und auf den Blog hochladen lässt, und (oh Wunder) es hat sofort funktioniert. Dann habe ich ein Schneideprogramm gesucht, was mich allerdings viel Zeit gekostet hat – das eine lief nicht, das andere war kostenpflichtig, das nächste war auf Deutsch, keine Ahnung, wie man es heruntergeladen hätte können, man hätte sich registrieren müssen, es lief nur auf Mac – doch endlich habe ich das richtige gefunden.

Jetzt gibt es auch Musik, ich habe herausgefunden, wie ich sie mit dem Cursor verbinden kann, jetzt ist er nicht mehr bloß ein Radiergummi, der schweigend den Strich löscht. Die Musik setzt verspätet ein, wenn der Junge sich zum ersten Mal umschaut und den Kopf zur Seite dreht, denn es ist mir sogar gelungen, das Video in Endlosschleife laufen zu lassen, sodass sich der gedankenverlorene, traurige Blick unendlich oft wiederholt, dieser Blick, der einem Angst macht, und dann setzt die Musik ein, ein Rauschen wie von Regen, und dann schreit die Stimme Roger Daltreys („*can you see the real me, can you?*" – Kannst du mich sehen, so wie ich wirklich bin?), dann die anderen Bandmitglieder der *Who*, die Musik überschwemmt den Jungen, der sich immer wieder umdreht, mit dem Blick, der einem Angst macht.

Sobald ich mit allem fertig war, mit Video und Musik, wieder diese kurze Benommenheit, die Luft öffnet sich vor meinem Gesicht wie ein langsamer Wirbel, und ich sinke langsam auf die Tastatur, mein Körper wird weich und kraftlos, bis ich sie fast mit der Stirn berühre.

(Verdammte Musik.)

Deshalb ist er gekommen, hat die Hände auf die Tastatur gelegt und entschlossen getippt, er hat Worte in Times New Roman Größe 12 hinzugefügt, in Kursiv, weiße Buchstaben auf schwarzem Hintergrund.

Er hat geschrieben:

ich komme ich komme ich komme jetzt komme ich ihr könnt euch darauf verlassen dass ich komme ich kümmere mich um euch ihr verdammten arschlöcher ihr versteht ja nichts ihr habt nie was verstanden und werdet auch nie was verstehen ihr profitiert davon und glaubt dass alles vorüber ist und wer schert sich jetzt um mich und die anderen aber es gibt ein morgen das auch mein morgen ist aber ihr nehmt es euch weg ihr vergiftet es ihr begräbt es ihr fresst es auf ihr diebisches gesindel GOTT verfluche euch ihr seid abschaum verdammt seien eure mütter die huren ich vergesse nicht nein ihr könnt euch drauf verlassen ja verlassen dass ich jetzt komme komme komme komme ihr arschlöcher ICH HOLE EUCH DER REIHE NACH EUCH ALLE UND REISSE EUCH DAS HERZ RAUS!

Und er hat es in Großbuchstaben geschrieben, weil er am liebsten schreien würde, und er schreit auch tatsächlich, ganz allein, es hört ihn ohnehin niemand, ICH WERDE EUCH DAS HERZ HERAUSREISSEN! ICH WERDE EUCH DAS HERZ HERAUSREISSEN! ICH WERDE EUCH DAS HERZ HERAUSREISSEN!, den Blick starr auf den Bildschirm geheftet, keuchend und knurrend, Geifer rinnt ihm aus den Mundwinkeln, auf die Tastatur, und wenn ihn jetzt jemand sehen könnte, hätte er mehr Angst vor ihm als vor dem Jungen auf dem Video.

Als ich mich erhole und wieder zu mir komme, ist er schon weg, und ich bin zu müde, um den Text zu löschen und von vorne zu beginnen.

Also füge ich hinzu: *Gibt es da draußen jemanden, der mir helfen kann?*

Dann richte ich den Pfeil der Maus auf *publish* und schicke alles ins Netz.

http://www.diariodibordonumerouno.splinder.com/

Can you see the real me, mother? Mother?

Als Pierluigi aus dem Dienstauto steigt, hat er plötzlich Atemnot und muss sich an der offenen Tür festhalten, mit der Kappe in der Hand. Der Carabiniere, der am Steuer sitzt, beugt sich über den Beifahrersitz, um ihn durch das Fenster anzublicken, Pierluigi macht eine Geste in seine Richtung – *geht schon, geht schon* –, aber kaum lässt er die Türklinke los, hat er wieder Atemnot und droht zu ersticken. Grazia packt ihn am Arm, sonst wäre er wahrscheinlich in die Knie gegangen.

– Hoppla, Capitano … was ist los?

– Nichts, nichts.

Pierluigi macht noch eine Geste in Richtung seines Chauffeurs, der mittlerweile sogar ausgestiegen ist, und versucht sich aufrecht zu halten.

– Ist schon vorbei … der Temperaturunterschied wegen der Klimaanlage, er legt die Hand auf den eiskalten Stoff der schwarzen Jacke, und außerdem hatte ich keine Zeit zum Mittagessen. Ich wollte nicht zu spät kommen.

Grazia hakt sich bei ihm ein und geht entschlossen in Richtung der Bars auf der Piazza Roosevelt, eine befindet sich direkt neben dem Kommissariat. Sie sagt: – Ich habe auch nichts gegessen, ich wollte auch nicht zu spät kommen. Ich dachte, Ihr Kollege, der Colonello, sei auch da.

Pierluigi lächelt. Er würde sich gern von Grazia losmachen, es ist ihm peinlich, mit ihr Arm in Arm zu gehen, wie ein Liebespaar, an ihrem Arm zu hängen, aber er fühlt sich noch immer nicht wohl, und da richtet er sich ein wenig auf und winkelt den Arm ab, ein echter Offizier und Gentleman, als würde er sie führen und sich nicht auf sie stützen.

Er denkt: Klimaanlage, Tropenhitze, Unterzuckerung, aber warum musste er sich ausgerechnet jetzt blamieren, ausgerechnet vor ihr?

In der Bar geht er auf die Theke zu, doch sie zieht ihn zu den Tischen.

– Setzen wir uns lieber, oder? Bis Sie was im Magen haben.

– Aber es geht mir gut, wirklich ...

– Ein Brötchen, einen Fladen oder ein Tramezzino?

– Ein Thunfischtramezzino.

– Bier, Wasser oder Coca-Cola?

– Pfirsichsaft. Ich hole ihn mir selbst ...

– Nein, bleiben Sie sitzen.

– Nein bitte, das ist mir peinlich, ich bin Offizier. Und noch dazu Carabiniere.

Das ist ein Witz und er sieht sie an, er beobachtet sie, in Erwartung eines Lächelns, und eine Zeitlang kneift er die Lippen zusammen, zögernd und hartnäckig wie ein Kind, denn er möchte unbedingt, dass sie lächelt, und sie lächelt auch wirklich, ein breites, ansteckendes Lächeln.

– Ist gut. Ich bestelle und Sie bezahlen.

Pierluigi hängt die Kappe über die Stuhllehne und während er ihr zusieht, wie sie sich über die Theke beugt, um zu bestellen, denkt er, dass er sie für ein ganz normales Mädchen in einer Bar halten würde, wenn er nicht wüsste, dass die Beule auf ihrer Hüfte, unter der offenen Bluse, eine Pistole ist. Und vielleicht wäre sie ihm nicht einmal aufgefallen, denn sie ist zwar hübsch, sogar sehr hübsch, klein, wohlgeformt und dennoch schlank, aber überhaupt nicht auffällig ... Dann dreht sie sich um und er schaut schnell weg, denn es ist, als hätte er ihr auf den Hintern gestarrt, was er auch tatsächlich getan hat, aber ohne Hintergedanken. Und als sie sich an den Tisch setzt, eine feine Falte zwischen den dichten Brauen und mit einem belustigten Lächeln im Mundwinkel, stellt Pierluigi fest, dass er knallrot geworden ist. Nun hustet er, mit der

Faust vor dem Mund, und stellt fest, dass es dadurch nur noch schlimmer wird, ihr Lächeln wird nämlich immer breiter.

Grazia hat das Handy in der Hand und tippt eine Nummer ein.

– Ich sage den Kollegen, dass wir hier sind. Vielleicht wollen sie auch einen Kaffee trinken.

Er sieht ihr zu, wie sie schreibt, schnell und in Gedanken versunken, die kleinen Finger mit den runden Nägeln gleiten über die Tastatur des BlackBerry. Sie verzieht den Mund, so, dass sie auf die Innenseite ihrer Wange beißen kann, und er fragt sich, ob er sie darauf hinweisen soll.

Er denkt: *Ja, gleich sage ich es ihr, ja.*

– Warum sehen Sie mich so an, Capitano, sagt Grazia, ohne den Blick zu heben.

– Frau Kommissar Negro, ich wollte Ihnen sagen, dass ich … nun ja, ich bewundere Sie sehr.

Grazia runzelt die Stirn, die Falte zwischen den Augenbrauen wird tiefer, und sie lässt die Wange mit einem fast unhörbaren Schnalzen aus.

– Wie bitte?

– Ich kenne Ihre Arbeit, Sie haben den Leguan geschnappt und den anderen Serienmörder, und den Pitbull …

– Das war kein Serienmörder, sondern …

– Ein Profikiller, ich weiß, wie gesagt, ich kenne Ihre Arbeit gut. Und ich weiß, dass es vor allem Ihr Verdienst ist, dass die Antimafia-Abteilung die meisten flüchtigen Verbrecher fasst, und selbst wenn in der Presse dann immer von Ihren Vorgesetzten die Rede ist, lassen Sie mich sagen: Ich freue mich, dass ich mit Ihnen arbeiten darf.

Er hat schnell gesprochen, ohne Atem zu holen. Keuchend wartet er wieder auf ein Lächeln, und sie lächelt auch wirklich, weniger breit, etwas verlegen, aber es ist nach wie vor ein ansteckendes Lächeln. Ein Kellner bringt die Brötchen und die Getränke, und im selben Augenblick kommen auch Matera und Sarrina.

– Oh. Stören wir?

Grazia sagt leise *Trottel* zu Sarrina, während Pierluigi schnell die Rechnung an sich nimmt – *wollt ihr auch etwas, einen Kaffee?, ich auch einen, danke* – und sie dem Kellner in einer gefalteten Banknote zurückgibt.

Sie geben einander die Hand – *Pierluigi, Chefinspektor Matera, Pierluigi, Chefinspektor Sarrina* – und als sie ihn verdutzt ansehen, stellt er fest: – Pierluigi ist mein Nachname. Ich weiß, das ist seltsam, mein Vorname ist Lorenzo, aber alle nennen mich Pierluigi. Meine Freunde Pigi oder Pier.

Jetzt, wo die Kollegen von der Polizei da sind und er Grazia nicht mehr anschauen kann wie zuerst, stellt er fest, dass ihm das leidtut, und er fragt sich warum. Aber er nimmt sich vor, die Frage später zu beantworten, denn der mit der Toscanelli-Schachtel in der Jeanstasche hat eine gelbe Akte vor Grazia hingelegt; sie versucht, sie zu öffnen, mit der Hand, mit der sie den halb aufgegessenen Fladen hält, ein Käsekrümel klebt an ihren Fingern.

Matera holt ein Taschentuch heraus und reicht es ihr.

– Was soll denn dieser Vorgesetzte von uns denken, aber er sagt es ironisch, anstelle von *Vorgesetzter* hätte er auch *Carabiniere* sagen können, und Pierluigi richtet sich auf und lächelt nachsichtig.

– Wenn man einen Fladen mit Weichkäse isst, muss man sich einfach bekleckern.

Grazia wischt sich die Finger ab und lugt unter den Deckel der Akte. – Nicht wegen Ihnen, Capitano, wegen der Leute. Ich habe ein paar Fotos der Leiche vergrößern lassen und das ist kein schöner Anblick.

– Das kann ich mir vorstellen. Das Loch, nicht wahr?

Grazia hebt den Kopf.

– Ist es Ihnen auch aufgefallen?

– Was für ein Loch?, fragt Sarrina.

Und Grazia: – Wenn du nicht davongelaufen wärst, hättest du es auch gesehen.

Sarrina: – Wie zum Teufel habt ihr bei der Sauerei was gesehen?

Matera: – Sei still und hör Frau Kommissar Negro zu.

– Auf der Brust, ein Riss im Leibchen. Ich dachte zuerst, ein Schuss aus einer kleinkalibrigen Waffe …

– Nein, sagte Matera, ich habe den Gerichtsmediziner gefragt, das Loch ist nur oberflächlich, und offenbar ist Enzino mit bloßen Händen umgebracht worden. Offenbar ist er …

Zerfleischt worden, stieß Sarrina zwischen den Zähnen hervor, *regelrecht zerfleischt.*

Pierluigi nahm die Akte und warf ebenfalls einen Blick hinein.

– Mir ist aufgefallen, dass er ein T-Shirt mit einem Riss trug. Cardella war ein Angeber, er besuchte zwar Studentenlokale, war aber trotzdem ein Angeber, und seine Mutter gab ihm jede Menge Geld, und zuletzt hatte er sich auch noch verliebt. Ich habe ihn einen Monat lang beschattet und er ist immer nur mit funkelnagelneuen Klamotten herumgelaufen.

– Vielleicht war da irgendetwas, ein Logo, ein Etikett, sagt Sarrina, und der Mörder hat es abgerissen.

Grazia beißt wieder von dem Fladen ab, leckt sich Käse von den Lippen, wirft wieder einen Blick in die Akte.

– Es sieht nicht aus wie ein Riss, sondern vielmehr … als hätte jemand mit einer Messerspitze herumgebohrt.

Pierluigi schlägt die Akte auf, so konzentriert, dass er die Leute rundherum vergisst.

– Auch die Sache mit der Folter. Wir nehmen an, der Junge sei gefoltert worden, wegen der Gewaltanwendung … Und außerdem, dass es eine Mafiageschichte ist, schön und gut, aber wo seht ihr hier Folter? Ich meine: Cardella gefesselt und geknebelt, Profis agieren allerdings eiskalt und das – und er klopft mit den Fingern auf die Fotos – ist ein spontaner und unorganisierter Ausbruch von Gewalt, das ist ein Massaker, keine Folter. Was ist los?

Grazia war zusammengezuckt und bleich geworden.

Sie sagt: – *Nichts, nichts, nichts*, und denkt: *Nein, bitte nicht.*

Matera streckt die Hand aus und schließt die Akte.

– Entschuldigen Sie, Capitano, wir unterhalten uns in der Bar über unsere Arbeit, während unser Chef oben im Büro auf uns wartet, ich glaube, das ist nicht richtig.

– Um Himmels willen, das war nicht meine Absicht. Gehen wir.

Er tut, als würde er das Restgeld zählen, um sitzenzubleiben, während die anderen gehen. Grazia ist nämlich noch nicht aufgestanden, sie ist so in Gedanken versunken, dass die Falte zwischen ihren Augenbrauen noch tiefer geworden ist. Sie beißt wieder auf die Innenseite ihrer Wange, sie schiebt die Wange sogar mit dem Finger zwischen die Zähne, und das tut sie auch noch, als sie die Bar verlassen.

Woran denkt sie?, fragt sich Pierluigi.

Woran denkt sie.

Als sie mit dem Capitano und den anderen in der Bar gesessen hatte, und dann im Büro, während der Sitzung, und selbst noch im Auto, als sie allein nach Hause fuhr, hatte Grazia unablässig *nein* gedacht. Und selbst beim Nachdenken oder Zuhören oder wenn sie insgeheim ihre Meinung äußerte, hatte sie immer *nein* gedacht. *Nein, bitte nicht, nicht noch mal.*

Sie dachte es so intensiv, dass ihr das Innere der Wange wehtat, und als sie mit der Fingerspitze darauf tippte, blieb der süßliche Geschmack des Blutes darauf zurück.

Ein Ausbruch von Gewalt, hatte der Capitano gesagt. *Nein, bitte nicht.*

Grazia öffnete die Tür und rief, *Ich bin da,* aber nicht sehr überzeugend, denn wenn Simone zu Hause gewesen wäre, hätte er es aufgrund des Motorengeräuschs oder der zugeschlagenen Autotür bereits gewusst. Das Klischee, dass bei Blinden alle anderen Sinne besser ausgebildet sind, traf auf seinen Fall voll und ganz zu, er ahnte ihr Kommen, erkannte, spürte sie anhand des Geräuschs des Atems, der Geschwindigkeit ihrer Bewegungen, an der Intensität ihres Geruchs, er erriet ihre Gedanken, als ob er ihr in die Augen blickte. Aber jetzt war er nicht da.

Sie zog sich die Schuhe aus, ohne die Schnürsenkel aufzubinden, beim ersten gelang es ihr sofort, mit der Fußspitze schob sie ihn über die Ferse, aber der andere saß zu fest und ließ sich mit nackten Zehen nicht abstreifen, deshalb hüpfte sie auf einem Bein, bis es ihr gelang, ihn von sich zu schleudern. Dann knöpfte sie auch die Jeans auf und ließ sie zu Boden gleiten (das war einfach, denn sie trug nie enge Jeans).

Gerade noch rechtzeitig fiel ihr ein, dass sie sie nicht vor der Tür liegen lassen sollte, denn wenn Simone darüber stolperte, würde es wieder Streit geben. Deshalb schubste sie sie mit dem Fuß unter den Tisch. Damit hatte es sich jedoch; sie nahm die Fernsteuerung und machte die Klimaanlage an, Simone mochte die künstliche Kälte nicht, deshalb war sie immer abgedreht.

Grazia legte sich auf das Sofa, genau unter den Luftzug, und zog die Bluse hoch, bis ihr Bauch nackt war. Der Druck auf die fröstelnde Haut erinnerte sie an etwas.

Die blaue Schachtel war im Kühlschrank, im Plexiglasregal, zwischen der Butter und den Eiern. Sie öffnete sie, während sie zum Sofa zurückging, zog mit den Zehen das Tischchen zu sich, legte das Ganze darauf, betrachtete es. Spritzen hatten ihr immer Angst gemacht. Am Tag davor hatte ihr Simone eine in den Hintern gegeben, so vorsichtig und präzise, dass sie fast nichts gespürt hatte, aber jetzt war Simone nicht da.

Grazia nahm die Spritze, sie sah aus wie ein zu Werbezwecken verteilter Kugelschreiber, rotweiß, mit einer Aufschrift. Gemeinsam mit den Anweisungen hatte ihr die Ärztin einen Link zu einem Video auf YouTube geschickt, in dem alles erklärt wurde, allerdings auf Englisch. Sie nahm die Kappe vom Pen, desinfizierte ihn mit einem Tüchlein, und steckte die andere Kappe darauf, die mit der Nadel. Man solle sich gut die Hände waschen, hatte es im Video geheißen, sie hatte es nicht gemacht, aber egal. Sie drehte das Rädchen bis zum Anschlag – 150 – und wieder zurück, wie um die Spritze aufzuziehen – wieder 150 – perfekt.

Grazia nahm noch eines der Gratistüchlein und hielt inne. Das hatte ihr als Kind am meisten Angst gemacht, jetzt verspürte sie nicht wirklich Angst, aber auch nicht bloß Widerwillen. Der Alkoholgeruch, das Abwischen der Haut, die zuerst heiß und dann eiskalt wurde, ganz starr, und auf den Einstich wartete.

Sie öffnete die Verpackung des Tüchleins, riss sie mit den Zähnen auf, hielt einen Zipfel der Bluse mit dem Kinn fest, damit ihr der Stoff nicht auf den Bauch rutschte, und wischte die Stelle zwischen Hüfte und Nabel, direkt darunter, mit dem Tüchlein ab.

Bevor sie es sich anders überlegen konnte, nahm sie den rotweißen Pen, nahm das Hütchen ab, die Nadel kam zum Vorschein. Sie hielt sie in die Höhe, wie ein Schwert, aber inzwischen war die Haut kalt geworden, und der Widerwille der Erwachsenen hatte sich wieder in die Angst des Kindes verwandelt, deshalb dachte sie, *verdammt,* nahm ein Stück Haut zwischen die Finger, hielt sie hoch und steckte die Nadel hinein, *aua!,* zu heftig, sie hatte sich zu sehr beeilt.

Durchdrücken, bis zum Anschlag. Langsam, zehn Sekunden, die Flüssigkeit sickerte ein, es brannte. Dann weg damit, den Pen auf den Tisch, den Rücken aufs Sofa, den Bauch in den Luftzug, kühle Luft auf die durchlöcherte Haut. Etwas vergessen? Ach ja, die Stelle mit dem letzten Tüchlein desinfizieren, gut, nicht so wichtig.

Grazia bedeckte den Einstich mit einem Zipfel der Bluse und legte die offene Hand darauf. Sie rutschte ein Stück über das Sofa, um die Füße auf die Armlehne zu legen, verzichtete auf die Nackenstütze, denn sie war nicht groß genug, um Kopf und Füße gleichzeitig hochzulagern. Sie starrte zur Decke, mit einem Finger unter dem Gummiband der Unterhose, spielte mit dem Haaransatz. Die beiden identischen, roten, zerknautschten Gesichtchen aus dem Traum fielen ihr wieder ein, die plärrenden Zwillinge, und um den Gedanken, der ihr Angst machte, zu vertreiben, dachte sie wieder *nein.*

Bitte nicht noch mal.

Ein Ausbruch unkontrollierter, bestialischer Gewalt. So etwas hatte sie schon einmal erlebt, fast wäre sie dabei draufgegangen.

Als sie noch in der Abteilung arbeitete, die Serienmorde analysierte, hatte sie einen Mörder gejagt, einen Irren, der in der Presse als Leguan bezeichnet wurde. Er hatte acht Personen getötet. Sechs Studenten, ihren Chef bei der UACS und Simones Mutter, so hatte sie ihn nämlich kennengelernt, er half bei den Ermittlungen. Und auch ihr, Grazia, hatte er den Schädel eingeschlagen und sie fast umgebracht. Aber Grazia hatte ihn gefasst.

Dann war sie zur Antimafia-Abteilung gewechselt, zur Elitetruppe, und hier hatte sie wieder einen Mörder gejagt, einen Profikiller, der sich Pitbull nannte, wenn er nämlich einen Auftrag annahm, ließ er nicht mehr locker. Wieder einen, der eine Schraube locker hatte. Er hatte achtzehn, neunzehn Menschen getötet – er erinnerte sich nicht genau –, und wenn sie ihn nicht gefasst hätte, hätte er auch sie umgebracht.

Und davor, ganz am Anfang, im Morddezernat, hatte es da diesen Ingenieur gegeben, den Werwolf – es war verrückt, ihnen solche Namen zu geben –, der sie alle an der Nase herumgeführt und ihren Chef so wahnsinnig gemacht hatte, dass er sich hatte pensionieren lassen, aber sie hatte ihn gefasst, ihn festgenagelt, wenn auch nicht ganz auf orthodoxe Weise.

Jetzt war sie bei der Abteilung zur Bekämpfung der organisierten Kriminalität, und die Mafiosi waren ihr lieber als die Ungeheuer. Die Logik der ehrenwerten Gesellschaft, eine Wachhund- und Langfingerlogik, war ihr lieber, ihr hinterhältiges, gewalttätiges Denken, brutal, aber vorhersehbar, das perverse, aber zielgerichtete Denken – Geld verdienen und dabei am Leben bleiben – war ihr lieber als die Gewaltausbrüche, die irgendwo tief aus dem Inneren kamen und für die es wahrscheinlich eine Erklärung gab, die man aber erst finden musste. Aber sie wollte diese Typen nicht verstehen, sie wollte sie fassen.

Fass ihn, Kindchen, hatte ihr Vittorio bei der UACS gesagt, bevor ihn der Leguan zerfleischt hatte, und auch Carlisi sagte das zu ihr, du bist eine Menschenjägerin, und Sarrina lachte dabei, eine *Männerjägerin, keine Männerfresserin, du Trottel.*

Genau, die Fotos von Enzo Cardellas Leiche hatten sie an die Opfer des Leguan erinnert. *Nicht schon wieder so einer,* dachte Grazia, *bitte nicht wieder so einer.*

Aber alles, was bei der Sitzung in Erwägung gezogen worden war – Rivalität zwischen den Casalesen, um die Region Parma zu kontrollieren (möglich), Konkurrenz zwischen der *'ndrangheta* aus

Reggio (fraglich), die Rückkehr der Cosa Nostra in die Emilia (fraglich), die Russenmafia, die aus der Romagna in den Norden vorrückte (unwahrscheinlich), die Chinesen, die auf den Immobilienmarkt drängten (äußerst unwahrscheinlich), hatte sie nicht so schaudern lassen wie die Fotos.

Dabei war Grazia keine, die leicht erschauderte, sie mochte Konkretes, Enzino war der Sohn eines Mafioso, man hatte ihn umgebracht, und deshalb war das – nicht zuletzt aufgrund der Begegnung mit der auftoupierten Löwin – ein Mafiafall, Mafia, Mafia, Blutrache, ein Exempel, *casus belli,* es war ein Mafiafall, Mafia, Mafia …

– Da bist du ja.

Grazia fuhr hoch. Simone stand plötzlich auf der Treppe, die nach oben führte, das Gesicht zu ihr gewandt, als ob er sie anblickte.

– Ich dachte, du wärst nicht zu Hause. Hast du mich nicht gehört?

– Ich war oben, ich hatte Kopfhörer auf. Ich habe dich erst jetzt gehört.

Grazia zog die Beine an, um Platz für Simone zu machen. Mittlerweile wunderte sie sich nicht mehr darüber, wie geschickt er sich in der Wohnung bewegte, ohne irgendwo anzustoßen, während sie immer wieder stolperte oder sich die Zehen anschlug, wenn sie barfuß ging. Sie sah, wie er wegen der Klimaanlage fröstelte und wie er schnupperte.

– Du hast dir eine Spritze gegeben.

– Ja, die erste.

– Allein.

– Simò, ich dachte, du wärst nicht hier. Ich habe gerufen *ich bin da,* aber du hast nicht geantwortet.

Simone nickte, mit zusammengekniffenen Lippen unter dem zu langen Bart, der fast seinen Mund bedeckte. Er hatte sich einen Bart wachsen lassen, für gewöhnlich rasierte er sich und schnitt ihn selbst, er befühlte ihn mit den Fingerspitzen, aber seit einiger Zeit nicht mehr. Auch seine Haare waren zottelig, wie damals, als sie ihn kennengelernt hatte, kaum zurückgekämmt, sie fielen ihm in die Stirn. Er hielt den Kopf hoch, starrte geradeaus, mit einem halb geschlossenen Auge, was sein Gesicht asymmetrisch, fast schief wirken ließ.

– Hast du auf die Uhr geschaut? Du musst es immer zur selben Zeit machen …

– Ja.

Das war gelogen. Sie trug keine Uhr und jetzt konnte sie auch nicht auf das Handy schauen, Simone hätte es bemerkt. Aber wahrscheinlich wusste er es ohnehin schon.

– Du hast die Klimaanlage angemacht.

– Es war heiß.

– Vergiss nicht, sie wieder auszumachen. Sonst finde ich die Fernbedienung nicht, wer weiß, wo du sie hingelegt hast.

Grazia massierte ihren Bauch. Die Stelle unter der Haut tat ihr weh. Sie streckte die Beine aus und legte sie auf Simones Schenkel, aber er rührte sich nicht, und da hob sie ein Bein und legte es ihm auf die Schulter, stupste ihn leicht, als wollte sie ihn rütteln.

– Simò, was ist los?

– Heute? Nichts …

– Nicht heute … was ist seit einiger Zeit los?

– Was ist mit uns los?

– Nein, Simò, ich bin immer die gleiche. Ich arbeite, renne hin und her, stecke Leute ins Gefängnis, komme nach Hause, rede, esse, immer dasselbe. Du hingegen …

– Ich hingegen?

– Du hingegen sprichst nicht mehr, bist abwesend, siehst mich nicht einmal an …

– Ich *sehe* dich nicht an?

Ein bitteres Lächeln, das Grazia Unbehagen verursachte. Sie gab ihm einen heftigeren Stups, fast einen Fußtritt.

– Was machst du, Simò? Zuerst, als du mit mir gesprochen hast, hast du dich mir zugewandt, jetzt hingegen hörst du mir gerade mal zu, wie damals!

Simone nickte. Er drehte sich zu ihr hin, sodass sein Gesicht über dem ihren war, sagte jedoch nichts. Grazia seufzte und massierte sich den Bauch.

– Simone, als ich dich kennengelernt habe, bist du den ganzen Tag in der Mansarde gesessen, mit den Kopfhörern in den Ohren. Den ganzen Tag, allein. Jetzt machst du das wieder.

– Wenigstens höre ich nicht den ganzen Tag denselben Song.

Ist gut, dachte Grazia und stand auf. Sie holte ihre Jeans unter dem Tisch hervor, holte das Handy aus der Hosentasche und sah nach, wie spät es war.

– Grazia …

Simone flüsterte und Grazia sah ihn an, wie er reglos auf dem Sofa saß, unter der verhassten Klimaanlage. Seine Stimme hatte einen gewissen, wohlbekannten Tonfall, in seiner Stimme vibrierte eine Zerbrechlichkeit, wie immer, wenn sie ihn wirklich brauchte. Wegen dieser Sensibilität und Verletzlichkeit hatte sie sich in ihn verliebt, und sie wollte nicht, dass sie sich wieder verflüchtigte, deshalb antwortete sie ihm so zärtlich wie möglich.

– Was ist Simò?

– Entschuldige.

Grazia ließ die Jeans fallen und ging zu ihm hin, nahm seinen Kopf in die Hände, drückte ihn an ihren nackten Bauch und streichelte ihn, der stachelige Bart kratzte sie an der Stelle, wo sie sich die Spritze gegeben hatte.

– Das nächste Mal gibst du sie mir, sagte sie und schloss die Augen, denn sie war müde und hatte keine Lust, an wütende Babygesichter zu denken, an depressive Lebensgefährten, Follikel, Hormone, Mafiakriege, Mordopfer und Serienmörder.

An die am allerwenigsten.

An die Ungeheuer.

Nein, bitte nicht, nicht noch einmal.

Da ist die Tür und da ist auch die kleine Wohnung, die erste rechts auf dem schmalen Gang. Klingel, Türspion, Panzertür, Sicherheitsschloss, denn das hier ist ein gutes Viertel, nicht wie gewisse Viertel in Bologna, wo man sich nachts nicht auf die Straßen trauen kann, wo Ausgangssperre herrscht, kein Wunder, es laufen ja jede Menge Rumänen und Zigeuner herum, aber ich halte lieber den Mund, was ist bloß aus dieser Stadt geworden, fragen Sie nicht mich, keine Ahnung.

Sie macht das Licht an. Fünfzehn Quadratmeter, grob geschätzt. Fenster an der hinteren Wand, links eine durch eine Rigipswand abgetrennte Kochnische (1,20 x 2): Herd (2 Platten plus Grill), frei hängender Dunstabzug, an der Wand festgemachter Klapptisch, zwei Stühle, Kühlschrank (90 l). Wohn-/Schlafraum: Schlafsofa (Zweisitzer, 1½ Liegeflächen), eintüriger Schrank, Nachttisch, Hocker, TV-Gerät (16 Zoll).

Hinter der Wand, die nicht wirklich lärmgedämmt ist, dudelt ein Radio.

La mia città, senza pietà, la mia città / ma come è dolce certe sere / a volte no, senza pietà.

(Meine unbarmherzige Stadt / ist an manchen Abenden so zärtlich / und manchmal unbarmherzig.)

Ist die Wohnung nicht süß? Klein, aber alles da, aber so klein ist sie nun auch wieder nicht, wenn Sie etwas Platz brauchen, keine Ahnung, vielleicht für den Heimtrainer, dann klappen Sie eben den Tisch zu. Schauen Sie sich um, ich weiß, in der Küche fehlt die Spüle, aber das Waschbecken im Bad ist groß, zwei Teller kann man darin locker waschen, ich kann mir ja vorstellen, ein Mann, der arbeitet, noch dazu jung ist wie Sie, möchte am Abend was unternehmen, nicht wahr?

Anche te … / che anche se lecchi il gelato / hai lo sguardo incazzato.

(Auch du … / auch wenn du gerade Eis schleckst / schaust wütend drein.)

Sie versucht die Musik zu übertönen, aber hin und wieder muss sie Atem holen. Sie versucht die Wand nicht anzusehen, schaut in die andere Richtung, als würde dadurch das Wummern des Lautsprechers leiser werden, das Vibrieren der Bässe, und auch die Stimme, die hinter der Wand singt, die zwar gar nicht so laut ist, aber doch laut genug, dass man alle Worte versteht.

Ma guarda che civiltà la mia città / con mille sbarre alle finestre / guardie giurate, porte blindate / e un miliardo di antifurti / che stanno sempre a suonare.

(Schau wie kultiviert meine Stadt ist / tausend Gitterstäbe an den Fenstern / private Wachdienste, Panzertüren / und eine Unmenge Alarmanlagen, / die dauernd heulen.)

Ja, mag sein, die Wohnung ist etwas hellhörig, aber hier wohnen nur gebildete Leute, lauter Freiberufler, ein Anwalt, eine Ärztin, und außerdem ein Ehepaar, das nie da ist, nur ein Student, aber er ist anständig, gute Familie, glauben Sie mir, nicht wie die aus Apulien, die immer nur feiern, er studiert wirklich.

Senza pietà, la mia città / „signora guardi le belle case / però a lei no, non gliela dò / mi dispiace signora mia / è tutto uso foresteria".

(Unbarmherzig, meine Stadt / „Schauen Sie, Signora, die schönen Häuser / aber Ihnen gebe ich die Wohnung nicht, / tut mir leid, sie ist nur als Gästehaus gedacht.")

Sie zuckt zusammen, denn von irgendwo hört man das Geräusch einer Klospülung. Dann beben die Metallrohre in der Wand, wie ein Erdbeben ohne Erschütterungen. Aber ich höre es nicht mal. Ich denke an diesen Schlager von Luca Carboni, er ist ein paar Jahre alt, ja, ich kenne ihn. Nein, das ist er nicht, es ist ein Satz, ein Vers. Ich warte darauf, aber er kommt nicht, vielleicht ist er schon vorbei.

La mia città, senza pietà, una città / ti dice che non è vero / che non c'è più la povertà / perché è tutta coperta / dalla pubblicità.

(Meine unbarmherzige Stadt, eine Stadt / sagt dir, dass es nicht stimmt / es gibt keine Armut mehr / denn die Werbeplakate decken alles zu.)

Geht es Ihnen gut? Sie sind so bleich.

C'è chi a lavorare / è obbligato a imbrogliare.

(Wer arbeiten will / muss betrügen.)

Ach, Sie schwitzen ja ... haben Sie Unterzucker?

E c'è ... / chi per poterti fregare / ha imparato a studiare.

(Und wer dich reinlegen will, hat dafür studiert.)

Waschen Sie sich das Gesicht, dann fühlen Sie sich gleich besser. Im Bad, hinter der Schiebetür: Toilette, Bidet, Duschtasse (mit Vorhang), Waschbecken, Wandschrank (mit Spiegel).

Ich drehe den Wasserhahn auf und wasche mir das Gesicht, lege mir die nassen Hände aufs Gesicht. Ich will sie nicht wegnehmen. Ich habe Angst, den Kopf zu heben. Ich habe Angst, mich im Spiegel zu sehen.

E c'è ... / bisogno di più amore / dentro a questa prigione.

(Und es braucht ... mehr Liebe / in diesem Gefängnis.)

Da ist wieder die Leere hinter dem Gesicht. Und zwar bei dem Wort *amore*, Liebe, war ja klar, die Sängerin schreit es mit kehliger Stimme, mit offenem *A* und rauem *R*, *amore*, *amore*, *amore*. Ich gleite ins Waschbecken, flüssig wie das Wasser aus dem Wasserhahn, und ich höre nichts mehr, ein anderer Schlager hinter der Wand, ein Fernseher nach dem anderen wird eingeschaltet, wieder eine Klospülung, die Rohre beben, über meinem Kopf wird ein Möbelstück verrückt, und sie quasselt hinter den Plastikfalten des Vorhangs.

Hören Sie, ich gebe sie Ihnen billiger, weil Sie es sind, ich schätze Sie nämlich sehr, immer noch besser als die, in der Sie im Augenblick wohnen. Sie kostet zweitausend im Monat, ich gebe sie Ihnen für fünfzehnhundert. Wenn Sie unbedingt einen Vertrag wollen, gut, dann ist es aber teurer, ansonsten sparen wir beide, sagen wir dreizehnhundert. Was ist da drinnen, ein Hund?

Sie streckt die Hand aus, in Richtung Badezimmertür, aber die springt aus den Angeln und fällt um wie ein Zelt. Sie kann gerade noch den Mund aufreißen, bevor er sich bückt und den Blick auf den Spiegel hinter sich freigibt, und so sieht sich die Frau ein letztes Mal mit weit aufgerissenem Mund, das Muttermal über der Lippe, wie das von Iva Zannicchi, ist fast in die Nase gerutscht, die Augen so weit aufgerissen, dass der Lidstrich die Augenhöhlen umrandet, und die ausgestreckte Hand mit den langen Nägeln, dem Türkisring am Finger und den Armbändern, die noch immer klimpern, zeigt in Richtung Spiegel.

– Grazia?

– Um Himmels willen, Matè … weißt du, wie spät es ist?

– Du musst sofort kommen. Es gibt wieder einen.

Im Gang standen jede Menge Leute, zu viele. Grazia zeigte dem Carabiniere am Haustor ihren Ausweis, dann blickte sie sich um, auf der Suche nach einem Lift, aber es gab keinen. Im Treppenhaus hob sie den Kopf und blickte nach oben, es gab nur zwei Stockwerke, obwohl an der Wand mindestens zwei Dutzend Briefkästen befestigt waren.

– Frau Kommissar Negro!

Pierluigi stand auf der Treppe, und Grazia brauchte eine Weile, bis sie ihn unter den vielen Menschen erkannte, er trug keine Uniform, sondern ein blaues Polo-Shirt, in dem er noch jünger, noch kindlicher aussah.

– Uniformträger sehen in Zivil immer ganz anders aus.

– Besser und hübscher, sagte Grazia und Pierluigi wurde rot, fast so rot wie seine Haare.

Grazia bemerkte es nicht. Auf der Schwelle zur Wohnung stand noch ein Carabiniere, er versuchte die Tür mit den Schultern abzuschirmen, vor dem Blick der Neugierigen zu schützen, die sich auf dem Gang drängten. Sie sahen aus, als hätte ein Erdbeben sie gerade aus dem Bett geworfen, ein barfüßiges Mädchen stellte sich auf die Zehenspitzen und versuchte dem Carabiniere über die Schulter zu spähen.

– Was tun die vielen Leute hier?

– Sie wohnen hier. Schauen Sie mal hier.

Pierluigi trat zur Seite, damit Grazia hineingehen konnte, und dabei sagte er *Gasparotto, mach bitte ein wenig Platz*. Es sah aus wie ein Wohnungseingang, doch auf dem Gang dahinter befanden sich fünf Panzertüren, jede mit einer Klingel.

– Hast du das gesehen? Eigentlich ist das eine einzige Wohnung mit fünf Zimmern, aber die Türen sind alle versperrt, und hinter jeder Tür ist eine Garçonniere mit Bad und Küche: fünf Einzimmerwohnungen. Eine Etage ist eine Wohnanlage. Im Stockwerk darüber dasselbe.

– Das ist bestimmt nicht legal.

– Sicher nicht. Außerdem gibt es nur einen Abwasseranschluss, nicht fünf ... hier wären früher oder später die Klos übergegangen.

– Vielleicht sollten wir den Besitzer anzeigen.

– Ich fürchte, das ist nicht mehr möglich.

– Warum?

Pierluigi öffnete die halb offene Tür zur ersten Einzimmerwohnung rechts und Grazia riss wieder den Kopf herum, so schnell, dass sie sich fast den Hals verrenkte. Ein Impuls, doch sie zwang sich augenblicklich, den Blick auf die Leiche im Zimmer zu richten.

– Verdammt, Capitano, flüsterte sie, Sie haben genauso einen kranken Humor wie meine Kollegen.

Pierluigi wurde wieder rot. Es tat ihm aufrichtig leid, es war ihm peinlich, denn er hatte keinen Witz machen wollen, ganz im Gegenteil, und das hätte er ihr gern gesagt, aber Grazia war in Gedanken schon woanders.

– Und wo ist der Kopf?, frage sie.

– Dort, wo er hingehört, sagte Matera, aber man sieht ihn nicht mehr. Er muss sie mit dem Fernseher erschlagen haben – und er zeigte auf das 16-Zoll-Gerät, das halb zerschmettert in einer Ecke lag.

– Er muss jede Menge Lärm gemacht haben. Hat jemand was gesehen?

Pierluigi schüttelte den Kopf.

– Nein, hier wohnen nur Freiberufler, sie kommen alle gleichzeitig nach Hause und verrücken Möbelstücke, machen den Fernseher an, machen jede Menge Lärm, und dann gehen sie schlafen. Nur der aus der Nebenwohnung ... beziehungsweise dem Nebenzimmer hat um Acht eine Art Schrei gehört, und dann ein paar

Schläge, aber er dachte, jemand schlüge einen Nagel ein, und hat nicht weiter darauf geachtet.

– Ein Passant hat angerufen, sagte Matera und zeigte mit der Zigarre auf das blutbespritzte Fenster, es sah aus wie ein roter Vorhang.

Grazia stellte fest, dass er nur mehr einen Stummel im Mund hatte, entweder ging Matera mit der Zigarre ins Bett oder er hatte sie zur Hälfte aufgegessen. Dann gab sie sich einen Ruck, es war ihr klar, dass sie sich über Nebensächlichkeiten und sinnlose Details den Kopf zerbrach, nur damit sie eine bestimmte Frage nicht stellen musste. Aber es war zwei Uhr nachts, auch sie war wie bei einem Erdbeben aus dem Bett gesprungen und wollte keine Zeit mehr verlieren.

– Warum gibt es eurer Meinung nach eine Verbindung zu dem anderen Mord? Nur wegen dem Gewaltexzess?

– Nein, deswegen.

Sie hatte es auch gesehen, schon beim Hereinkommen, doch sie wollte, dass es jemand anderer sagte, und Pierluigi sagte es. Er zeigte auf den Riss, diesmal war es sogar mehr als ein Riss, fast ein Loch zwischen den Pailletten, mit denen das Shirt der Frau bestickt war, über dem A von *tropical*. Die weißen Baumwollfasern ragten wirr daraus hervor, ragten wie Finger aus dem zerfetzten Stoff.

Grazia kniete sich nieder, um genauer hinzusehen, Pierluigi trat zu ihr.

– Das zuerst sollte kein Witz sein, sagte er. Ich kenne die Frau, wir hatten sie nämlich schon angezeigt wegen anderer Wohnungen, Bruchbuden, die nicht einmal Mindestanforderungen genügten und die sie schwarz an illegale Einwanderer vermietete. Ich wusste, sie ist die Besitzerin, und deshalb habe ich gesagt …

– Was ist das da?

Rund um den Riss war eine Art Rand. Grazia hatte ihn im Blitzlicht leuchten sehen, als ein Mitarbeiter der Spurensicherung ein Foto gemacht hatte. Sie waren inzwischen gemeinsam mit Sarrina gekommen und er hatte geflüstert, *Scheiße, ich gewöhne mich nie daran.*

Grazia bedeutete ihm, er solle schweigen, obwohl es nichts zu hören gab. Sie beugte sich über den seltsamen, weißlich schimmernden Rand, und sie hätte ihn gern mit dem Finger berührt, hielt sich aber zurück. Dann plötzlich hielt sie den Geruch von Blut und Tod, der sich in dem kleinen Raum staute, nicht mehr aus und lief auf den Gang hinaus, als ob sie keine Luft bekäme.

– Gehen wir hinaus? Ich fühle mich nicht gut.

Draußen auf der Piazza Santo Stefano ging Grazia bis ans Ende der Arkade, bog ums Eck und setzte sich auf ein Geländer am Rande des Platzes.

– Gleich kommt die Staatsanwältin, sagte Pierluigi.

Matera schnippte die Kippe der Zigarre auf den Kies der Piazza.

– Keine Sorge, Capitano, ich kann sie von hier aus sehen.

Vor der Kirche, die sich am Rande der ovalen Piazza befand, spielten drei Studenten Frisbee. Einer mit nacktem Oberkörper schaffte es nie, die Plastikscheibe zu fangen, sie landete immer mit einem dumpfen Geräusch auf den Kieselsteinen und prallte mehrmals auf. Es war schwül und windstill, nicht wie um zwei Uhr nachts, ungewöhnlich für Bologna, selbst im Hochsommer.

Grazia massierte sich den Bauch unter der Bluse. Sie glaubte einen harten Dippel zu spüren, wie einen Bienenstich, aber der Eindruck täuschte, die Haut war nur empfindlicher.

– Wenn die beiden Morde etwas miteinander zu tun haben, müssen wir etwas finden, das Enzino, also die Familie Cardella, mit der da verbindet … wie hieß sie doch gleich?

Pierluigi zuckte mit den Achseln.

– Ich erinnere mich nicht. Ich bitte meinen Mitarbeiter, uns ihre Papiere zu bringen.

Er zog schon das Handy heraus, doch Grazia gebot ihm mit einer Geste Einhalt, ohne ihn anzusehen.

Der Capitano steckte das Handy sofort in die Tasche, während Matera lächelnd eine neue Toscano auswickelte. Dieses Mädchen gab einem Carabiniere, noch dazu einem Offizier, Befehle.

– Wenn das ein Mafiakrieg ist, sagte Pierluigi, ist es ein seltsamer Mafiakrieg. Die Frau war ja weder ein Killer noch ein Boss, genauso wenig wie Enzino.

– Vielleicht ist es Blutrache.

– Eine sehr verquere Blutrache. Und weswegen? Wollen die aus Casale beim Geschäft mit den illegalen Mieten mitnaschen? Daran beteiligen sich schon die Bologneser, und zwar seit ewigen Zeiten.

Die Frisbeescheibe knallte an das Geländer, direkt unter Grazias Hintern, und fiel zu Boden. Der Junge mit nacktem Oberkörper kam gelaufen und hob sie auf.

– Scheißstudenten, knurrte Sarrina, kann mir gut vorstellen, wie viel sie morgen studieren werden.

– Und außerdem der Riss im Shirt, auf der Höhe des Herzens. Der hat doch was zu bedeuten, oder? Und der Gewaltexzess, ihr habt ja gesehen. Hier wirkt er noch unkontrollierter, noch spontaner, das war keine Folter, keine Exekution.

Die Jungs hatten aufgehört zu spielen, weil ein Polizeiauto gekommen war. Der mit nacktem Oberkörper zog sein Shirt an, die beiden anderen waren mit dem Frisbee weggegangen.

Grazia hüpfte vom Geländer. Sie konnte nicht stillhalten, sie war von klebrigem Schweiß überzogen.

– Warten wir auf das Gutachten des Gerichtsmediziners.

– Gut, warten wir. Doch ihr werdet sehen, morgen gibt es eine böse Überraschung. Wer ist das, die Staatsanwältin?

Pierluigi hatte gesehen, dass sich Matera umgedreht hatte und ans Ende der Arkade blickte. Dort stand ein Mann reglos vor dem Haustor, er wurde vom Blaulicht des Polizeiautos beleuchtet wie in einem Film.

– Nein, ich glaube, das ist Ihr Chef.

– Pierluigi! Können Sie bitte einen Augenblick herkommen?

Entschuldigt, sagte der Capitano und verschwand rasch um die Ecke.

– Zu Befehl!, flüsterte Sarrina und schlug die Hacken zusammen.

– Dich möchte ich sehen, wenn Carlisi dich ruft, sagte Grazia und Matera lachte.

Dann stellte er fest, dass das Polizeiauto über die Piazza gefahren und hinter ihnen stehengeblieben war, die Polizisten waren ausgestiegen und kamen auf sie zu, die Polizistin sagte, *Entschuldigung, meine Herren, aber glauben Sie nicht, dass es ein wenig spät ist,* und da zog Matera seinen Ausweis aus der Tasche und ging ihr entgegen, knurrend und mit der Zigarre zwischen den Zähnen.

Colonello De Zan hatte Pierluigi zum Haustor gerufen, um ihm einen Anschiss zu verpassen.

Gut, die Kriminalpolizei leitete zwar die Ermittlungen, aber die Carabinieri hatten unter der Nummer 112 die Mordanzeige entgegengenommen, warum also war die Spurensicherung der Polizei da und nicht die der Carabinieri?

Aus diesem Grund ist Pierluigi heute Morgen nach Parma gefahren. Zuerst hatte er die Mitarbeiter der Spurensicherung weggeschickt, die fluchend abzogen, dann hatte er auf die Carabinieri gewartet, hatte einem behandschuhten Colonello die Hand gereicht, der hatte ihn freundlich aus der Wohnung geschubst und er hatte geduldig auf dem Gang gewartet. Er hatte sogar ein wenig geschlafen, mit dem Kopf an der Wand, bis der Colonello von der Spurensicherung mit einem Finger der behandschuhten Hand auf seinen Arm getippt und ihn aufgeweckt hatte.

Er solle nach Hause gehen und ein wenig schlafen, bevor er wieder den Dienst antrat, aber er wusste, dass er es nicht schaffen würde, dass er ein paar Stunden lang an die Decke starren würde. Also machte er das, was er immer machte, wenn er wach bleiben musste, er ging in die erstbeste Bar und bestellte sich ein Frühstück. Dann ging er nach Hause – es war nicht wirklich ein Zuhause, sondern eine Unterkunft, er wohnte ja in der Kaserne – und nahm eine sehr lange Dusche. Schließlich starrte er auf die Uniform, die er auf den stummen Diener gehängt hatte – die gefaltete Hose über der Stange und die Jacke auf dem Kleiderbügel, quer darüber die Krawatte – trocknete sich die Haare mit der Kapuze des Frotteebademantels, dann öffnete er den Schrank und nahm ein frisches Polo-Shirt heraus.

Als er in den Spiegel blickte, stellte er fest, dass er wieder rot geworden war, und er wusste auch warum.

Besser und hübscher.

Aber er zog das Shirt wieder aus und versuchte nicht weiter daran zu denken, nahm ein sauberes Hemd, band sich die Krawatte um, und dann, in Unterhose und Socken, schlüpfte er in die Uniform. Während er die Schuhe anzog, warf er wieder einen Blick in den Spiegel und stellte fest, dass er immer noch rot war.

Im Handumdrehen ist er in Parma, obwohl auf der Autobahn schon reger Verkehr ist, er hat sein Privatauto und nicht das Dienstauto genommen, fährt aber trotzdem schnell, er kennt den Weg zum Palazzo Ducale, dem Sitz der Spurensicherung. Er zeigt dem Unteroffizier am Tor seinen Ausweis, parkt auf einem mit CC markierten Rechteck, und fährt mit dem Lift hinauf in das Stockwerk, in dem sich die Labors befinden. Dort sagt man ihm, das Material vom Tatort sei bereits angekommen und liege bereit, Maresciallo Strano habe sich jedoch zwei Stunden freigenommen und käme nicht vor zehn.

Zwei Stunden.

Es hat keinen Sinn, in der Zwischenzeit nach Bologna zurückzufahren, aber er will auch nicht hier drinnen bleiben und einen Kaffee aus der Kaffeemaschine trinken, und auch keinen aus der Kantine, nicht, dass er nicht gut wäre, ganz im Gegenteil, aber er will sich die Beine vertreten, nachdenken, aber nicht hier, sondern draußen.

Und außerdem ist da noch etwas. Ein merkwürdiges Gefühl, er atmet es mit jedem Atemzug ein und es steigt ihm zu Kopf, leicht und frisch, es prickelt in seinem Hirn. Etwas Ähnliches ist ihm schon mal passiert, ganz früh an einem Frühlingsmorgen, aber heute ist es bereits heiß, keine Frühlingsluft, und es ist auch nicht so früh am Morgen.

Dennoch ist ihm, als würde sein Kopf mit einem Faden am Hals befestigt sein und wie ein Luftballon darüber schweben, als würde ein leichter Wind wehen, nein, kein Wind, eine Brise, irgendwo zwischen Magen und Herz. So ein Gefühl hat er immer, wenn er auf etwas wartet, auf das Resultat einer Untersuchung, die seine Ahnung bestätigt, wie jetzt, aber das allein ist es nicht, es ist nicht nur die Aufregung, nicht nur.

Da ist noch was anderes.

Also verlässt er das Gebäude, verlässt die Abteilung der Spurensicherung und geht im Park spazieren.

Er ist in dieser Stadt zur Welt gekommen, hat aber nur kurz hier gelebt, nur sechs Jahre, denn wie viele Carabinieri ist auch er der Sohn eines Carabiniere, sein Vater war versetzt worden, weit weg, nach Kalabrien, und die Familie hatte ihn begleitet.

Aber er kann sich noch daran erinnern, wie sie am Sonntagvormittag über die Kieswege im Maria-Luigia-Park spazieren gingen, seine Mutter, sein Bruder und er, er an der Hand seiner Mutter, und sein Bruder im Kinderwagen, er war nämlich immer krank.

Er erinnerte sich, dass er einmal wütend geworden war, weil sein Bruder im Sportwagen – wie er ihn nannte – saß und er nicht, und da hatte seine Mutter ein Tretauto für ihn gemietet, ein Fahrgestell aus Metall mit abgeblättertem Lack, früher war es wahrscheinlich einmal gelb gewesen, und um zu fahren, musste man mit beiden Beinen auf eine Stange drücken. Es war jedoch bei dem einen Mal geblieben, denn er war ganz schnell gefahren, hatte fest getreten, und sie war ihm mit dem Kinderwagen nachgelaufen, *bleib stehen, bleib stehen, halt!*

Er erinnerte sich, dass er am Teich Veilchen gepflückt und sie in den Kindergarten mitgenommen hatte, die Kindergärtnerin wollte mit ihnen eine Collage kleben, aber er hatte sie zuerst fest in der Hand gehalten und dann in die Tasche gesteckt, und als er ankam, klebte der feuchte Matsch an den Fingern.

Er erinnerte sich an ein Dreirad der Gemeinde, das eine Kurve zu eng genommen hatte und mit großem Getöse umgekippt war, was ihn sehr erschreckt hatte, er erinnerte sich, dass ein Kind an ihm vorbeigeradelt war und ihm dabei die Kappe vom Kopf gerissen hatte, er erinnerte sich, dass ihm ein Eis aus der Hand gefallen war, als er sich auf eine Bank setzte, er erinnerte sich, dass sie an einem Verkaufsstand aus Wellblech eine Coca-Cola gekauft hatten und er davon Schluckauf bekommen hatte, er erinnerte sich an die Enten, doch die waren jetzt nicht mehr da.

Aber gibt es hier wirklich Enten, hat es sie jemals gegeben? Erinnert er sich tatsächlich an all das, oder hatte er bloß die Erzählungen der Erwachsenen mit Bildern und Gefühlen gefüllt, weil er noch zu klein gewesen war, als sie sich ereignet hatten?

Wie immer, wenn er sich an die Vergangenheit erinnert, vor allem an seine Kindheit und an später, als er nicht mehr in Parma wohnte, wird er ein wenig melancholisch. Aber heute ist das Gefühl nicht so stark wie sonst, denn da ist dieses merkwürdige Prickeln, frisch und leicht, und wenn er es mit dem schweren, feuchten Gefühl der Erinnerung vergleicht, versteht er, was es ist und erkennt es, auch wenn er nicht weiß, woher es kommt.

Es ist Glück.

Dann fällt sein Blick auf die Uhr, es ist bereits drei viertel zehn, also kehrt er um und zwingt sich, an den Maresciallo zu denken und an die Fragen, die er ihm stellen wird. Die Enten hat er bereits vergessen, und selbst wenn sie da wären, während er rasch über die weißen Kieswege zwischen den Veilchen geht, würde er sie nicht bemerken.

Das merkwürdige Glücksgefühl ist jedoch noch da.

Er zwingt sich, aufrecht und schnell zu gehen, sonst würde er hüpfen.

Als er ins Labor kommt, wartet Maresciallo Strano bereits auf ihn, er steht auf einem Hocker vor dem Tisch, auf dem das Beweismaterial liegt, der Maresciallo ist nämlich klein, fast ein Zwerg, untersetzt und dicklich in seinem weißen Kittel. Er weiß, was der Capitano wissen will, der Colonello mit den Handschuhen hat es ihm nämlich bereits gesagt, und so streift er ebenfalls ein Paar über – durchsichtige Latexhandschuhe – und zieht das Paillettenshirt der Wohnungsvermieterin aus einer Tüte.

Er betrachtet es im Gegenlicht, legt es auf den Tisch und streift es glatt, nähert sich so sehr dem Riss, dass es aussieht, als würde er daran schnuppern. Dann nimmt er ein Wattestäbchen aus einem geschlossenen Behälter, hält es in die Höhe wie eine Gabel und streicht damit über den zerfetzten Stoff.

Pierluigi sieht, wie er von seinem Hocker springt und schnell zu dem Tisch mit den Mikroskopen trippelt. Sein Kittel muss maßgeschneidert sein, sonst würde er am Boden schleifen, und einen Augenblick lang fragt er sich, wie er angesichts seiner Größe bei den Carabinieri aufgenommen werden konnte, aber er kann es sich vorstellen, wahrscheinlich ist der Maresciallo ein Genie.

Er folgt ihm zum Tisch, er würde ihm gerne helfen und auf den anderen Hocker steigen, hält sich jedoch zurück. Das merkwürdige Glücksgefühl ist verflogen, weggeflogen wie die Enten, auch wenn er es in der Ferne am Horizont noch sehen kann. Capitano Pierluigi ist nämlich ein Carabiniere und mit Feuereifer bei der Arbeit, so ist er nun mal, und wenn er auf der Jagd ist, verschlägt es ihm den Atem, genau wie Grazia.

Der Maresciallo streift das Wattestäbchen an einem Glasplättchen ab, legt es unter das Mikroskop und wirft Pierluigi einen augenzwinkernden Blick zu, als wolle er sagen, reine Routine, er wisse ohnehin schon Bescheid.

Tatsächlich legt er das Auge nur kurz an die Linse, stellt mit einer Handbewegung den Ring des Objektivs ein, lächelt noch immer, hebt den Kopf, nickt und sagt, *wusst' ich's doch.*

Nur ein kurzes Vibrieren, ein einziges Mal: ein SMS.

Simone.

Vergiss nicht auf die Spritze. Ich warte auf dich.

Sie hatte noch genug Zeit. Grazia dachte, dass sie sich Zeit lassen konnte, dass sie die Abhörprotokolle in aller Ruhe fertig lesen und dann einen Sprung nach Hause machen konnte, um sich die Spritze geben zu lassen. Oder sie ließ alles liegen und stehen und kam früher, damit Simone ihren guten Willen bemerkte und sich freute.

Dann tauchte Sarrina in der Tür auf.

– Carlisi möchte, dass wir alle in sein Büro kommen. Die Staatsanwältin und die Carabinieri sind auch da.

Die Staatsanwältin Deianna trug ebenfalls ein Shirt mit aufgestickten Pailletten wie das der Wohnungsvermieterin, aber anstelle einer Schrift war ein Herz aufgestickt, ein großes Herz, das von Violett in Rot überging und samt ihrem Busen zwischen den Aufschlägen einer Kostümjacke hervorquoll. Sie versuchte die Beine übereinanderzuschlagen, aber der Rock spannte über den Schenkeln, also ließ sie es bleiben.

– Ich verstehe nicht, sagte sie.

Pierluigi öffnete den Mund, um etwas zu sagen, dann sah er den Colonello an, der an einem Fensterpfosten lehnte, mit verschränkten Armen über der schwarzen Uniform.

– Bitte, sagte De Zan.

– Speichel, sagte Pierluigi.

Er warf Grazia einen Blick zu und unterdrückte ein Lächeln. Sein Gesicht war rot, aber nicht aus Verlegenheit, sondern vor Aufregung. Er keuchte vor Glückseligkeit und Erregung. Er hatte es zu ihr gesagt, und als wieder die Furche zwischen ihren Augenbrauen auftauchte, lächelte er aufs Neue.

– Speichel?, fragte die Staatsanwältin und setzte die Brille auf, obwohl es nichts zu sehen gab.

– Was heißt hier Speichel?

– Wir müssen die offiziellen Ergebnisse des Gutachtens abwarten, aber der Unteroffizier, der in unserem Labor arbeitet und der, das schwöre ich, der beste in Italien und darüber hinaus ist … – *schon gut,* murmelte Carlisi, aber Pierluigi achtete nicht auf ihn – also Maresciallo Strano hat festgestellt, dass es sich bei diesem Rand um den Riss im Stoff um Speichel handelt. Um menschlichen Speichel. In beträchtlicher Menge und ziemlich zähflüssig, sodass man eher von Geifer als von Speichel sprechen sollte.

– Geifer?, schrien alle gleichzeitig auf, mit Ausnahme von De Zan, der es bereits wusste, und Grazia, die sich auf die Innenseite der Wange biss, sonst hätte auch sie aufgeschrien.

– Geifer? Wie zum Teufel …

– Bisse.

Pierluigi reichte der Staatsanwältin eine Akte, aber sie schob sie mit einer Handbewegung weg, die so entschieden war, dass sie fast zornig wirkte. Aber er bemerkte es nicht, denn er sprach nur zu Grazia, ausschließlich zu ihr.

– Ich hatte ja einen Verdacht, aber ich war mir nicht sicher. Die Risse im Shirt der Wohnungsvermieterin und im Shirt Cardellas stammen nicht von einem Messer, sondern von Bissen. Als ob jemand den Stoff mit den Zähnen hätte zerfetzen wollen – und er machte eine entsprechende Geste, legte den Kopf zur Seite und klapperte mit den Schneidezähnen.

– Du lieber Gott, sagte die Staatsanwältin.

Grazia nahm die Akte und öffnete sie, blätterte die vergrößerten Fotos durch.

Sie dachte: *Verdammt.*

– Wir vergleichen ihn gerade mit dem Speichel, den wir auf dem Shirt von Cardella Vincenzo sichergestellt haben, aber ich wette um meinen Dienstgrad, dass er identisch ist.

Grazia schloss die Akte und reichte sie Matera über die Schulter hinweg.

Sie dachte noch immer: *Verdammt.*

– Es gibt keine Hinweise, dass er sie auch an anderen Körperstellen beißt … Gewaltexzess, aber er beißt nicht zu. Er beißt sie nur in die Brust, in die Kleidung. Wieso?

Auch das sagte er zu Grazia, sie richtete sich auf.

– Herr Doktor, jetzt sagen Sie mir noch, dass die Wohnungsvermieterin Verbindungen zur organisierten Kriminalität hatte, sagte die Staatsanwältin Deianna, aber es war ein schwacher Witz.

Carlisi schüttelte den Kopf.

– Nein, wir ermitteln noch, aber bis jetzt haben wir nichts herausgefunden, und ich bezweifle, dass …

Die Staatsanwältin Deianna stand auf und strich sich den Rock glatt.

– Ich verstehe. Dann ist das von nun an keine Ermittlung gegen die Mafia mehr, sondern wahrscheinlich eine Ermittlung gegen einen … mutmaßlichen … Himmel, ich kann das Wort nicht mal aussprechen.

– Serienmörder, sagte De Zan.

Verdammt, dachte Grazia.

– Genau. Aber da der Verdacht auf Mafiamorde noch nicht völlig ausgeräumt ist und Frau Kommissar Negro auch die Einmischung der Camorra-Mutter zur Anzeige gebracht hat, bin nach wie vor ich dafür zuständig. Solange sich nicht jemand anderer um diese Sauerei kümmert, und da der Fall nicht mehr in die Zuständigkeit der Antimafia-Abteilung fällt, beauftrage ich die Carabinieri mit der Untersuchung und danke der Polizei für die bisher geleistete Arbeit.

– Frau Doktor … sagte Carlisi und hob einen Finger.

– Herr Doktor … sagte De Zan und löste sich von seinem Fensterplatz.

Pierluigi gefror das Lächeln auf den Lippen, es wurde so kalt und starr, dass er es sich hätte mit dem Ärmel der Uniform wegwischen können. Er sah Grazia an, die sich in die Innenseite der Wange biss, und die Glückseligkeit verwandelte sich in Angst. Angst, sie nicht mehr zu sehen, nicht mehr mit ihr arbeiten zu dürfen, sie aus den Augen zu verlieren.

– Frau Doktor, erlauben Sie … – sagte er entschieden und so laut, dass alle verstummten – … ich möchte Sie darauf hinweisen, dass wir in diesem speziellen Fall auf die Fähigkeiten von Frau Kommissar Negro nicht verzichten können … wir arbeiten ja bereits zusammen …

– Ich spreche mit dem Polizeipräfekten, sagte Carlisi, und auch mit dem Chef der Kriminalpolizei – und dabei nickte er mit geschlossenen Augen, *ist erledigt, ist erledigt.*

– Ich verstehe, sagte die Staatsanwältin, eigentlich ist es auch richtig so. Ich schlage vor, wir bilden eine Taskforce, eine Truppe zur Bekämpfung des … Ungeheuers … Himmel, ich bringe das Wort noch immer nicht heraus.

De Zan konnte es gar nicht fassen, dass er – noch dazu von seinem Capitano – übergangen worden war, es hatte ihm die Stimme verschlagen. Er setzte ein paarmal an, um etwas zu sagen, wurde jedoch zuerst von Carlisi, *wir sind damit einverstanden*, und dann von Deianna unterbrochen: – Natürlich leitet die Kriminalabteilung der Carabinieri die Ermittlungen.

Schweigen.

Dann Carlisi: *okay,* und Deianna: *okay.*

– Ich erwarte mir eine reibungslose Zusammenarbeit, aber das brauche ich wohl nicht zu betonen. Und allerhöchste Diskretion.

– Das fehlte uns ja gerade noch, sagte Carlisi, dass bekannt wird, dass ein Mörder seine Opfer wie ein tollwütiger Kampfhund anfällt.

– Herr Doktor, damit hören wir sofort auf. Wenn wir ihn als Kampfhund oder sonst wie bezeichnen, landet das Ganze in der Presse, und ich werde zornig, und zwar sehr. Haben wir uns verstanden? Im Augenblick handelt es sich nur um Mutmaßungen, wir suchen einen Mörder. Vorausgesetzt, er ist ein Einzeltäter. An die Arbeit.

Bevor sie hinausging, richtete sie sich den Rock, wackelte mit dem Hintern, während sie den Stoff glattstrich. Wenn sie allein gewesen wären, hätte Sarrina einen Witz gemacht, aber die Carabinieri waren noch da und der Colonello sah drein, als hätte er ein Magengeschwür.

– Die Sitzungen finden aber bei uns statt, sagte er zu Carlisi, als er ihm die Hand drückte, und dann zu Pierluigi, brüsk: Gehen wir.

Pierluigi verabschiedet sich mit einer Handbewegung und folgt dem Colonello. Er denkt: *Jetzt macht er mich zur Schnecke …* aber es ist ihm egal, das Lächeln hat sich aus seiner Verkrustung befreit und liegt breit auf seinen Lippen, als er das Büro verlässt.

– Grazia, sagte Carlisi, sobald sie allein waren und nachdem er Sarrina mit einer Geste aufgefordert hatte, die Tür zu schließen.
– Der Kampfhund gehört dir. Du musst ihn schnappen. Ja, ja, ich weiß, wir dürfen ihn nicht so nennen und wir müssen zusammenarbeiten … Aber du musst den Hund schnappen.
– Er beißt und geifert, sagte Sarrina, wir bräuchten einen Hundefänger.
Niemand lacht.
Grazia nickte, dann berührte sie den Bauch unter dem Shirt und dachte wieder *verdammt,* aber aus einem anderen Grund.
– Bin gleich wieder da, sagte sie, ich muss einen Augenblick aufs Klo.
Zum Glück hatte sie den Pen bei sich, sie hatte ihn fast automatisch in den Rucksack gesteckt, als ob sie schon gewusst hätte, dass sie nicht rechtzeitig nach Hause kommen würde. Sie hatte ihn bereits am Vortag aus dem Kühlschrank genommen, aber vielleicht machte das nichts, zumindest hoffte sie es.

Auf dem Klo schickte sie Simone eine Nachricht – *entschuldige Probleme komme später mache es selbst erkläre es dir später* – und schaltete das Handy aus, damit er nicht zurückrufen konnte.

Während sie ihren Bauch abtastete, auf der Suche nach einer unberührten Stelle, konzentrierte sie sich auf die Bisse. Sie wollte nicht an Simone denken, an den schiefen, stummen Blick, mit dem er sie empfing, an die verknautschten Gesichter der Zwillinge aus dem Traum, an das Brennen der Nadel unter der Haut, an nichts von alldem, deshalb sagte sie zu sich, *der Kampfhund beißt sie nicht, der Kampfhund zerfleischt sie nicht, er ist wütend und beißt sie nur in die Brust, er zerreißt den Stoff, als wollte er ihnen die Kleider vom Leib reißen, warum, warum, warum?*

Auf dem Parkplatz vor dem Präsidium auf der Piazza Roosevelt macht Colonello De Zan Capitano Pierluigi zur Schnecke. Auf seine Art und Weise, ohne die Stimme zu heben, aber sie ist kalt und schneidend wie eine Porzellanklinge, *erlauben Sie sich das nie wieder, beim nächsten Mal …*

Pierluigis Gesicht ist so rot, dass ihm die Röte fast die Haarwurzeln versengt, aber nicht aus Scham oder weil er sich gedemütigt fühlt. Vielleicht zum ersten Mal in seinem Leben hört er die Vorwürfe seines Vorgesetzten gar nicht. Er schaut finster drein, um das Lächeln zu unterdrücken, das sich sonst auf seinem Gesicht breitmachen würde.

Er hat nämlich verstanden, woher die seltsame Glückseligkeit kommt, wegen der er im Maria-Luigia-Park am liebsten gehüpft wäre wie ein kleines Kind.

Er hat es verstanden, als er einen letzten Blick auf Grazia geworfen hat, bevor er hinter der schwarzen Uniform seines Colonello das Büro verlassen hat, in der Gewissheit, dass er sie wiedersehen würde.

Er ist verliebt.

Er ist in sie verliebt.

Beim letzten Posting hat es drei Kommentare gegeben.

Es sind anonyme Nutzer, ohne Foto, nur ein Fragezeichen in einem blauen Kästchen, das aussieht wie ein durchsichtiger, gerahmter Fingerabdruck.

1 fragt: *Wer bist du ... du machst mir Angst.*

2 sagt: *Machst du Witze? Oder hast du sie nicht alle? Auf wen bist du so wütend? Kamille oder Baldrian und such dir jemanden, der dir hilft.* Gezeichnet: L.

3 sagt: *Du hast recht, sind wirklich alles Arschlöcher.*

Ich antworte nicht. Ich habe diesen Blog ja nicht ins Netz gestellt, um zu chatten, sonst hätte ich eine Seite auf Facebook eröffnet.

Aber selbst wenn ich es gewollt hätte, hätte ich es nicht geschafft, ich hatte ja gerade mal Zeit, ein Foto hochzuladen.

Diesmal das Foto einer Frau, in Schwarzweiß. Es sieht aus wie das Jugendfoto einer alten Oma, es könnte eingerahmt auf einer Anrichte stehen, am Dachboden irgendwo am Land, oder vom Flohmarkt stammen. Sie lächelt und entblößt dabei die Zähne, schwarze lockige Haare, Mittelscheitel, wellig fallen sie auf die Schultern. Sie trägt ein geblümtes, hochgeschlossenes Kleid, mehr ist nicht zu sehen, denn es ist ein Brustbild.

Diesmal ist es kein trauriges Bild.

Ich weiß, dass sie danach nie mehr glücklich sein würde, und vielleicht war sie es auch nie, doch auf diesem Foto wirkt die Frau glücklich.

Mehr habe ich nicht hochladen können. Dann ist nämlich er gekommen, und da habe ich den Song abgespielt, ich habe ihn mit dem Cursor verbunden und der Radiergummi hat die Musik aus den Lautsprechern des Computers gepresst, zuerst den Bass, untermalt vom leisen Zischen der Becken, wie ein Seufzen, dann das Schlagzeug, das klopft wie ein Herz.

Rammstein, sagt der Cursor.

Benzin.

Hört man da ein Knurren? Oder einen fernen Schrei? Ich habe Angst.

Was ist da? Ich habe Angst.

Dann höre ich es, ja, es ist ein Schrei, ein Schrei, der näher kommt, und ja, er macht mir Angst, ich laufe davon, verstecke mich unter dem Tisch, ich ziehe die Knie an und halte mir die Ohren zu, presse die Hände auf den Kopf, aber ich kann ihn trotzdem hören, ich höre ihn und habe Angst, Angst, Angst.

Er keucht im Rhythmus der Musik, die mir auf den Kopf trommelt. Ich sehe ihn nicht, aber ich kann ihn mir vorstellen, er sitzt schwer auf dem Schreibtischsessel, beugt sich über die Tastatur, die Finger wie Klauen, halb offener Mund, aus dem ein rauer Ton dringt, wie diese Stimme, die auf Deutsch singt, die *R* kratzen in meinen Ohren und brennen in meinem Hirn.

Ich kann ihn mir vorstellen, wie er mit gebleckten Zähnen und geblähten Nüstern auf die Tasten eindrischt, und ich weiß, was er schreibt, denn er spricht beim Schreiben mit, er knurrt laut, um die Worte mit der Musik und der keuchenden, metallischen und tiefen Stimme aus dem Lautsprecher in Einklang zu bringen:

ich frage mich ich frage mich ihr arschlöcher ich frage mich wie zum teufel ihr es schafft am leben zu bleiben so blöd wie ihr seid ihr verdammten arschköpfe und hurensöhne (ich höre ihn, er holt Luft, dann spuckt er wieder Worte aus) *ihr verschissenen diener infamer herren sie sind wie ihr und ihr verkauft sogar euren arsch um zu werden wie sie die säue* (knurrt es) *säue* (knurrt lauter) *SÄUE* (schreit) *ihr könnt auch gleich sterben ihr wisst ohnehin dass ihr schon tot seid und dass die hyänen euch fressen werden eure von würmern abgenagten knochen und die schweine werden auf euch draufpissen* (er keucht atemlos und ich höre ihn – ich sehe ihn – wie er den Atem tief einsaugt, damit er ihn ausstoßen kann wie eine zähe Flüssigkeit) *ich frage mich ich frage mich ich frage mich was für einen platz es für euch auf dieser welt gibt ihr raubt das vertrauen der menschen* (seine Kehle öffnet sich weit) *um ihnen gegen bezahlung ihr leben abzukaufen* (ein schabendes Geräusch tief unten in der Kehle) *ihr kraken mit den ausgestreckten armen die ihr auf knöpfe drückt und ihr* (zwischen den Zähnen) *ihr die ihr ihnen folgt in der hoffnung auf eine minute im scheinwerferlicht und ihr* (wieder) *die ihr selbst bei witwen und waisen spart die ihr mit eurer gier hervorgebracht habt ihr* (jetzt schreit er) *ihr die ihr sogar den alten die zukunft stehlt die ihr sogar das blut der kranken und den schweiß des sklaven trinkt ihr die ihr einen fluch verbietet aber einen faustschlag zulässt ihr infamen heuchlerischen bastarde hurensöhne und auch ihr die ihr keinen finger rührt weil ihr im gemachten Bett liegt jetzt jetzt jetzt ist es vorbei denn ich will keine gerechtigkeit sondern rache aber ich werde euch der reihe nach der reihe nach holen ihr verdammten arschlöcher* ICH WERDE EUCH DER REIHE NACH HOLEN UND EUCH DAS HERZ HERAUSREISSEN!

Und er schreit, er schreit so laut, ich weiß, ich kann nichts mehr schreiben, ich habe nämlich Angst, Angst, ich traue mich nicht hinaus, ich bleibe in meinem Versteck, zusammengekauert wie ein Embryo, und jetzt kann ich es nur denken, mir insgeheim, ganz leise, vorsagen: Ist da jemand?

Gibt es da draußen jemanden, der mir helfen kann?

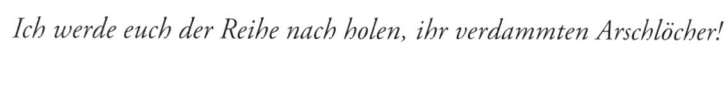

Ich werde euch der Reihe nach holen, ihr verdammten Arschlöcher!

Als er ihn kommen sah, rutschte er aus und fiel hin.

Er war vom Lastwagen heruntergesprungen, weil im Licht der Scheinwerfer ein schwarzer Fleck aufgetaucht war; er hatte ihn aus den Augenwinkeln gesehen, als er in der Baugrube den Rückwärtsgang eingelegt hatte, um mit dem Kipper in ein leeres Loch zwischen den Müllhaufen zu fahren.

Im ersten Augenblick dachte er, es sei ein Hund, und zwar ein großer, doch der schwarze Fleck war aus dem Lichtkegel herausgesprungen, und aus irgendeinem Grund hatte er das Gefühl, dass es kein Hund war. Auf dem Beifahrersitz lag ein Wagenheber – für den Notfall, stehlen würde den Wagen sowieso niemand, noch dazu mit so einer Fracht, und wenn er von der Polizei angehalten wurde, musste er nur den Mund halten, um den Rest kümmerte sich schon der Anwalt –, er nahm ihn und sprang hinunter.

Aber jetzt, als er ihn kommen sieht, schwarz auf schwarz, in der Finsternis der dunklen Baugrube, kann er die Waffe nicht rechtzeitig heben, denn die Absätze der Gummistiefel rutschen wie Schlittschuhe im Schlamm und im Sickerwasser, er fällt rücklings auf den Reifen, er ringt nach Luft, sein Nacken schlägt gegen den Kotflügel, er ist wie betäubt.

Aber nur einen Augenblick lang, dann dreht er sich um wie eine Katze, klettert trotz seines Brummschädels in die Fahrerkabine des Lastwagens, hat sich allein mit den Armen hochgezogen und am Steuer festgeklammert, und am liebsten hätte er sich auch am Sitz festgebissen, nur um sich hochzuziehen, denn er spürt, dass die Bestie – jetzt hält er sie für ein Tier – ganz nah ist, sie schabt an der Karosserie und knurrt wie ein Hund, aber es ist kein Tier, er weiß nicht, was es ist, und das macht ihm panische Angst.

Er kann sich gerade noch umdrehen und sich hinsetzen, zu spät jedoch, um die Tür zu schließen oder mit den Füßen zu treten, denn die schwarze Bestie hat sich auf ihn gestürzt, zerquetscht ihm die Beine, liegt schwer auf seinem Bauch, stößt ihm den Kopf in den Magen, schiebt sich weiter nach oben, und da hält sie einen Augenblick inne, es ist kein Tier, es ist ein Mensch, denn er spürt einen Stoff unter den Fingern, und er kennt auch den Stoff, der sich da über dem Rücken spannt, und er will schon sagen, *was zum Teufel,* aber er bringt es nicht mehr heraus, denn der andere hat den Kopf gehoben, er geifert und sein Geifer ist dickflüssig und warm wie Lava.

Den ersten Schlag mitten auf die Brust spürt er fast nicht. Ein trockener Kopfstoß, der seinen Rachen und seine Lunge beben lässt, sodass er husten muss, aber er ist so verblüfft, dass ihm erst beim zweiten Schlag übel wird, und da streckt er die Hände aus, um den Kopf abzuhalten, der aufs Neue herabstößt, er gräbt ihm die Finger ins Gesicht, es verformt sich, zerfließt zwischen seinen Fingern, der geifernde Mund liegt auf seinen Händen, das ganze Gewicht dieses schwarzen Körpers drückt auf seine Arme, um sie zu spreizen, der andere knurrt, dass er es nicht schaffen wird, er spürt es, er weiß es und zittert auch, keucht vor Angst, schüttelt ebenfalls den Kopf, und auch er knurrt, aber vor Angst.

Als er plötzlich nachgibt, explodiert auf seiner Brust ein Schmerz, zuckt durch Haut und Fleisch wie ein elektrischer Schlag, bis ins Hirn.

Er schreit, am liebsten würde er den Kopf packen, der knurrend über ihm auf und ab wackelt, ohne loszulassen, am liebsten würde er ihn an den Ohren packen, sie ihm ausreißen, mit den Fäusten auf den schwarzen Rücken trommeln, aber der andere hat schon die Hände ausgestreckt und hält seine Arme auf der Höhe der Ellbogen fest, spannt ihn auf wie ein Kreuz.

Er zuckt, sinnlos und panisch.

Der andere hebt den Kopf, spuckt den Geifer, der ihm das Maul verklebt, an die Windschutzscheibe und beißt zu.

Wie ein Kampfhund.

Ich werde euch der Reihe nach holen, ihr verdammten Arschlöcher, und werde euch das Herz herausreißen!

Questa mattina alle sei
con il buio in un vento gelato
sfrecciavo con il mio Ciao
sembravo un ghiacciolo impazzito
non volevo far tardi
col capo che rompe i maroni
ci paga tre euro e settanta
all'ora se stiamo buoni
ci paga tre euro e settanta
all'ora se stiamo buoni

Heute morgen um sechs
in der Finsternis bei eiskaltem Wind
fuhr ich mit meinem Mofa
wie ein verrückter Eiszapfen sauste ich dahin
ich wollte nicht zu spät kommen
der Chef der uns sowieso auf die Eier geht
er zahlt uns drei Euro siebzig
pro Stunde, wenn wir brav sind
er zahlt uns drei Euro siebzig
pro Stunde, wenn wir brav sind.

Andra Buffa, *Il sogno di volare*

Teil II

Benzin

Ich brauche Zeit, kein Heroin
kein Alkohol, kein Nikotin
Brauch keine Hilfe, kein Koffein
doch Dynamit und Terpentin (…).
Brauch keinen Freund, kein Kokain
brauch weder Arzt noch Medizin
brauch keine Frau, nur Vaselin
etwas Nitroglyzerin
ich brauche Geld für Gasolin
explosiv wie Kersosin
mit viel Oktan und frei von Blei
einen Kraftstoff wie Benzin
gib mir Benzin …

RAMMSTEIN, *Benzin*

Inzwischen machten ihr die Spritzen keine Angst mehr, das Pieksen verursachte ihr nur noch leichtes Unbehagen, und mittlerweile konnte sie sich überall eine Spritze setzen, rasch und effizient wie ein Junkie, denn zweimal am Tag zur selben Uhrzeit am selben Ort oder gar zu Hause zu sein, war ein Ding der Unmöglichkeit.

Sie spritzte sich auf der Damentoilette in der Kaserne im Viale Panzacchi, auf der Klobrille sitzend, einen Zipfel der Bluse unter das Kinn geklemmt, während Matera und Sarrina mit Pierluigi und seinen Mitarbeitern Listen von Vorbestraften mit entsprechenden Vergehen ausdruckten, Listen von Patienten, die wegen Gewaltausbrüchen in Behandlung waren, und von Kriminellen, die in Anstalten für abnorme Rechtsbrecher saßen, von Verdächtigen und mutmaßlichen Tätern, wobei sie von Bologna ausgehend immer größere konzentrische Kreise in der ganzen Emilia-Romagna zogen, und sie machte es auch auf den Toiletten der Bars, während die anderen Alibis und Geschichten überprüften, an die Klotür gelehnt, weil es keinen Schlüssel gab oder das Schloss kaputt war.

In einer dunklen Chemietoilette in einer Baugrube in der Provinz Modena befühlte sie mit den Fingerspitzen die blauen Flecken auf dem Bauch, um eine noch jungfräuliche Stelle zu finden; aufgrund eines anonymen Hinweises hatten sie hier einen Lastwagen voll Industriemüll gefunden, und auf dem Fahrersitz eine Leiche mit kreuzförmig auseinandergespreizten Armen und einer tiefen, bläulich schimmernden Wunde mit ausgefransten Rändern auf der Brust, wie ein Loch.

Wieder in der Einsatzzentrale der Carabinieri quetschte sie einen Tropfen Blut aus der Haut, in aller Eile, um den Bericht des

Profilers nicht zu verpassen, der gerade die vergrößerten Aufnahmen des Tatorts auf Pierluigis Schreibtisch durchblätterte (Grazia: *Ich gehe einen Augenblick aufs Klo*, Sarrina: *Gute Ausrede, sag doch gleich, dass dir schlecht wird*, Grazia: *Du Arsch*): *Ja, wie ich schon sagte, handelt es sich um einen Gewaltexzess, sicher, overkilling, früher bezeichneten wir so was als organisierten Serienmörder, aufgrund der Berichte, die ihr mir geschickt habt, kann ich drei Dinge feststellen, beziehungsweise vier, seht ihr die Bisse auf der Brust*, dann hatte sie ihn unterbrochen, weil ihr einfiel, dass sie die Spritze auf dem Waschbecken liegengelassen hatte (Grazia: *Entschuldigt mich bitte noch mal*, Sarrina: *Also bist auch du menschlich*, Grazia: *Du Arsch*).

Wie viele ihrer Kollegen misstraute auch Grazia den Kriminologen, vor allem jenen, die schwarze Klamotten trugen und im Fernsehen auftraten, aber bei Massimo Picozzi war es anders. Für gewöhnlich sah Grazia nie fern, aber einmal hatte sie sich eine Doku über Kriminaltechniken angesehen, für die Carlisi lächelnd und freundlich ein Interview gegeben hatte (*Was, so wenig? Ich habe drei Stunden lang gesprochen, sie haben alles rausgeschnitten!*), und da hatte sie gehört, wie Professor Picozzi zum Interviewer sagte, er könne nichts zu dem Fall sagen, es gäbe nämlich zu wenig Material, also hielte er lieber den Mund.

Als sie in Pierluigis Büro zurückkam, saß der Professor zurückgelehnt und mit übereinandergeschlagenen Beinen auf dem Stuhl, eine Hand auf dem Knie und mit der anderen kratzte er sich den weißen Bart, der genauso kurz geschnitten war wie seine Haare. Mittlerweile war auch der Colonello gekommen, er nickte ernsthaft, als ob er gerade etwas Interessantes gehört hätte.

– Was habe ich verpasst?, fragte Grazia.

– Ich sagte, einmal abgesehen von den üblichen Vermutungen, männlich, zwischen zwanzig und fünfzig, alleinstehend, organisiert usw. usw., habe ich eine mögliche Beziehung zwischen den Opfern festgestellt. Mafia, illegale Vermietung, Entsorgung von giftigem Industriemüll … sie alle hatten auf unterschiedliche Art und Weise mit Verbrechen zu tun.

Hört, hört, dachte Grazia, sagte jedoch nichts, der Professor sprach schnell, fuchtelte mit der linken Hand, offenbar wollte er noch etwas hinzufügen.

– Mit genau diesem Punkt habe ich mich in meinem Gutachten länger beschäftigt. Auffällig ist: *auf unterschiedliche Art und Weise.* Enzino war bloß der Sohn eines Mafioso, der Lastwagenfahrer nur ein Chauffeur, und die Dame war gewiss kein Boss. Lauter Nebenfiguren sozusagen.

– Leicht erreichbare Ziele, sagte Grazia, und Pierluigi nickte so heftig, dass sie auf ihn aufmerksam wurde und ihm einen Blick zuwarf. Er lächelte verlegen.

– Kleine Fische und angreifbar, ihrer kann man leichter habhaft werden als der großen Tiere. Da habe ich nachgedacht – der Professor ließ die Hand auf halber Höhe kreisen – und versucht, den Ausdruck Mafioso zu definieren, denn Camorra hin, Camorra her, Enzinos Vater ist eigentlich nur ein Bauspekulant. Die Wut unseres Mörders richtet sich also vor allem gegen eine sehr alltägliche und sehr verbreitete Form der Kriminalität.

– Wie ein Kampfhund, sagte Grazia.

– Bitte?

– Wir nennen ihn Kampfhund, sagte Pierluigi, weil er seine Opfer anfällt wie …

– Wir nennen ihn gar nicht, unterbrach ihn De Zan brüsk, und schon gar nicht Kampfhund.

– Aber er ist wie ein Hund, sagte Picozzi, er stürzt sich auf den erstbesten, der ihm entgegenkommt. Mehr als wütend, tollwütig. Ich glaube, ich habe irgendwo von Geifer gelesen … – Er beugte sich über den Schreibtisch, wo unter den vergrößerten Fotos der Spurensicherung ein Stapel von Ausdrucken lag, dann ließ er es bleiben – Auf jeden Fall sind es nicht einfach Bisse. Es sind Risse, wie ihr gesehen habt. Er hat was vor.

Er machte eine ganz kurze Pause, vielleicht um Atem zu holen, oder vielleicht war das auch ein telegener Trick, Sarrina fiel jedenfalls als erster drauf rein.

– Was?

– Er möchte ein Loch machen. Um zum Herz zu gelangen.

– Warum?

– Vielleicht glaubt er, dass seine Opfer keines haben. Keine Ahnung, dafür habe ich nicht genug Material. Im Augenblick kann ich nur sagen, dass die Person, die ihr sucht, sehr wütend ist, weil sie eine gewisse Situation – er breitete die Arme aus, um zu zeigen, dass er das Zimmer, das Gebäude, Bologna, Italien, die ganze Welt meinte – als zutiefst ungerecht empfindet, und dass sich ihre Wut gegen die unmittelbaren Symbole dieser Ungerechtigkeit entlädt.

Er berührte seine Daumenspitze, *Wut und Ungerechtigkeit,* dann die Spitze des Zeigefingers, *kleine Fische.*

– Noch etwas kann ich euch sagen. Ich nehme an, ihr habt bereits Fälle aus der Vergangenheit überprüft und wahrscheinlich habt ihr Fälle entdeckt, die schon Jahre zurückliegen. Aber die letzten Morde sind in sehr kurzem Abstand geschehen, einer nach dem anderen.

Grazia biss sich in die Innenseite der Wange, bis es wehtat. Sie wusste, worauf der Professor hinaus wollte.

– Das bedeutet, euer Kampfhund ist auf Entzug wie ein Süchtiger und wird bald wieder morden.

– Wen?, fragte Pierluigi, er wusste, dass das eine dumme Frage war, aber auch die anderen hatten sie insgeheim formuliert.

– Irgendjemanden. Versucht euch vorzustellen, was euch wütend macht, was euch ungerecht erscheint, vielleicht macht es auch ihn wütend. Und dann versucht euch den erstbesten vorzustellen, der auch nur im Entferntesten damit zu tun hat.

– Vier Dinge, sagte Grazia.

– Wie bitte?

– Sie sagten, vier Dinge. Sie haben nur von drei gesprochen. Was ist das vierte?

– Alles Gute, sagte Picozzi und grinste entschuldigend, denn das war wirklich ein Witz fürs Fernsehen.

– Ein Typ, der auf die ganze Welt wütend ist, sagte Sarrina, als der Professor gegangen war, das bin ich auch. Es gibt einen Haufen Dinge, die mich zur Weißglut bringen. Verdammt, Jungs, ihr habt mich überführt – und er streckte die Arme aus und legte die Hände übereinander, als wolle er sich Handschellen anlegen lassen.

– Das ist nicht zum Lachen, sagte De Zan.

– Es war auch nicht als Scherz gemeint. Der Kollege hat Recht, aus Respekt vor dem Colonello nahm Matera die Zigarre aus dem Mund. Wie sollen wir den Kampfhund schnappen, aufgrund der Kriterien, die uns Picozzi genannt hat? Ein x-beliebiger Typ, der x-beliebige Leute umbringt.

– Langsam, langsam, sagte Grazia. So einfach ist es nun auch wieder nicht.

Sie hatten Fälle aus der Vergangenheit aufgerollt. Sie hatten Nachforschungen beim Erkennungsdienst, in den Präsidien und Kommissariaten, in den Carabinierikommandos und -kasernen angestellt, zuerst in der Emilia-Romagna und dann in ganz Italien, obwohl der Professor annahm, dass der Hund von Bologna aus agierte, immerhin stammten alle bisherigen Opfer aus der Gegend. *Erinnert euch an* Das Schweigen der Lämmer, *der Killer begehrt das, was er sieht, nun, der Kampfhund hasst das, was er sieht.*

Sie arbeiteten die ungelösten Fälle der letzten Jahre unter zwei Kriterien auf: größtmögliche und unerklärliche Gewaltanwendung und Bisse, Verletzungen und Abschürfungen auf der Brust. Siebenundzwanzig Fälle blieben übrig, mithilfe eines weiteren Kriteriums schränkten sie sie ein: Die Opfer mussten alle auf unterschiedliche Weise mit der Welt des Verbrechens zu tun haben, vor allem mit der alltäglichen und sanktionierten Form des Verbrechens.

– Und außerdem stimmt es nicht, dass er beliebig mordet. Das sind keine Prominente, keine Berühmtheiten. Das sind Unbekannte, man muss mit ihnen zu tun haben, damit sie einem auffallen.

Wenn Grazia gesehen hätte, wie Pierluigi sie anstarrte, hätte sie ihn angelächelt, aber sie stand ganz im Banne ihrer Überlegungen. Sie saß jetzt auf der Kante von Pierluigis Schreibtisch. – Sie haben zwar nichts miteinander zu tun, aber sie haben wahrscheinlich etwas mit dem Kampfhund gemein, ohne es zu wissen. Vielleicht ist es ein Student, der bei der Dame eine Wohnung gemietet hatte, mit Enzino studierte und sich für Ökologie engagierte …

– Da hätte ich eine Idee. De Zan hatte *hätte* gesagt, aber sein Tonfall klang eher nach Imperativ als nach Konjunktiv.

– Jemand, der den neuen sozialen Bewegungen angehört, der Ökologie- oder Protestbewegung.

– Meines war nur ein Beispiel.

– Schon gut, schon gut, sagte der Colonello, aber ich könnte mir durchaus vorstellen – der Ton klang immer weniger nach Konjunktiv –, dass Autonome und Linksextreme dahinterstecken.

– Aber Maresciallo Strano … unterbrach ihn Pierluigi.

– Ich habe den Bericht von Colonello Seimandi, dem Chef der Spurensicherung und Vorgesetzten des Maresciallo, gelesen. Ich weiß, es gibt keine Hinweise auf mehrere Täter, aber vielleicht hat er Hintermänner? Und selbst wenn er ein Einzeltäter ist, könnte er nicht trotzdem aus der Szene stammen? Aus der Spontiszene zum Beispiel.

Könnte. Möglicherweise.

– Möglich ist alles, sagte Grazia. Bevor ich jedoch eine gewisse Spur verfolge, würde ich gern die Fälle aus der Vergangenheit überprüfen, und falls es da neue Hinweise geben sollte …

– Gut, Frau Kommissar, überprüfen Sie. Beziehungsweise wir machen es so: Ihr überprüft die Fälle aus der Vergangenheit und wir ermitteln in der Spontiszene, auf diese Weise sparen wir Zeit.

Ich informiere Frau Doktor Deianna, ich bin mir sicher, sie ist einverstanden.

– Ich hätte auch eine Idee.

De Zan runzelte die Stirn und schürzte die Lippen, wie ein Sommelier, der gerade ein Glas Wein kostete. Als ob er Grazias *hätte,* ihren Konjunktiv kostete.

– Wer auch immer die Bestie ist und auf so gewaltsame Weise tötet, er kann kein normales Leben führen. Ob nun organisiert oder nicht, dieses Ungeheuer muss doch irgendjemandem aufgefallen sein. Solange er nicht in einer Höhle wohnt und nur zum Jagen herauskommt wie ein Raubtier.

– Das heißt?

– Das heißt, dass die Presse die Morde bislang nicht in Zusammenhang gebracht hat und dass es uns gelungen ist, sie abzuwimmeln, und das ist auch gut so. Aber ein wenig Öffentlichkeit würde uns viele Hinweise bringen und vielleicht …

– Sind Sie verrückt geworden?

Auch De Zans Akzent verstärkte sich, wenn er wütend wurde, nicht nur der von Staatsanwältin Deianna. – Verdammt, Kommissarin, sind Sie verrückt geworden?

De Zans Akzent war venetisch, paduanisch, mit verschluckten Vokalen und hartem *R,* und Grazia hörte ihn noch immer, seinen einschüchternden, beleidigenden Tonfall, ohne die Stimme zu heben, hart und schneidend.

Doch im Augenblick dachte sie an etwas anderes. Sie dachte an ihre Reaktion, denn der Colonello hatte genau das gesagt, was sie erwartet hatte, und sie hatte auch gewusst, dass es früher oder später so kommen würde. Deshalb hatte sie eine derart heftige Wut verspürt, ein Gefühl, als wäre in ihrem Kopf eine Glühbirne durchgebrannt. Einen Augenblick lang hatte sie den unbändigen Wunsch verspürt, ihn zu würgen, die Arme auszustrecken, die Hände um seinen in der Kälte der Klimaanlage fröstelnden Eidechsenhals zu legen.

Natürlich hatte sie es nicht gemacht, sie hatte zwar schon oft den Wunsch verspürt, jemanden zu würgen, zu treten oder zu ohrfeigen, denn sie war ein cholerischer Typ, wurde leicht wütend, doch andererseits war sie auch träge und schritt nicht zur Tat, und die Wut verging schnell.

Am meisten wunderte sie sich jedoch über ihre Reaktion. Natürlich hätte sie niemals einen Colonello der Carabinieri tätlich angegriffen, doch in scharfem Ton antworten, das ja, das hätten sich Matera und Sarrina durchaus von ihr erwartet, aber sie hatte geschwiegen. Doch ihre Lippen hatten gezittert, sie hatte sie aufeinandergepresst, mit vor Anstrengung zuckenden Mundwinkeln, und dabei waren ihr die Tränen in die Augen gestiegen.

De Zan hatte es bemerkt, er hatte den Anschiss im schneidenden Tonfall beendet, hatte Grazia und ihre Mitarbeiter entlassen und dabei sogar den paduanischen Tonfall aufgegeben. Auch Sarrina hatte es bemerkt, als er auf dem Gang Grazia gegenüberstand, er flüsterte ihr etwas zu, kopfschüttelnd, und Matera drückte ihr von hinten den Arm. Gewiss hatte es auch Pierluigi bemerkt, doch er war im Zimmer geblieben, hinter der Holz- und Milchglastür seines Büros.

Als sie an der Toilette vorbeigingen, schlüpfte Grazia schnell hinein.

Was ist los, ist dir nicht gut?, fragte Matera, und Sarrina: *Wahrscheinlich hat sie ihre Tage,* doch Grazia schloss sich in der hintersten Kabine ein und begann zu weinen, betätigte die Spülung, damit man ihr Schluchzen nicht hörte.

Verdammte Carabinieri, dachte sie, *verdammter Kampfhund und verdammte Spritzen,* und dabei presste sie die Augen zusammen, damit sie hinter dem Tränenschleier nicht die wütenden Gesichter der Zwillinge sah.

Danach schwieg sie lange. Selbst als Sarrina sagte, *schau, jetzt machen uns die Chinesen sogar schon Kaffee,* hinter der Theke stand nämlich ein mandeläugiges Mädchen, schwieg sie. Grazia beobachtete das Mädchen, wie sie das Metallsieb leerte, es am Rand einer Lade abklopfte, den Hebel drückte, um es mit Kaffee zu füllen, wie sie es unter die Maschine hielt, es fest auf den schwarzen Plastikring drückte und dann wieder abnahm, wie sie einen Löffel Pulver auf den zusammengepressten Kaffee streute und das Sieb wieder unter eines der drei Ventile der Cimbali klemmte, *Espresso & Cappuccino: stile di vita italiano.* Der Kaffee war gut.

Auch draußen unter der Arkade, als sie Matera und Sarrina folgte, schwieg sie, mit den Händen in den Jeanstaschen. *Verdammt, wie dreckig doch diese Scheißstadt ist,* sagte Sarrina und zeigte auf das Gekritzel auf einer ockerfarbenen Mauer, und dann fügte er hinzu: *Gab es nicht mal ein Gesetz gegen diese Trottel?*

– Ja, sagte Matera, sollen wir jetzt auch noch die Sprayer jagen? Sarrina, je älter du wirst, desto mehr ähnelst du diesem Fernseh-Kommissar, Coliandro, diesem lächerlichen Angeber.

– Was heißt hier Angeber? Warum, habe ich etwa nicht recht? Ist diese Stadt etwa nicht scheiße? Hast du gewusst, dass Bologna laut Umfragen eine der italienischen Städte mit dem niedrigsten Lebensstandard ist?

– Bologna? Und wer sagt das?

– Die Bologneser.

– Dieselben, die auch sagen, nach Sonnenuntergang herrsche Ausgangssperre? Dass man danach nicht mehr auf die Straße gehen könne? Sarrina, mach einen Sprung in die Kriminalabteilung und schau dir die Statistiken an: In Bologna passiert nicht mehr, sondern weniger als in anderen Städten.

– Es wird schon einen Grund haben, dass die Menschen sich beklagen, sagte Sarrina, dann sah er Grazia hilfesuchend an, denn das Argumentieren war nicht seine Sache und bei Auseinandersetzungen mit Matera zog er immer den Kürzeren.

Aber Grazia schwieg, hörte ihnen nicht einmal zu. Sie dachte an nichts Besonderes, sie war einfach müde und erschöpft und konnte es nicht erwarten, wieder ins Büro zu kommen. Sarrina war wieder zum Angriff übergegangen, hin und wieder durchbrachen Worte wie *Scheißhaus, Immigranten, Punks* die Mauer der Gleichgültigkeit, die sie umgab wie Nebel.

– Komm schon, Sarrina … Ich laufe um zwei Uhr nachts im Zentrum herum und habe noch nie Probleme gehabt.

– Natürlich nicht, du bist ein Riesenlackel mit einer Zigarre im Mund, und man sieht sofort, dass du ein Bulle bist. Ich meine die jungen Mädchen. Selbst unsere haben Angst. Einmal auf der Piazza Verdi war da eine Gruppe Punks, und einer davon ließ seinen Hund mitten auf die Straße scheißen. Vor ihnen stand eine Funkstreife, und die Kollegen sind einfach im Auto sitzengeblieben, ohne was zu tun.

Matera blieb stehen und Grazia machte noch gerade rechtzeitig einen Schritt zur Seite, um nicht in ihn hineinzulaufen.

– Fällt dir nichts Besseres ein als eine unterbliebene Polizeiaktion wegen eines scheißendes Hundes? Zum Teufel, Sarrí, wenn Hundekacke das einzige Verbrechen in dieser Stadt ist, kann ich ruhig in Pension gehen, oder, Grazia?

– Wie? Was?

– Hast du Angst, nachts allein in Bologna herumzulaufen?

– Nein.

– Natürlich nicht. Sie sieht zwar aus wie eine Studentin, ist aber ein Bulle und trägt ein Eisen unter dem Hemd.

Matera lief Grazia nach, die nicht stehengeblieben war. Sarrina zögerte, dann setzte auch er sich in Bewegung, er hatte nämlich eine Idee.

– Na gut, Angst vielleicht nicht, aber fühlst du dich sicher?

– Nein.

Diesmal blieb Sarrina stehen. Er breitete die Arme aus und verbeugte sich, als würde er sagen, *siehst du?* Aber Matera würdigte ihn keines Blickes.

– Nenn es von mir aus Spannung. Rede von mir aus von Menschen, die wütend und verwirrt sind, weil sie keine Bezugspunkte mehr haben, ich gebe dir recht. Schau dir diese Stadt an, es gibt nicht einmal mehr einen Bürgermeister. Ja, einen kommissarischen Verwalter, zugegeben eine taffe, fähige Frau, aber wer, um Himmels willen, hätte sich je gedacht, dass Bologna einmal wegen einer Weiber- und Finanzaffäre ohne Bürgermeister dastehen würde? – Er sprach mit der Zigarre im Mund, biss auf die speichelgetränkte Zigarre. – Eine andere Stadt vielleicht schon, aber nicht Bologna.

– Und warum nicht?

– So eben. Früher einmal wäre der Bürgermeister vielleicht nicht abgetreten, sondern auf die Piazza gegangen, auf eine Obstkiste gestiegen und hätte Lärm geschlagen, aber solche Bürgermeister gibt es nicht mehr, nicht einmal hier – er spuckte die Zigarre aus, weil sie ihn am Reden hinderte und blieb wieder stehen. – Am 2. August waren wir alle am Bahnhof, nicht wahr, dienstlich! Doch niemand von der Regierung stand auf der Tribüne. Ja, die Verwandten der Opfer des Anschlags, die kommissarische Verwalterin, aber kein einziger nationaler Politiker, kein Wunder, sie werden ja immer ausgepfiffen, aber keiner war da. Es ist ihnen alles egal. Keiner mag mehr diese Stadt.

Er ging weiter, keuchte vor Aufregung. Er staunte über sich selbst, dass er sich so in Rage geredet hatte.

– Schon gut, sagte Sarrina. Ganz Italien ist doch so. Alle auf verlorenem Posten, alle wütend. Wenn wir die Leute fragten, würden sie den Kampfhund nicht ins Gefängnis werfen, sondern in die Regierung wählen.

Er richtete sich auf, mit einem Ausdruck, der so etwas Ähnliches wie *also dann* besagte, im Sinn von *vielleicht haben doch nicht alle unrecht,* oder zumindest verstand Matera es so, er legte Grazia eine Hand auf den Arm; sie war weit vorausgegangen und er wollte sie aufhalten.

– Hör zu, Grazia, könnte der Colonello nicht recht haben, ich meine, so, wie die Zeiten sind? Ich meine, wir suchen einen Serienkiller, einen verrückten Einzelgänger, aber wäre es nicht möglich, dass wir in die Zeiten des Terrorismus zurückgekehrt sind? Könnte es nicht eine terroristische Zelle sein?

– Nein, sagte Grazia, das glaube ich nicht. Du warst ja damals dabei, du warst in der Abteilung für Sonderoperationen, oder? Das waren andere Zeiten.

Matera nickte. Er hatte eine neue Zigarre zwischen den Zähnen.

– Stimmt.

Er kniff die Augen zusammen, als wolle er sich vor dem Rauch schützen, doch in Wirklichkeit erinnerte er sich gerade daran, dass er ein *Carbonaro* gewesen war, einer der ersten Gewerkschafter, damals waren die Zusammenkünfte fast noch illegal gewesen; man hatte sich organisiert, das gemeinsame Ziel und auch die Ideologie schweißte die Menschen zusammen, auch bei den Dummheiten.

– Ja, genau. Das alles gibt es nicht mehr. Zu viel Individualismus, selbst bei den Dummheiten.

Sie waren fast beim Präsidium angelangt.

– De Zan irrt sich. Der Kampfhund ist ein Serienmörder, kein Terrorist. Oder zumindest nicht das, was er unter einem Terroristen versteht. Und bei diesen Worten dachte sie: *Warum habe ich dem Colonello, diesem Arsch, nicht diese Antwort gegeben?*

Horst: Genossen, was ist los in Bologna?

GEGEN / INFORMATION

Festnahmen und Hausdurchsuchungen
in ganz Emilia (aktualisiert)

Um vier Uhr morgens sind Carabinieri der Sondereinheit zur Terrorbekämpfung in ungefähr vierzig Wohnungen eingedrungen – eine repressive Maßnahme gegen die anarchistische Bewegung, angeordnet von Staatsanwältin Emanuela Deianna von der Direktion zur Mafiabekämpfung Bologna. 4 Festnahmen und 11 Angeklagte. Wir warten auf weitere Informationen, um diese Unterdrückungsmaßnahme in ihrer ganzen Tragweite sowie die ihr zugrunde liegende Strategie zu verstehen. Bereits jetzt drücken wir allerdings allen Genossen und Genossinnen, die Opfer von Hausdurchsuchungen, Verhören und Festnahmen geworden sind, unser Mitgefühl und unsere Solidarität aus.

CARABINIERI REGION – EMILIA-ROMAGNA
PROVINZKOMMANDO BOLOGNA
KRIMINALABTEILUNG – SEKTION I

Prot. Nr. 173/14 Bologna, 15. August 2010
Objekt: Ermittlung Nr. 1804/02

An die Bezirksdirektion zur Mafiabekämpfung
Dr. Emanuela Deianna

VORWORT
Der vorliegende Bericht enthält die im Zuge der Operation „Tollwut" erhobenen Ermittlungsergebnisse (…).

1. Im Zuge der Hausdurchsuchungen bei mutmaßlichen, verdächtigen und erwiesenen Mitgliedern der Spontiszene wurde abgesehen von illegalem Dokumentationsmaterial, Waffen und Drogen – was zu Anzeigen und Festnahmen aus anderen Gründen geführt hat – kein in Bezug auf die gegenständliche Untersuchung relevantes Material gefunden (…).
2. Aufgrund von Zeugenaussagen und vertraulichen Mitteilungen war es möglich, einige Subjekte zu ermitteln, die als besonders aktiv, gefährlich und gewalttätig gelten und im Folgenden genauer beschrieben werden (…).
   a) Nach eingehender Prüfung der Umstände, der Alibis und jeweiligen Aufenthaltsorte konnte keines der oben genannten Subjekte mit den Tatbeständen der gegenständlichen Untersuchung in Zusammenhang gebracht werden (…).

3. Analysen der Informatikabteilung haben ans Licht gebracht, dass es Internetkontakte zwischen den verdächtigen Personen und einer amtsbekannten Person gegeben hat (…).

a) Diese Person hat sich in einschlägigen Blogs, Newsletters sowie in nationalen als auch internationalen sozialen Networks hervorgetan (…).

4. Zu Canterini Giuseppe, genannt Cantero, ist anzumerken, dass dieser einen sehr schlechten Leumund besitzt und sich zahlreiche Eigentumsdelikte und Personendelikte hat zuschulden kommen lassen (…), im Besonderen und im Hinblick auf die gegenständliche Ermittlung wird festgestellt, dass

a) Canterini, ein sogenannter Punk, einen Rottweiler besaß, dessen Beschlagnahme angeordnet worden war, da er einige Passanten gebissen hatte und als unkontrollierbar galt.

b) Canterini außerordentlicher Hörer der Fakultät Neuere Literatur der Universität Bologna war, wie übrigens auch Enzo Cardella, Kunst, Musik und Schauspiel (Dams) belegt hatte, allerdings nie die Vorlesungen besuchte (…).

c) Davor hatte Canterini Giuseppe gemeinsam mit anderen zahlreiche leerstehende Wohnungen besetzt, im Augenblick lebt er gemeinsam mit anderen illegal in einem Gebäude, das sich im Eigentum der Universität befindet.

Sarrina: – Ich kenne Cantero, ich habe ihn vor vielen Jahren festgenommen, bei einem Einsatz der Sonderabteilung zur Terrorbekämpfung, er hat auf der Piazza Verdi vor das Rathaus gepisst. Er ist ein Spinner, mittlerweile ist er ein Punk, allerdings mit der Kreditkarte seines Vaters, mit dreißig Jahren ist er immer noch so aufsässig, als wäre er neunzehn.

Matera: – Vielleicht ist er deshalb so wütend.

Grazia: – Ich erinnere mich an ihn, er rühmte sich, in Griechenland einen Polizisten ins Gesicht getreten zu haben.

Sarrina: – So ein dummes Arschloch.

Grazia: – Er hatte sogar ein Foto ins Netz gestellt, aber dann stellte sich heraus, dass es ein anderer war, einer vom deutschen black bloc.

Sarrina: – Trotzdem ein Arschloch.

Also heute ist der 17. August 2010, Uhrzeit …

Warum filmt ihr mich? Sind wir in einer Comedyshow?

Signor Canterini, angesichts der Dringlichkeit der Untersuchung möchte ich alles so genau wie möglich dokumentieren. Ihr Anwalt ist ja damit einverstanden, oder? Also, heute ist der 17. August … zehn Uhr acht …

Und warum sind wir nicht im Büro des Staatsanwalts? Ich bin schon oft verhaftet worden, auch wegen schwerwiegender Vergehen, aber sie haben mich immer im Büro unten verhört.

Genau, Frau Doktor, das wollte ich auch wissen. Warum sind wir in der Antimafia-Abteilung? Warum ist das eine Ermittlung der …

Herr Anwalt, darf ich zuerst die Formalitäten erfüllen? Also, in Anwesenheit des Beschuldigten …

Genau, Frau Doktor, aber was wirft man ihm vor? Lassen Sie mich festhalten, dass ich diese Vorgehensweise für sehr ungewöhnlich halte.

… in Anwesenheit des Beschuldigten Canterini Giuseppe, geboren in Palestrina, Provinz Rom, am 4. Januar 1980, und wohnhaft in Bologna in der Via …

Battisti 16.

Nein, die Adresse des besetzten Gebäudes gilt nicht, die ist illegal.

Ich bin für euch immer illegal. Wir alle sind illegal, wir angesichts eures Gesetzes und ihr angesichts des Volkes.

Herr Anwalt, sagen Sie ihm bitte, er soll einen Augenblick still sein, sonst erfährt er nie, warum er hier ist.

Ich weiß ohnehin, warum ihr mich festgenommen habt …
weil ich im Netz meine freie, ich betone, fr-e-i-e Meinung äußere
… weil ich die allgegenwärtige elektronische Überwachung in Bologna nicht dulde … weil die Bankomaten …
Giuseppe, bitte, halt den Mund.
… weil ihr euch immer, wenn die Wut überkocht, ein paar Genossen schnappt, um die Leute einzuschüchtern, aber uns schüchtert ihr nicht ein. Ich weiß, dass da eine Überwachungskamera war, ich habe mich absichtlich schnappen lassen. Ich habe die Auslage zertrümmert …
Signor Canterini, Sie werden beschuldigt, drei Morde begangen zu haben.

Timecode 00:12:23:04
Timecode 00:12:34:05

Signor Canterini?
Sag nichts, sag ja nichts. Frau Doktor, wir verlangen …
Cardella Enzo, Bianconcini Maria Clelia und Preti Antonio.
Alle wurden mit äußerster, brutaler und blinder Gewalt ermordet.
Warum, Signor Canterini, warum? Hass auf die Gesellschaft, Terrorismus oder …
Sag nichts, sie wollen dich nur provozieren, sag nichts …
… oder stimmt was nicht mit Ihnen, haben Sie eine Schraube locker?

Timecode 00:13:05:01
Timecode 00:13:15:29
Timecode 00:13:25:58

Signor Canterini?
Sag nichts, sag ja nichts!

Carlisi: – Wo ist Grazia? Wo?

Matera: – Sie hat sich den Vormittag freigenommen. Familienangelegenheiten.

Carlisi: – Ruf sie an! Ruf sie sofort an!

Es war, als ob eine Hummel ins Ambulatorium hereingeflogen wäre, und einen Augenblick lang zog Simone den Kopf zwischen den Schultern ein und hob abwehrend die Arme vors Gesicht, aber nur einen Augenblick lang, denn er kannte den Klingelton von Grazias Handy. Diesmal klang es wie ein Knurren, das zwar einerseits gedämpft, andererseits aber durch die vibrierende Plastikhülle verstärkt wurde, als ob jemand unaufhörlich mit zusammengepressten Zähnen keuchte.

Simone streckte die Hand zu dem Stuhl neben dem seinen aus, er hatte gehört, dass Grazia hier die Jeans fallengelassen hatte, tastete mit den Fingern danach und ließ sie rasch und sicher in die Tasche gleiten.

– Nimm ab!, sagte Grazia.

– Nein, sagte die Ärztin.

Plötzlich hörte das Vibrieren auf und Grazia begriff, dass Simone das Handy ausgemacht hatte. Sie rührte sich nicht, blieb liegen, mit überkreuzten Armen auf dem nackten Bauch, ihre Zehen wackelten nervös, ein Knöchel kreiste auf der gepolsterten Fußstütze am Ende des Stuhls. Als die Ärztin ihr den Katheter einführte, presste sie die Lippen zusammen, es war nur ein leichtes Unbehagen, halb Kitzeln, halb Brennen, aber auf jeden Fall unangenehm.

Sie dachte an Simone, der hinter dem Plastikparavent saß, er konnte sie zwar nicht sehen, aber sie genierte sich trotzdem, dass sie mit gespreizten Beinen vor ihm lag. Sein Sperma sickerte in sie ein, und sie fragte sich, ob er an sie gedacht hatte, zuerst, als er sich auf der Toilette der Klinik mit dem Plastikbecher in der Hand eingesperrt hatte, mit hochrotem Gesicht wie eine Paprikaschote (*Schaut mir jemand zu? Nein, Simò, der Gang ist leer, soll ich mit dir hineingehen? Nein*).

Und woran dachte sie? Am Anfang und auch später, als das Handy geklingelt hatte, an den Kampfhund, aber jetzt hatte sie einen Augenblick lang auf ihn vergessen, die wütenden Gesichter der Zwillinge waren ihr wieder eingefallen, Simone auf der Toilette, wieder die Gesichter der Zwillinge, und sie zwang sich, an sie zu denken, um sich auf das zu konzentrieren, was gerade passierte.

Aber so sicher war es nun auch nicht, dass es Zwillinge wurden. Es war nicht sicher, dass es beim ersten Mal klappte, vielleicht klappte es gar nicht, nicht beim ersten Mal, aber die Ärztin war so zuversichtlich. Und das Risiko einer Zwillingsgeburt bestand vor allem bei anderen, komplexeren Formen der künstlichen Befruchtung.

Aber wenn es doch Zwillinge wurden? Und wenn sie gleichzeitig plärrten und sie sich wie im Traum mit dem Milchfläschchen in der Hand über sie beugte? Sie wusste allerdings sehr gut, dass das nicht das Problem war, es war nur eine Metapher, ein Bild, eine nächtliche Inszenierung ihrer Ängste, sie wusste nämlich gar nicht, ob sie überhaupt bereit war, Mutter zu werden. Und ob sie es überhaupt wollte.

– Fertig, sagte die Ärztin und reichte ihr ein Tuch, damit sie sich abwischen konnte.

Simone hinter dem Paravent zog den Rotz hoch, hustete, damit man das Schluchzen nicht hörte, aber sie hörte es trotzdem. Deshalb wartete sie im Auto ein wenig, dann bat sie ihn, ihr das Handy zu geben.

– Du hast gesagt, du würdest dir den Vormittag freinehmen.

– Ich habe ihn mir auch freigenommen, aber wir sind mitten in einer Ermittlung wegen dreier Morde, ich kann nicht völlig abtauchen.

– Du solltest dich zwei Wochen lang ausruhen. Nicht unbedingt im Bett, aber fast.

– Ich ruhe mich ja aus. Ich muss ja nicht laufen, ich sitze am Schreibtisch. Ich gehe nicht mal über die Treppe, ich nehme den Lift.

– Du solltest nicht mal Auto fahren.

– Simò, willst du fahren?

Sie hatte es nicht in böser Absicht gesagt, es war ein Witz. Sie warf Simone einen Blick zu und stellte fest, dass er lächelte, er verzog die Lippen so, dass es aussah wie ein Lächeln. Grazia spürte, wie Simones Fingerspitzen über ihren Handrücken glitten. Sie hatte ihre Hand auf den Schaltknüppel gelegt, um einen anderen Gang einzulegen, sie bogen gerade in die Via Costa ein, waren schon fast zu Hause. Mittlerweile fragte sie sich nicht mehr, woher Simone wusste, was sie tat, obwohl er sie nicht sehen konnte, wieso er es manchmal im Vorhinein erriet. Aber sie wunderte sich noch immer darüber. Vor allem, wenn er es eine Zeitlang nicht tat. Sie lächelte ebenfalls.

Direkt vor ihrem Haus war ein freier Parkplatz, ein Wunder. Ein noch größeres Wunder war, dass direkt vor dem Haustor ein Auto parkte und genau in dem Augenblick, als der Panda einparken wollte, wegfuhr, linker Blinker und weg, wie ferngesteuert. Grazia fuhr in die Parklücke hinein, ohne zu bremsen, etwas schief, denn niemand kann der Versuchung widerstehen, von vorne in eine Parklücke hineinzufahren, auch wenn es nie gelingt, nicht einmal mit einem Panda. Sie legte den Rückwärtsgang ein und stellte das Auto gerade, machte den Motor aus und wartete darauf, dass das Auto neben ihr vorbeifuhr, damit sie die Tür öffnen konnte.

Aber das Auto fuhr nicht vorbei. Es blieb stehen, nur ein paar Millimeter von Grazias Tür entfernt, ein kleiner dreitüriger Stadt-SUV, hoch und massiv wie eine schwarze Metallwand, aber doch nicht so hoch, dass sie nicht sehen konnte, wer auf dem Beifahrersitz saß.

Anna Maria Giannello.

– Was ist, fragte Simone, schon mit einem Bein auf dem Gehsteig.

– Nichts, sagte Grazia.

Sie kurbelte das Fenster runter, und Signora Giannello machte dasselbe.

– Ihr habt ihn geschnappt.

Kein Fragezeichen. Grazia fragte sich, *wie zum Teufel*, aber dann dachte sie: *D'Orrico.*

– Signora, ich habe Ihnen doch schon beim letzten Mal gesagt …

Anna Maria Giannello schlug mit der Hand auf die Tür des SUV. Ringe und Armbänder schepperten wie eine Gewehrsalve.

– Ich möchte nur Ihre Bestätigung. Ich möchte sicher sein, denn wenn Sie es sagen, glaube ich es.

– Grazia, was ist los?

– Nichts, Simò, was Berufliches. Geh hinein, ich komme gleich nach.

Simone rührte sich nicht von der Stelle. Er drehte sich nicht einmal um, aber er hatte die Ohren gespitzt, horchte, was Grazia sagte.

Die Löwenmähne Anna Maria Giannellos füllte fast den ganzen Seitenspiegel, trotzdem konnte Grazia einen jungen Mann am Steuer sehen. Und hinten saß noch einer, einer von derselben Sorte. Grazia seufzte.

– Signora, ich würde Ihnen ohnehin nichts verraten, aber wenn Ihr Informant Sie richtig informiert hat, wissen Sie, dass die Ermittlungen noch nicht abgeschlossen sind. Deshalb lassen Sie mich bitte …

– Er hat gestanden.

Grazia tat so, als würde sie die Tür öffnen, um ihren Worten Nachdruck zu verleihen, aber ihre Hand rutschte ab und die Tür schlug gegen den SUV, ein dumpfer Ton wie ein Glockenschlag. Sie fragte sich, ob sie richtig verstanden hatte.

– Er hat gestanden, wiederholte die Frau, als ob sie ihre Gedanken lesen könnte. – Alle drei Morde. Auch den Mord an meinem Enzino.

Stand ihr Mund offen? Sie sah wohl komisch drein, denn die konturierten Lippen Anna Maria Giannellos verzogen sich zu einem schwachen Lächeln. Eher verächtlich als amüsiert. Es dauerte nur den Bruchteil einer Sekunde, dann war wieder die Linie zu sehen, die der Schönheitschirurg gezogen und mit etwas Silikon unterspritzt hatte, so natürlich, dass sie schon wieder unnatürlich wirkte. Auf jeden Fall hart.

– Danke, flüsterte Anna Maria Giannello.

Sie verschwand hinter dem Fensterglas des SUV, in dem sich die Sonne spiegelte, und einen Augenblick später war auch der SUV verschwunden, als ob es ihn nie gegeben hätte.

Grazia öffnete nicht die Tür. Zuerst dachte sie, *wie zum Teufel, unmöglich, der kleine Trottel kann es nicht gewesen sein*, dann dachte sie, *verdammt, vielleicht war es ein Irrtum, vielleicht war Signora Giannello falsch informiert worden,* dann dachte sie *verdammt!,* sie erinnerte sich nämlich an ihren harten Gesichtsausdruck und an das kaum hörbare *danke,* und einen Augenblick später begriff sie, aber da war es vielleicht schon zu spät.

– Um Himmels willen, Simò, das Handy, schrie sie, denn vielleicht war es doch noch nicht zu spät.

Als das Handydisplay aufleuchtete, rief jemand im Dozza-Gefängnis, in der Abteilung mit den Einzelzellen, *Vorgesetzter!* und die Wache verließ den Verschlag am Schnittpunkt der beiden Gänge.

Als Grazia den Pin eintippte, bogen zwei Häftlinge im Overall des Reinigungspersonals in den ersten Gang rechts ein und schoben ihr Wägelchen bis vor Canterinis verschlossene Zelle.

Ein unbeantworteter Anruf und neun SMS. Grazia beantwortete eines davon, ein x-beliebiges, und als es klingelte, steckte einer der beiden Häftlinge eine Brechstange in das Schloss und versetzte ihr einen Fußtritt, sodass das Schloss brach, und als Carlisi antwortete, *Grazia, wo zum Teufel steckst du,* warf der andere die Feuerzeugkartusche auf Cantero, der auf der unteren Pritsche saß, nur einen Schritt vom Guckloch in der Panzertür entfernt.

Und als Grazia Dr. Carlisi anbrüllte, er solle den Mund halten und ihr zuhören, und sie ihm zu erklären versuchte, was gleich passieren würde, passierte es bereits, Canterini rannte wie eine menschliche Fackel in der Zelle auf und ab, brüllend, warf sich gegen die Zellenwände, während die Wachen versuchten, die Tür aufzubrechen, in deren Schloss die Brechstange steckte.

Als Grazia auflegte und Simone aus dem Auto schubste, spritzten die Wachen mit dem Feuerlöscher Schaum in die Zelle, aber es war zu spät.

Cantero war nur noch ein verkrüppeltes, runzeliges Bündel, das aufgrund eines Reflexes noch immer mit den Zähnen klapperte, in einem Mund ohne Lippen.

Mittlerweile weiß Pierluigi, dass er in Grazia verliebt ist, aber dass er über beide Ohren verliebt ist, wird ihm erst klar, als er sie weinen sieht. Es ist ein plötzliches Gefühl, als presste es seinen Magen nach oben, wie wenn man im Flugzeug in ein Luftloch gerät oder auf einer Schaukel schwingt. Er würde sie am liebsten umarmen, wenn er näher bei ihr stünde, würde er es auch tun, aber zum Glück ist er weit genug entfernt, um sich zurückzuhalten.

Grazia steht unter einem Baum im Hof der Kaserne im Viale Panzacchi, vor dem Kriminalamt, die Sitzung ist gerade zu Ende gegangen. Sie ist als erste hinausgegangen, und er ist ihr gefolgt, denn er hat gesehen, wie sie die Lippen aufeinanderpresste, und geahnt, dass etwas passieren würde. Und obwohl sie ihm den Rücken zudreht, sieht er, dass sie sich die Wange mit dem Handrücken abwischt. Also macht er einen Schritt nach vorne und bleibt reglos stehen und wartet. Sie bemerkt es.

– Keine Sorge, sagt Grazia. Das passiert immer, wenn ich unter Druck stehe. Ich fange zu weinen an.

– Manchmal weine ich auch.

Grazia dreht sich um, so einen Satz hat sie sich von einem Mann, noch dazu von einem Offizier und Carabiniere, nicht erwartet. Er sieht, dass ihr noch eine große Kinderträne über die Wange rollt. Gott, am liebsten würde er sie auflecken, allein beim Gedanken daran beginnt sein Gesicht zu glühen, bis an die Haarwurzeln. Also lächelt er und sagt: – Aber meistens werde ich einfach müde und schlafe ein. Merkwürdig, nicht?

Grazia richtet sich auf. Sie wischt sich die Träne mit dem Handrücken weg und Pierluigi verzieht bedauernd das Gesicht, seine Lippen kräuseln sich kaum merklich.

– Ich schlafe gern, sagt Grazia. Im Augenblick kann ich nicht immer schlafen, aber früher, vor allem wenn ich nichts zu tun hatte, zog ich auch untertags gemütlich meinen Pyjama an und legte mich ins Bett.

Pierluigi nickt. – Ich auch, und dann lächelt er, sie lächelt nämlich auch.

– Wir reden wie zwei alte Leute, Pierluí. Lädst du mich auf einen Kaffee ein? Aber nicht in der Kasernenkantine.

– Wir können zu mir hochgehen, in meine Unterkunft.

Grazia lächelt wieder, und diesmal wird Pierluigi rot, weil es ein anders geartetes Lächeln ist.

– Was ist, Capitano, machst du mich an? Ich bin schon vergeben, ich lebe seit Jahren mit meinem Freund zusammen.

Sie könnte hinzufügen, *und ich versuche, ein Kind von ihm zu bekommen*, schweigt jedoch.

Wenn Pierluigi eine Maschine wäre, käme ihm jetzt Rauch aus den Ohren. Er weiß, dass Grazia vergeben ist, er weiß alles über sie, er weiß auch alles über Simone, aber macht nichts, er ist nicht einmal eifersüchtig. Er ist verliebt, auf seine spezielle Weise, er will sie sehen, ihr zuhören, ihr nahe sein, wie ein Teenager seiner Banknachbarin, und dieser Wunsch schnürt ihm das Herz ab. Das ist alles, und wenn da noch etwas sein sollte, ist es woanders, tief in seinem Inneren, wo er nicht hinschaut.

Grazia erlöst ihn, bevor er zu stottern beginnt.

– Das war ein Scherz. Danke, aber ich will nicht länger hier bleiben. Gehen wir hinaus, ein wenig Luftveränderung schadet nicht, los.

Sie kamen nicht weit. Gerade mal bis zur Piazza Roosevelt, bis zum Polizeipräsidium, allerdings landeten sie nicht in der üblichen Bar, die von Polizisten besucht wurde, sondern in der Bar ums Eck, wo Tische im Freien standen, im Schatten des Rathauses. Nur noch ein Tisch war frei, halb in der Sonne, halb im Schatten, und Grazia setzte sich in die Sonne, sie konnte ja die Bluse über dem T-Shirt aufknöpfen, Pierluigi hingegen war in Uniform.

– Es ist nicht deine Schuld, sagte er, als er bemerkte, dass sie wieder ins Leere starrte, mit ernstem Gesicht, und sich auf die Innenseite der Wange biss.

– Ich weiß, dass es nicht meine Schuld ist. Niemand hat Schuld, oder fast niemand. Staatsanwältin Deianna hat der Polizei die Verantwortung für die undichte Stelle zugeschoben und uns von den Ermittlungen ausgeschlossen. Sie sind ohnehin abgeschlossen. Es gibt einen glaubwürdigen Schuldigen, er hat sogar ein Geständnis abgelegt und ist noch dazu tot. Was will man mehr? Noch besser …

– Bis zum nächsten Mord.

Grazia nickte. Sie ließ die Innenseite der Wange los, sie tat ihr schon weh. Sie trank einen Schluck Kaffee, die wunde Stelle brannte, aber genau das wollte sie.

– Nicht einmal De Zan ist davon überzeugt, sagte Pierluigi, er hat mich beauftragt, Nachforschungen anzustellen. Canterini war offenbar ein Aufschneider, er war zu allem Möglichen bereit, er wollte nur ernstgenommen werden. Er nahm sogar die Verantwortung für die Morde auf sich, zumindest zum Teil. Diese Version ist im Augenblick die glaubwürdigste. Ein Fall nach dem Vorbild des Sarah Game, erinnerst du dich? – Nein, sie erinnerte sich nicht. Sie nickte, nicht sehr überzeugt. – Mehrere Morde in Bologna, nach den Regeln eines erfundenen Rollenspiels … der Fall wurde innerhalb weniger Tage abgeschlossen, kein Wort in der Presse, niemand erinnert sich mehr daran. Oder der Typ, der Huren mit dem Knüppel erschlug, als er auf Hafturlaub war, er saß ja bereits wegen einem Mord an einer Hure im Gefängnis … zwei Serienmörder in ein und demselben Jahr, wann war das? – An den zweiten konnte Grazia sich erinnern. Ungefähr 2000. – Genau, zwei Serienmörder in ein und demselben Jahr, in so einer Stadt, und wer erinnert sich noch an sie? Auch von der Uno-Bianca-Bande ist nicht mehr die Rede, zumindest nicht auf überregionaler Ebene. Alles was in Bologna passiert, wird schnell vergessen.

– Diese Stadt mag niemand mehr.

– Wie meinst du das?

– Das sagt auch Matera. Keiner mag mehr diese Stadt.

Pierluigi schürzte nachdenklich die Lippen, dann richtete er sich auf.

– Ich mag sie. Ich habe mich absichtlich hierher versetzen lassen. Natürlich, früher war Bologna anders, nicht so ausgelaugt, nicht so chaotisch, nicht so … nicht so eng. Sogar das Fenster auf die Via Piella ist verschwunden, dort glaubte man, in Venedig zu sein. Jetzt ist der Kanal frei zugänglich, man sieht ihn schon von Weitem, er ist ja schön, aber … mit einem Wort, die Stadt hat sogar ihre Geheimnisse verloren.

– Den Kampfhund gibt es jedoch noch immer. Oder ich täusche mich und dein Colonello hat Recht. Alles Gute jedenfalls für deine Nachforschungen, ich bin ja draußen.

Auf der kleinen Piazza befand sich ein Hutgeschäft mit einer großen Auslage. Grazia betrachtete wie zufällig die Hüte, sie dachte an Carlisi, an sein angespanntes Schweigen auf dem Weg vom Polizeipräsidium in die Carabinierikaserne; bevor sie De Zans Büro betraten, hatte er ihr einen Augenblick lang fest den Arm gedrückt, *Verdammt, Grazia, ich hatte dir doch gesagt, du sollst mir den Kampfhund schnappen,* und sie war sprachlos gewesen, denn er hatte ihr wehgetan und außerdem hatte er in den vielen Jahren der Zusammenarbeit noch nie im Dialekt mit ihr gesprochen, obwohl er genau wie sie aus dem Salento stammte.

– Entschuldige, was hast du gesagt? Ich hab gerade an was anderes gedacht.

– Ich habe gesagt, das sei schade. Ich habe nicht so viel Erfahrung wie du.

Grazia betrachtete wieder die Auslage mit den Hüten, und diesmal nahm sie sie wahr. Sie dachte, dass sie gerne einen aufsetzen würde. Die Sonne brannte ihr auf den Kopf. Sie streckte die Hand aus und nahm die Kappe, die Pierluigi auf den Tisch gelegt hatte. – Darf ich? Du sitzt im Schatten, ich nicht.

Er weiß, dass er sich in sie verknallt hat. Als er sieht, wie sie unter dem Schirm seiner Kappe lächelt, die schief auf ihrem Kopf sitzt, wie sie sich mit den Fingern eine Haarlocke aus der Stirn streicht, wird ihm zum ersten Mal klar, wie sehr er sie begehrt. Und jetzt fühlt er nicht nur eine Leere zwischen Magen und Herz, jetzt ist das Begehren wie ein Faustschlag, er bekommt plötzlich keine Luft und ihm wird schlecht.

Sie bemerkt, dass etwas nicht in Ordnung ist, zuerst sagt sie, *Hast du vielleicht Angst, dass ein Vorgesetzter vorbeigeht und Meldung erstattet?*, und lächelt, dann will sie die Kappe abnehmen, doch er stoppt sie, mit beiden Händen, obwohl es ziemlich respektlos, fast blasphemisch aussieht: die Kappe mit dem Flammenemblem auf dem Kopf dieses Mädchens, mit der offenen Bluse, das die Knie angezogen und die Füße auf den Stuhl gegenüber gelegt hat.

– Nein, nein, behalte sie auf, ich bitte dich.

Er blickt auf den Milchschaum in seiner Kaffeetasse, und um die Fassung zu bewahren, nickt er heftig, während Grazia spricht, er will nicht arrogant wirken, denn sie hat gesagt, er hätte doch auch Erfahrung, oder nicht?

– Durchaus, sagt Pierluigi. Kaum großjährig, schon bei den Carabinieri, zwei Jahre Militärakademie in Modena, Fachausbildung, Unteroffizier. Drei Jahre Offiziersschule in Rom, Via Arenula 54, Jurastudium, Promotion, Offizier, als siebenundzwanzigster im Jahrgang, Dienst im Bataillon in Palermo, zwei Jahre öffentlicher Dienst, Gerichtsaufsicht, Maxiprozess im Stadion. Versetzt zur Funkstreife nach Busto Arsizio, weitere zwei Jahre, Beförderung zum Capitano, Kompaniekommando in Brescia, weitere zwei Jahre, seit weniger als einem Jahr in der Kriminalabteilung Bologna, De Zan war hierher versetzt worden und hatte ihn mitgenommen. Ermittlungen zu gewöhnlicher und organisierter Kriminalität, Morden, Gewalt gegen Minderjährige, Wirtschaftskriminalität und illegale Anwerbung von Landarbeitern, in Brescia war er nämlich auch Leiter des Arbeitsaufsichtsamts gewesen. Im Augenblick Leiter der Kriminalabteilung in Bologna. Und das mit dreiunddreißig Jahren. Kein Serienmörder, nein, aber sonst jede Menge Erfahrung, durchaus.

Aber er hat keine Lust, ihr die Stationen seiner Karriere aufzuzählen, während ihm das Begehren langsam die Luft abschnürt, deshalb wiederholt er einfach *durchaus,* nur das.

Sie sieht ihn an, ein belustigtes Lächeln spielt um ihre Lippen und sie runzelt die Stirn, zurückgelehnt und mit den Händen im Nacken und der Kappe auf dem Kopf, und zuerst denkt Pierluigi, sie mache das absichtlich, aber nein, zweifellos ist ihr gar nicht klar, welche Wirkung sie auf ihn hat, und das verstärkt sein Begehren, mittlerweile glaubt er zu ersticken.

– Darf ich dir eine Frage stellen, Pierluí? Wie bist du Carabiniere geworden?

Sie wusste, dass das eine dumme Frage war, auch ihr war sie schon oft gestellt worden, und die Lust, den Fragesteller abzuwimmeln, war immer größer gewesen als die Lust zu antworten.

– Es gibt … begann Pierluigi.

– Ich weiß, es gibt nur zwei Berufe, bei denen man gefragt wird, warum man sie ergriffen hat: Priester und Carabiniere … Das gilt jedoch auch für Polizisten. Ich sehe wie ein Mädchen aus und deshalb werde auch ich immer wieder gefragt. Ich frage dich, weil du so … ich weiß nicht … so sanft bist.

Das war als Kompliment gemeint. Pierluigi fasste es wahrscheinlich auch als Kompliment auf, denn er lächelte.

– Und, darf ein Carabiniere nicht sanft sein?

– Du bist es auf ganz spezielle Weise.

Auch das war ein Kompliment.

– Ich stamme aus einer Carabinierifamilie. Mein Großvater war Carabiniere, mein Vater ein Carabinieri-Maresciallo und ich bin Carabinieri-Capitano.

– Vielleicht hast du sogar einen Bruder, der bei den Carabinieri ist. Oder eine Schwester.

Der Anflug eines traurigen Lächelns. Grazia konnte sich nicht zurückhalten und fragte, was los sei.

– Ich hatte einen kleinen Bruder, einen Zwillingsbruder … Einen Zwillingsbruder.

– … aber er ist als Kind gestorben.

– Oh Gott, das tut mir leid. Wie dumm von mir.

– Nein, nein, mach dir keine Gedanken. Ich war damals noch ein Kind, es ist ja so lange her. Ich war erst fünf – er richtete sich auf, aber nicht, weil ihm die Sache egal war – er war krank. Na ja, das ist lange her.

– Tut mir leid, dass ich danach gefragt habe.

– Aber ich bitte dich … und du, bist du die Tochter eines Polizisten?

– Nein, mein Vater hat eine Bar in Nardò. Ich wollte nach der Schule nicht Buchhalterin werden, der Beruf hat mir gefallen, also bin ich zur Polizei gegangen.

– Einfach so, ohne Anstupser?

– Doch, mit einem kleinen Anstupser … mein Onkel ist Kommissar bei der Verkehrspolizei.

– Na also!

Pierluigi lächelte und schloss die Faust, als ob er ein Insekt gefangen hätte.

– Erwischt! Du kommst auch aus einer Polizistenfamilie. Und gefällt dir der Beruf? Du hast gesagt, du dachtest, er würde dir gefallen.

– Doch, er hat mir gefallen. Er gefällt mir. Es gibt Hochs und Tiefs, aber okay. Mir gefällt es, zu …

Zu jagen, hätte sie gern gesagt, aber mit diesem Wort waren zu viele Erinnerungen, zu viele Gefühle und zu viele Ungeheuer verbunden, deshalb beschrieb sie mit den Fingern einen Kreis in der Luft, eine beliebige Geste.

– Und gefällt dir der Beruf, Pierluigi? Wolltest du schon als Kind Carabiniere werden?

– Nein, wie aus der Pistole geschossen. Doch, aber erst später. Ich bin in Parma zur Welt gekommen, habe aber nur fünf Jahre dort gelebt, danach ist mein Vater befördert und nach Kalabrien versetzt worden.

– Ich glaube, ich verstehe.

– Er war Chef des Kommandos in Rosarno. Dort sind wir ebenfalls fünf Jahre geblieben, danach sind wir in die Toskana gezogen. Nun, in Kalabrien ist es wunderschön, dort leben jede Menge anständige Leute, aber auch unanständige und welche, die halb kriminell und halb anständig sind. Mit den Kindern der Kriminellen durfte ich ohnehin nicht spielen, okay, aber für die Kinder derer, die halb kriminell und halb anständig waren, war ich der Sohn des Bullen, deshalb war ich immer allein. Mein Bruder war schon krank und ist bald von uns gegangen … tja, es war nicht gerade einfach.

Grazia setzte sich aufrecht hin und nahm Pierluigis Kappe ab. Sie hätte ihm gern den Arm gedrückt oder ihn mit der Hand berührt, aber er war zu weit weg, auf der anderen Seite des Tisches, und er hatte die Arme im Rücken verschränkt, als trüge er Handschellen.

– Ich fühlte mich schuldig und hasste diese ganze Carabinierigeschichte. Wenn man mich fragte, was ich einmal werden wollte, sagte ich immer irgendwas, Arzt, Astronaut, Schauspieler, aber nie Carabiniere.

– Dann hast du es dir anders überlegt.

Pierluigi nickte. – Wegen Checco. Meinem imaginären Freund. Hattest du als Kind einen imaginären Freund?

– Nein, ich hatte eine Menge idiotischer Freundinnen, aber die waren alle echt.

– Nun, ich brauchte einfach jemanden zum Spielen. Checco gefielen die Carabinieri, vor allem die berittenen. So hat er mich allmählich umgestimmt. Wahrscheinlich gäbe das jede Menge Material für einen Kinderpsychologen ab ...

– Und was ist aus Checco geworden?

– Irgendwann ist er verschwunden. Wie der Weihnachtsmann, man glaubt daran und eines Tages glaubt man nicht mehr daran. Ich erinnere mich nicht mehr, wann ich aufgehört habe, an den Weihnachtsmann zu glauben, und du?

– Doch. Ich war sieben. Ich habe die Krippe die ganze Nacht lang belagert und meine Mutter dabei erwischt, wie sie Geschenke darunter legte.

– Du meine Güte, ich bin der Sohn eines Bullen, aber du bist ein geborener Bulle!

Grazia sah, wie er lachte, und lachte ebenfalls, und dann sah sie ihn wieder an. Mit seinem glatten, runden Gesicht und den kurzen Haaren sah er tatsächlich wie ein Kind aus, sie stellte sich vor, wie er im Hof der Kaserne allein spielte, und sie spürte eine riesengroße Zärtlichkeit, die sie ein wenig verlegen machte, denn es war nicht nur Zärtlichkeit. Dann nahm Pierluigi seine Kappe.

– Wir sind auch verschwunden, wahrscheinlich werden sie uns bald suchen.

– Dich werden sie suchen, ich bin ja freigestellt.

Grazia stand auf. Sie sah zu, wie Pierluigi einen Fünf-Euro-Schein unter den Serviettenhalter legte, gemeinsam mit der Rechnung, dann zog er ihn wieder heraus, steckte ihn in die Jackentasche und ersetzte ihn durch eine Handvoll Münzen.

– Diesmal bin ich dran, sagte sie. Pierluigi versuchte sie aufzuhalten, tippte aber bereits die Nummer des Anrufbeantworters ins Handy, der Bildschirm leuchtete auf, weil er ein SMS erhalten hatte.

– Du bist zwar ein Offizier und Gentleman, begann sie, hielt jedoch sofort inne.

Pierluigi war vor dem Tisch stehengeblieben, mit dem Handy am Ohr.

Er war leichenblass.

– Was ist los, fragte Grazia, sie schrie: Um Himmelswillen, was ist los?

Er ist es nicht! Er ist es nicht! Er ist es nicht!

Man hörte einen Hund bellen, zuerst laut, dann leiser, als wäre er ein Stück weggelaufen, aber noch immer so wütend und zornig, dass Carlisi sagte, *guter Gott, vielleicht stammen die Bisse doch von einem echten Hund,* und dann, *nein, was zum Teufel rede ich, es gibt doch die DNA des Geifers,* laut, denn er hatte Kopfhörer auf, genauso wie der Typ neben ihm. Der neben ihm war Simone, er drückte die Kopfhörer mit offenen Handflächen auf seine Ohren, als wollte er sie in die Ohren hineinpressen.

Grazia und der Techniker von der Spurensicherung hingegen beschränkten sich darauf, den Computermonitor zu betrachten, auf dem die Nachricht von Pierluigis Anrufbeantworter dargestellt wurde. Pierluigi stand etwas weiter hinten, lehnte am Türpfosten, *tut mir leid, aber ich höre das nun seit zwei Tagen.* Matera und Sarrina waren dienstlich unterwegs.

Der Techniker von der Spurensicherung war ein großgewachsener Junge, mit einer Haarlocke auf der Stirn, als trüge er ein Toupet. Das kam von den Kopfhörern, als Simone sich auf Grazias Anweisung hin auf den Hocker vor der Konsole setzte, gab er sie ihm.

Es war Grazias Idee gewesen. Sie hatte zugesehen, wie der Techniker die Töne in Frequenzen zerlegte und sie auf dem Monitor, der hysterisch ausschlug wie ein Seismograph, als Soundtrack darstellte, und da hatte sie ihn gefragt, ob ein menschliches Ohr nicht mehr hörte als ein elektronisches.

Ja, wenn es genauso fein war.

Simone hatte ein feines Gehör. Bevor er Grazia kennenlernte, hatte er sein Leben damit verbracht zu lauschen, abgeschirmt von der Welt, er studierte sie aus der Ferne, mithilfe von Tönen. Mittlerweile hatte er aufgehört, Funktelefone und Handys mit dem Scanner abzuhören, aber die intuitive Sensibilität war ihm geblieben.

Er machte es jedoch nur widerwillig, immerhin hatte er Grazia schon einmal bei einer heiklen Ermittlung geholfen und wäre fast dabei draufgegangen.

– Du hast mir doch gesagt, du würdest dich ausruhen.

– Ich ruhe mich ja aus.

– Du musst dich ausruhen. Die Ärztin hat gesagt …

– Ich ruhe mich aus. Papierkram. Wir hören uns eine Aufnahme an, noch mehr ausruhen geht gar nicht.

– Ich dachte, ihr hättet ihn schon gefasst?

– Ja … keine Ahnung … wir müssen es überprüfen. Damit wir ruhig sein können.

– Ruhig, Grazia? Ruhig? Wie bei den anderen?

– Nein, nicht wie bei den anderen. Und ich bin ruhig, Simò, ich lasse mich nicht in die Sache reinziehen. Es ist nur Arbeit, das verspreche ich dir.

Schließlich hatte sie ihn überredet, und jetzt hockte Simone auf dem Hocker vor dem Monitor, mit Kopfhörern auf den Ohren, zusammengekniffenen Augen und Lippen. Er machte dem Techniker ein Zeichen, er solle von vorne beginnen, Carlisi hatte ihn nämlich gestört, der Techniker nickte und berührte die Nasenspitze mit dem Finger.

Man hörte einen Hund bellen. Laut, zornig und böse, erstickt, als würde er an einer Kette zerren, dann leiser, im Hintergrund, aber er bellte noch immer.

Man hörte eine Stimme.

Zuerst jaulte sie, stolperte über das *N*, es klang erstickt und verschluckt, als müsse es sich zwischen Tränen Bahn brechen, nasal, ein weiches Winseln, das plötzlich schrill wurde, ein Kreischen wie von einem verletzten Delphin, *Er ist es nicht! Er ist es nicht!*, und sie fuhr fort *Er ist es nicht!* Und so ging es weiter – wie lange? – wie ein spitzer Hammer auf einem Amboss *Er ist es nicht! Er ist es nicht! Er ist es nicht!* mindestens eine Minute lang.

Und noch etwas war zu hören, noch weiter im Hintergrund, es klang wie Musik, langsam und weit weg, und eine Stimme, die anders und heller war, aber so leise, dass man sie kaum verstehen konnte. Sie war von Anfang an dagewesen.

Alles gleichzeitig, der Hund, die Stimme, die Musik, *Er ist es nicht! Er ist es nicht! Er ist es nicht!*

Dann plötzlich noch eine Stimme, eine kräftige, raue, mächtige Stimme, wie eine Explosion.

Verdammt, was machst du!

Schweigen.

Pierluigi strich sich mit der Hand über das Gesicht und öffnete ein wenig die Tür, als wolle er Luft schnappen. Er warf einen Blick auf Simone, der war blass geworden, keuchte und drückte Grazias Arm.

– Du hast zu mir gesagt, flüsterte er, du hast zu mir gesagt … Um Himmels Willen, Grazia. Ich habe noch nie eine derart grüne Stimme gehört …

– Grün?, fragte Carlisi.

– Eine derart unangenehme, sagte Grazia.

Simone lachte mit zusammengebissenen Zähnen, ein kurzes, böses Lachen wie ein Biss.

– Unangenehm? Unangenehm, Grazia? Das ist ein Verrückter, ein Ungeheuer … verdammt.

Er hob die Hand und machte eine Geste in Richtung des Technikers, beschrieb mit dem Zeigefinger einen Kreis, als wolle er ihm sagen, er solle die Aufnahme noch einmal abspielen.

– Ich habe sie nach Frequenzen getrennt … wenn Sie wollen, spiele ich sie Ihnen einzeln vor.

– Nein. Sie gehören zusammen. Später vielleicht.

Der Hund. Die Stimme. Die Musik. Der Schrei.

Der Hund. Die Stimme. Die Musik. Der Schrei.

Der Hund. Die Stimme Die Musik.

– Pierluigi, geh hinaus, wenn dir nicht gut ist.

– Ja. Eigentlich dürfte ich gar nicht hier sein. Eigentlich dürfte auch die Aufnahme nicht hier sein.

Keuchend ging er hinaus, blieb aber auf der Schwelle stehen, mit dem Rücken zur Tür, wie um zu lauschen. Der Erkennungsdienst des Polizeipräsidiums von Bologna befand sich in einem alten Kloster aus dem 17. Jahrhundert, in einem hohen Gewölbe am Ende einer breiten Treppe, und selbst die Eingangshalle und die Zellen der Mönche, in denen sich die Büros befanden, waren groß und geräumig. Das Audiolabor hingegen befand sich am Ende eines Ganges in einem viereckigen, engen Kämmerchen mit Metallregalen an den Wänden, die voller Geräte – Aufnahmegeräte und Lautsprecher – waren. Noch dazu rauchte Carlisi eine Zigarette nach der anderen.

Mit den Händen im Rücken und den Nacken an das weiche Holz des Türpfostens gelehnt, fragte sich Pierluigi, ob das der einzige Grund war, ob ihm nur wegen der verrauchten Luft schlecht geworden war. Er genierte sich und ging wieder hinein, und er zwang sich, Simone anzusehen, der auf dem Hocker kauerte, während Grazias Arm beschützend und mütterlich auf seinen Schultern lag und ihr Kopf an seinem lehnte.

– Kann man die Rasse des Hundes im Hintergrund feststellen?, fragte Carlisi. Vielleicht ist es eine seltene …
– Es ist kein Hund, sagte Simone, und der Techniker von der Spurensicherung nickte. – Es ist ein Mensch.
– Ein Mensch? Verdammt, er klingt doch …
– Nein. Die menschliche Stimme formuliert immer Buchstaben, selbst wenn sie schreit oder eine Stimme nachahmt. Tiere tun das nicht. Das ist ein Mensch.
Der Techniker nickte wieder, dann fiel ihm ein, dass Simone ihn ja nicht sehen konnte, und er sagte: – Genau.
Pierluigi legte den Handrücken auf den Mund, um einen Brechreiz zu unterdrücken. Grazia streichelte Simones Rücken, langsam, wie um ihn nicht zu stören. Pierluigi ging hinaus und

ging ein wenig auf dem Gang auf und ab, kam aber sofort wieder zurück.

– Da ist noch etwas, sagte Simone.

Er zeigte mit dem Finger auf den Techniker, der verstand sofort. Er spielte die Aufnahme von vorne ab, das Bellen des Hundes, und immer, wenn ihm Simone ein Zeichen machte, unterbrach er und begann von neuem.

Pierluigi ging wieder hinaus. Er ging bis zum Gangfenster und blickte hinaus, auf die Blätter des Baumes, der mitten im Hof stand.

Es ist eine Eiche, denkt er und dann geht er zurück.

Simone sprach über das Bellen des Hundes, mit lauter Stimme, presste sich die Kopfhörer auf die Ohren.

– Der zweite Teil ist eine Aufnahme. Zuerst bellt der Hund in echt, dann hört er auf und man hört das Bellen vom Band, als ob es gesampelt worden wäre. Immer dieselbe Stelle, wie in einer Endlosschleife.

Grazia nahm ihm die Kopfhörer ab, *schrei nicht so, Simò.* Sie legte ihm den Arm um die Schultern. *Du bist ein Genie,* flüsterte sie, und er, *danach müssen wir uns unterhalten.*

Carlisi lehnte sich im Stuhl zurück, mit erhobenen Armen und im Nacken verschränkten Händen. Er lächelte Pierluigi an.

– Teilen Sie unsere Ermittlungsergebnisse?, fragte er.

– Nun, einiges haben wir selbst herausgefunden.

– Ich bitte Sie, Capitano, ich habe gesehen, wie überrascht Sie waren. Bitte, erzählen Sie uns was.

Pierluigi seufzte, wiederholte, *eigentlich dürfte ich gar nicht hier sein,* dann schöpfte er Luft. Ihm war noch immer schwindelig.

– Also, ich muss vorausschicken, dass alle möglichen Leute meine Handynummer haben, das ist also kein Kriterium. Außerdem ist mein Name, wie Sie wissen, in der Presse gemeinsam mit

dem von Frau Kommissar Negro genannt worden, weshalb …
Der Anruf ist jedenfalls vor zwei Tagen um Viertel vor acht Uhr
morgens eingegangen. Ich habe ihn nicht bemerkt, weil ich wie
immer auf lautlos geschaltet hatte, und danach ist das Theater mit
den Sitzungen in der Kaserne losgegangen, es war an dem Morgen, als Canterini umgebracht wurde.

– Wir erinnern uns daran, sagte Carlisi finster.

– 17. August, Viertel vor acht. Er hat das Handynetz zwischen
San Vitale, Piazza dell'Unità, Bahnhof und der Brücke über die
Via Stalingrado benutzt. Genauere Angaben lassen sich nicht machen. Er hat eine alte Telefonwertkarte benutzt, die vor sechs Jahren gekauft worden ist und auf einen Immigranten zugelassen
war, einen Rumänen. Angesichts der Tatsache, dass der Rumäne
gleichzeitig noch siebzehn andere gekauft hat, glauben wir, dass er
als Strohmann diente oder sie an Personen weiterverkaufte, die
nicht wollten, dass ihr Telefon abgehört wurde.

– Und wo ist er jetzt?

– Er hat in Piacenza gelebt, ist vor einem Jahr gestorben.

– Capitano, Sie erzählen uns nicht wirklich was Neues …

– Ich glaube, auch ihr hättet nicht mehr herausgefunden. Und
wie ich schon sagte, auch unsere Techniker haben diese Untersuchungen gemacht. Wir haben ein Stimmprofil erhoben, die erste Stimme ist die eines jungen Mannes unter fünfundzwanzig, aus
dem Süden, ein Kalabrese oder Sizilianer. Die zweite ist die eines
älteren Mannes, allerdings nicht älter als fünfzig.

– Er raucht, sagte Simone.

– Vielleicht …

– Er raucht viel. Er hat eine belegte, heisere Stimme, vielleicht
ist er auch jünger …

– Ist gut. Aus dem Norden, Poebene, vielleicht Lombardei,
vielleicht aus der Emilia-Romagna.

– Romagna. Er verschluckt die Z. Man hört es kaum, aber er
tut es.

– Ist gut. – Pierluigi hat die Stimme erhoben, er bemüht sich, leiser zu sprechen. – Ist gut. Wir haben auch die Musik im Hintergrund analysiert. Sie ist leiser als das Bellen des Hundes und die Stimmen, als ob sie von einem anderen Ort käme.

– Es ist eine Aufnahme.

Pierluigi ballte die Hände zu Fäusten. Er biss die Zähne zusammen, schluckte. Grazia sah Simone mit einem bewundernden Lächeln an und streichelte ihm wieder den Rücken.

– Sie ist zu leise, aber wenn man sie isoliert und verstärkt, hört man sonst nichts mehr. In normaler Lautstärke ist sie überdeutlich. Es ist eine Aufnahme.

– Ist gut, egal. Oder besser gesagt, nicht egal, doch fürs erste … Wir haben ein paar Worte herausgefiltert, *wenn, nachdenken, ehrlicherweise, Beschaffenheit, umgebracht* … und auf diese Weise haben wir herausgefunden, um welchen Song es sich handelt. Er heißt *la merda*, die Scheiße.

– Wie?

– *La merda*, die Scheiße. Von Anton Virgilio Savona. Ihr habt doch Internet, oder?

Der Techniker war schon in der Suchmaschine. Er tippte *la merda* und *vigrilio savona* ein, in der Eile vertippte er sich, Google besserte den Namen zu Virgilio aus und lieferte in 0,49 Sekunden 64 900 Suchergebnisse. Ganz oben stand *Canzone contro la guerra – la merda*. Schlager gegen den Krieg – die Scheiße.

– Nein, bitte direkt auf YouTube.

Das knallrote Cover einer Schallplatte aus den Siebzigerjahren tauchte auf, und gleich darauf ein Schwarzweißfoto mit einem Mann am Klavier. Ein Standbild, untermalt von Klavierklängen, so schrill wie der Triller einer Mandoline.

– Ist das nicht der Sänger vom Quartetto Cetra?, fragte Carlisi.

– Das *Vecchia fattoria* gesungen hat … bin ich der Einzige, der so alt ist und sich daran erinnert?

Pierluigi drückte auf die linke Taste der Maus, und der Pfeil in der Mitte des Bildes verwandelte sich in zwei parallele Striche, das Video stand still.

– Genau der. Aber er hat auch was anderes gemacht. Er war ein sehr engagierter Liedermacher, und sehr zornig. Er schrieb auch für Giorgio Gaber, der Song beruht auf einem Gedicht von Hans Magnus Enzensberger.

Pierluigi drückte noch einmal mit dem Zeigefinger auf die Maus und auf dem Bild erschien einen Augenblick lang ein graues Dreieck, dann hörte man Musik. Nach den schrillen Klängen kam ein Gitarrenriff, so akzentuiert wie ein Walzerrhythmus, aber weich wie eine Ballade. Die Stimme Savonas war freundlich und ironisch, zumindest am Anfang.

Lei così tenera e pulita, / la base della nostra vita. / Lei che solleva dalle pene, / lei che ci vuole tanto bene. / E tra ogni cosa, in fondo in fondo, / la più pacifica del mondo. / E tra ogni cosa, in fondo in fondo, / la più pacifica del mondo …
So sanft und bescheiden, / Grundlage unseres Lebens. / Sie hat uns erleichtert, / hat uns so gern. / Und im Grunde ist nichts auf der Welt / so gewaltlos wie sie. / Und im Grunde ist nichts auf der Welt / so gewaltlos wie sie …

– Ich habe den Text ausgedruckt. Bei der Nachricht auf dem Anrufbeantworter ist nur die letzte Strophe zu hören.

Pierluigi nahm einen Zettel aus der Jackentasche. Er gab ihn Carlisi, und der las ihn gemeinsam mit Grazia vor. Simone hingegen hatte die Hände auf die Kopfhörer gelegt, den Kopf zur Seite geneigt, weit weg von den anderen, die den Text laut lasen. Carlisi hatte die zweite Strophe übersprungen und las nun die dritte vor.

Povera merda disgraziata, / sempre svilita e disprezzata / quando schifati ne parliamo / e il nome suo vituperiamo. / Mentre sappiamo che è innocente / e non ha colpa mai di niente, / mentre sappiamo che

è innocente / e non ha colpa mai di niente. // Non la si deve maltrat-
tare, / non la si deve confrontare …
Arme Unglückliche Scheiße, / immer besudeln wir ihren Namen, /
wir reden immerzu von ihr, / als wäre sie an allem Schuld. / Doch
wir wissen, dass sie unschuldig ist, / dass sie keine Schuld hat, / dass
sie unschuldig ist, / dass sie keine Schuld hat. // Sie, die wir ausge-
drückt haben, soll nun ausdrücken unsere Wut?

Pierluigi: – Natürlich hat Savona nichts damit zu tun, er ist
2009 gestorben, aber die Worte könnten aus der Spontiszene
stammen …
Carlisi: – Natürlich, Helm, Knüppel, Kapitalist, Ausbeuter.
Pierluigi: – … irgendwie bestätigt das De Zans Verdacht.
Grazia: – Ich bitte dich …
– Wir sind fertig, sagte der Techniker.

Simone zog den Kopf zwischen den Schultern ein, als ob er ihn
gehört hätte, aber er konzentrierte sich bloß auf die Musik und die
Worte. Vor allem auf die Klänge.

Se per un po' rifletterete / onestamente converrete / che perde presto
consistenza / e ha una brevissima esistenza. / Mentre chi «merda»
vien chiamato / muore soltanto se ammazzato, / mentre chi «merda»
vien chiamato / muore soltanto se ammazzato.

Wenn ihr nachdenkt, / müsst ihr ehrlicherweise zugeben, dass sie
nachgiebig und vergänglich ist. / Doch die wir „Scheiße" nennen /
sterben nur, wenn man sie umbringt, / doch die wir „Scheiße" nen-
nen, sterben nur, wenn man sie umbringt.

Eine Pause vor dem letzten „umbringt", dann das Klavier mit
einem schrillen Schlussakkord wie eine neapolitanische Mandoline und zwei Gitarrenakkorde.

– Ein Protestsong aus den frühen Siebzigerjahren, dem Kampfhund gefällt die letzte Strophe, er hat sie gesampelt. Wegen der
anonymen Telefonkarte und der Tatsache, dass es mehrere Stimmen und deshalb wahrscheinlich mehrere Personen sind, sind
Colonello und Staatsanwältin Deianna auf die Idee gekommen, es

könne sich um Anarchisten handeln. Nun, da wir mehrere Hunde als Rudel bezeichnen ...

– Da ist noch was.

Simone hatte es leise gesagt, obwohl er Kopfhörer auf hatte, nur zu sich selbst. Aber Grazia hatte ihn gehört.

– Was sagst du, Simò?

– Der Song. Er ist noch nicht zu Ende. Die letzten Klavierakkorde brechen jäh ab, und danach hört man ein paar Gitarrenklänge, aber sie sind anders, klingen wie der Beginn eines neuen Songs.

Genau so war es. Wenn man genau hinhörte, war auch der erste Gitarrenakkord unvollständig, er klang wie angeklebt.

– Vielleicht ein unreines Sample ..., sagte der Techniker, vielleicht ein unsauberer Schnitt ...

– Nein, das ist der Anfang eines anderen Songs, mit einer Gitarre. Und ... darf ich noch etwas sagen? In diesem Augenblick kommt der ältere Mann ... *verdammt, was machst du!* – Sie spielten die Aufnahme nochmal ab – und dann bricht alles ab. Nicht jedoch das Telefonat. Der Hund und die Musik verschwinden, und erst einen Augenblick später hört man es klicken, weil die Verbindung abgebrochen ist.

Auch das stimmte. Sie hörten sich die Aufnahme mehrmals an, der Techniker nickte, und dann nahm Grazia Simones Gesicht in die Hände, legte die Hände flach auf seine Wangen und küsste ihn rasch auf den Mund.

Wir müssen uns unterhalten, sagte Simone, als er Grazias Lippen auf sich spürte, so leise, dass es nur Pierluigi hörte. Er versuchte, sie nicht anzusehen.

Sie unterhielten sich nicht. Grazia wusste ohnehin, was er ihr sagen wollte. Er spürte, wie aufgeregt sie war, sie hatte es ihn wissen lassen, als sie seine Schultern zu fest drückte, ihr Herzklopfen und ihr Atem hatten ihm verraten, dass sie in Gedanken nur noch bei der Ermittlung, bei der Jagd war. Beim Kampfhund. Sogar ihr Geruch hatte es ihm verraten.

Sie wollte auch nicht darüber sprechen. Sie hätte nicht gewusst, was sie zu ihm sagen sollte, und ja, sie war in Gedanken schon ganz woanders und konnte es gar nicht erwarten, ihn wegzuschicken. Bevor sie einen Polizisten überredete, ihn nach Hause zu begleiten, drückte sie ihm noch einmal die Hände und versicherte ihm aufs Neue, dass sie ganz ruhig war, sie würde jetzt noch ein wenig arbeiten, nur Papierkram, Polizistengespräche, in aller Ruhe, und dann käme auch sie nach Hause. Sie hatte gespürt, dass seine Hände zitterten. Wenn sie ihn gefragt hätte, hätte er geantwortet, aus Wut, aber sie zitterten aus Angst. Aber sie fragte ihn nicht, und deshalb sagte er es auch nicht.

Sie hatte Carlisis Angebot, sie mit dem Auto ins Präsidium mitzunehmen angenommen, aber dann ließ sie ihn allein fahren, sie wollte nämlich zu Fuß gehen. Sie wollte in Ruhe über etwas nachdenken, obwohl sie nicht genau wusste, worüber, und sie dachte, bei einem Spaziergang würde es ihr klarwerden.

Bevor sie sich trennten, hatte ihr Carlisi ein paar Dinge zugeflüstert.

Erstens, dass er De Zan für einen Trottel hielt. Die Carabinieri hatten sich bescheißen lassen. Er glaubte weder an die Theorie von der Spontiszene noch daran, dass Cantero, der arme Teufel, ein Killer war. Wenn in diesem Milieu jemand auf blöde Gedanken kam, dann wohl einer mit einer komplexeren politischen Idee. Bei den Morden des Kampfhunds hingegen, egal ob sie nun von einem Einzeltäter oder von mehreren verübt worden waren, dachte man eher an Satanisten als an organisierte anarchistische Gruppen. Zugegeben, man konnte nie wissen, blöde Gedanken zeichneten sich nun mal dadurch aus, dass sie jenseitig waren.

Im Grunde konnte man nicht einmal mit Sicherheit sagen, ob die Typen, die den Capitano angerufen hatten, damit zu tun hatten. Es waren zwei gewesen, ein junger und ein alter, und sie waren verdächtig, weil einer im Hintergrund gebellt hatte, aber wer waren sie? Gewiss waren sie uneins, denn einer hatte Pierluigi angerufen und der andere war – wahrscheinlich genau deswegen – wütend geworden und hatte das Telefonat beendet.

Zweitens sollte sie nicht vergessen, was er zu ihr gesagt hatte, als die Taskforce aufgelöst worden war und sie von der Untersuchung abgezogen worden waren. Er war zwar enttäuscht und wütend, aber sie sollte sich davon nicht beeinträchtigen lassen. Er wollte, dass sie wieder auf die Jagd ging und den Kampfhund schnappte. Oder die Kampfhunde, egal. Aber sie sollte ihn schnappen, die Antimafia-Abteilung sollte ihn schnappen. Wen kümmerte es, dass er nicht in ihren Zuständigkeitsbereich fiel und dass sie sich diese Aufnahme nicht einmal anhören hätten dürfen. Aber Pierluigi hatte sich nun einmal in sie verliebt. Das war nicht zu übersehen. Sie wusste es ja auch, warum wäre sie sonst so rot geworden?

Sie hatte die Mitfahrgelegenheit abgelehnt, um zu Fuß zu gehen, aber dann war sie am oberen Ende der Treppe stehengeblieben. Sie hatte sich auf die erste Stufe gesetzt, sich die Bluse zugeknöpft, denn innerhalb der dicken Klostermauern war es kühl, sie biss sich auf die Innenseite der Wange und schlang die Arme um die hochgezogenen Knie. Sie dachte nicht mehr an Pierluigi, sie war sich gar nicht sicher, ob sie wirklich rot geworden war, vielleicht hatte Carlisi nur einen Witz gemacht. Sie hatte sich rasch von ihm verabschiedet, denn sie war in Gedanken schon ganz woanders. Die Dynamik der Nachricht, irgendwas stimmte da nicht.

Der Junge nimmt also das Handy und ruft Pierluigi an. Warum? Um ihm zu sagen, dass Canterini nicht der Kampfhund ist, der wütende Irre, der seinen Opfern das Herz herausreißen will. Moment: Um ihm zu sagen, dass er es nicht ist. In Anbetracht des Zeitpunkts und der Situation hatten alle geglaubt, Cantero und der Kampfhund seien damit gemeint, sie hatte es auch geglaubt. Der Junge will also Pierluigi – oder ihnen allen – etwas mitteilen, in gewisser Weise möchte er ihnen einen Gefallen tun, als wäre er einer von ihnen.

Ok.

Er nimmt also das Handy und ruft an. Der Alte nimmt inzwischen etwas auf, einen bellenden Mann, er sampelt die Aufnahme und spielt sie ab. Womit? Einer Konsole? Einem Computerprogramm? Im Hintergrund wird jedoch noch ein Song abgespielt, vielleicht ist da noch eine Aufnahme vom Band oder vielleicht ist eine Seite offen, iTunes zum Beispiel, YouTube, ein Blog oder Ähnliches.

Der Junge ruft jedenfalls Pierluigi an, während der Alte neben ihm steht – man hört die beiden ja gleichzeitig –, aber der Alte ist nicht einverstanden und unterbricht ihn. Es gibt also mindestens drei Personen: den, der bellt, den Jungen und den Alten, und wie Carlisi sagte, sind sie uneins, einer will Pierluigi helfen und der andere sagt, *was zum Teufel machst du.* Einer von ihnen ist der Kampfhund, vielleicht der, der bellt, oder auch nicht, auf jeden Fall haben sie miteinander zu tun, wie die Manson-Familie (*Picozzi anrufen und fragen,* notiert sie im Geiste).

Ok, aber darum geht es nicht.

Grazia stand auf, weil jemand die Treppen heraufkam und sie nicht gesehen werden wollte, wie sie auf dem Boden hockte. Sie ging ein paar Stufen hinunter und blieb wieder stehen, direkt unter einer vergrößerten Abbildung von Leonardos *Vitruvianischem Menschen* an der cremefarbenen Wand.

Es geht darum, dass der Alte den Jungen ein paar Minuten lang gewähren lässt und ihn dann unterbricht. Aber als er ihn unterbricht, schaltet er nicht das Handy aus, nein, er schaltet zuerst die Aufnahme aus. Genau darum geht es. Den Alten interessiert nicht, was der Junge sagt, sondern der Song. Allerdings nicht der, der von Anfang an zu hören ist, *mentre chi „merda" vien chiamato / muore soltanto se ammazzato. – während die wir „Scheiße" nennen / nur sterben, wenn man sie umbringt.*

Sondern der Neue. Der, der mit den ersten Klängen des Akkords einsetzt.

Da schreit er *was zum Teufel machst du!* Und macht zuerst die Aufnahme und dann erst das Handy aus.

Was für ein Song ist es?

Warum ist er so wichtig?

Grazia machte einen Schritt weg von der Wand, denn die, die die Treppe heraufkamen, bogen schon um die Ecke, aber sie blieb sofort stehen, denn es waren Matera und Sarrina. Mit D'Orrico in der Mitte, sie hielten ihn an den Armen, und unter seiner Jacke lugten Handschellen hervor.

– Polizeifotos, sagte Matera. Deianna hat beschlossen, ihn in Untersuchungshaft zu nehmen.

– Nächste Station: la Dozza, sagte Sarrina.

D'Orrico sagte nichts. Er hielt den Kopf gesenkt, das Kinn auf der Brust, und ging an Grazia vorbei, ohne sie anzusehen. Dann riss er sich plötzlich los, schüttelte Matera ab und zog Sarrina ein paar Stufen hinunter.

– Ich war es nicht!, schrie er Grazia ins Gesicht, sie wich zurück, mit der Hand unter der Bluse, auf dem Kolben der Pistole. – Ich war es nicht! Wie zum Teufel hätte ich das anstellen sollen?

Er schlüpfte unter Materas Hand durch, die auf seinen Kopf niedersauste, während der andere ihn am Arm packte. Sarrina versetzte ihm einen Faustschlag auf den Rücken. D'Orrico wehrte ihn nicht ab, sondern steckte ihn knurrend ein, dann machte er noch einen Schritt nach vorne, auf Grazia zu.

– Als du mich angezeigt hast, haben sie mich unter Aufsicht gestellt, und das war mir recht, so konnte ich der Signora wenigstens keinen Gefallen mehr tun … aber ich habe ihr nichts vom Geständnis des Jungen gesagt! Ich hatte ja eine Ausrede, ich war kaltgestellt!

Sarrina wollte wieder zuschlagen, Grazia hielt ihn auf. D'Orrico kam noch näher, keuchend.

– Hältst du mich denn für blöd? Ich stand nur unter Verdacht, ich hatte schon die Gewerkschaft eingeschaltet. Ich wäre mit einer Versetzung davongekommen. Jetzt hingegen, schau … – er hob die Handgelenke mit den Handschellen. – Guter Gott, Grazia, ich war es nicht … ich war es nicht!

Und das sagte er immer wieder, während er zwischen Matera und Sarrina die Treppe hinauf ging und Grazia sich an die Wand lehnte, mit dem Hintern an den nackten Füßen des *Vitruvianischen Menschen*, mit gerunzelter Stirn und einer tiefen Falte zwischen den Augenbrauen, und mit den Schneidezähnen Hautfetzen von der Innenseite der Wange riss.

Zu viele Leute, dachte sie, *zu viel Durcheinander.*

Der Junge ruft Pierluigi an, um ihn zu warnen.

Jemand ruft Enzinos Mutter an.

Wer, der Alte?

Der Kampfhund?

Wer?

Das Foto sagt mir rein gar nichts. Eine Frau ist darauf zu sehen, sie ist beinahe schon alt, sieht alt aus, mit kurzen Haaren und breitem, ausdruckslosem Gesicht, faltigem Hals und Flecken auf den Handrücken. Es sagt mir rein gar nichts. Ich betrachte die Seidenbluse, die Perlenkette, sie hält ein Gemälde, auf dem offenbar ein paar Katzen mit vielen Augen zu sehen sind und dahinter ist ein Porträt, das offenbar sie darstellt, denn es sieht ihr ähnlich, sie lächelt darauf, sie ist jünger und trägt eine Brille mit durchsichtigem Gestell. Auch die Musik sagt mir rein gar nichts. Der Cursor folgt einer Frauenstimme, wahrscheinlich singt sie, nein, sie ist jünger als sie damals, sie singt, *Christine, the strawberry girl / Christine, banana split lady,* die Stimme geht in einem Gitarrenriff unter, als würde sich eine Spirale um sie wickeln, beim hypnotischen Beat des Schlagzeugs. Ich stoppe sie, ich weiß, wie das geht, richte den Pfeil auf die Taste mit den beiden senkrechten Strichen und der Cursor bleibt stehen.

Auch den anderen Song habe ich auf diese Weise gestoppt. Ich möchte ihn löschen, aber, verdammt, es gelingt mir nicht, jedoch nicht den Song, in dem es um die Scheiße geht, der gefällt mir nämlich, es stimmt ja, die, die „Scheiße" genannt werden, sterben nur, wenn man sie umbringt, nein, den Song, den er danach draufgeladen hat, der Trottel, der Trottel, der Trottel.

Den kann ich nicht löschen.

Er hat das alles raufgeladen, Fotos, Musik, Aufnahmen, ich kann nur den Pfeil bewegen und draufklicken, ich kann den Cursor auf die richtige Stelle des weißen Striches ziehen und ihn auslassen, kleine Dreiecke und Striche, Musik ja, Musik, nein. Und aus.

Alles andere hat er gemacht.

Aber er ist nicht mehr da.

Dieser Trottel, dieser Trottel, dieser Trottel, er hat den Song absichtlich draufgestellt, er hat den Hund aufgenommen und, okay, er hat den Capitano angerufen und ihm gesagt, dass er es nicht ist, nicht ist, nicht ist, okay, aber so ein Trottel, so ein Trottel, so ein Trottel, er wollte ihm alles sagen, der Trottel, der Trottel, der Trottel, und da habe ich den Hund freigelassen, ich habe ihn von der Kette gelassen und er hat sich mit gefletschten Zähnen auf ihn gestürzt, er hatte nicht mal mehr Zeit zum Schreien, konnte nur noch die Augen aufreißen, mit erhobenen Händen, die Kehle von einem Biss zerfetzt, während er auf dem Boden hin- und hergeschleudert wurde.

Und jetzt ist er nicht mehr da.

Der Trottel, der Trottel, der blöde Trottel. Und ich weiß nicht, wie ich diesen Song löschen soll.

Nur Dreiecke und Striche, Musik ja, Musik nein.

Irgendwann wird es ihnen auffallen. Denn irgendwer wird sich diesen Blog anschauen, die Leute lesen ihn ja bereits und hören sich die Musik an, sie schreiben auch Kommentare.

#1: *Du hast recht! Bring die Hurensöhne um!*

#2: *Ich gebe dir recht! Reiß ihnen das Herz raus!*

#3: *Nur nicht den Politikern, die haben nämlich kein Herz.*

#4: *Machen wir eine Liste?*

Così Fatima e Mohamed Roberto
stamane non ho salutato
ieri sera e davvero stanco
però un poco abbiamo giocato
poi li ho guardati dormire
per un'ora coprendo la luce
han sorriso per tutto il tempo
questa vita ancora gli piace
han sorriso per tutto il tempo
questa vita ancora gli piace.

Von Fatima und Mohammed Roberto
habe ich mich heute Morgen nicht verabschiedet
gestern war ich wirklich müde
eine Zeitlang haben wir noch gespielt
dann habe ich ihnen ein wenig beim Schlafen zugesehen
eine Stunde lang, bei abgedecktem Licht
sie haben die ganze Zeit über gelächelt
noch gefällt ihnen das Leben
sie haben die ganze Zeit über gelächelt
noch gefällt ihnen das Leben.

Andrea Buffa, *Il sogno di volare*

Teil III

Ein Diener und ein Christ

E tu forsi chi hai ciunchi li vrazza,
oppuru ll'ha 'nchiovati com'a mmia
cu voli la giustizia si la fazza
non speri ch'autru la fazza pe ttia
si tu si' omu e non si' testa pazza
metti a profittu 'sta sintenzia mia
jò non sarría supra sta cruciazza
s'avissi fattu quantu dicu a ttia!

Sind deine Arme gelähmt
oder sind sie wie meine ans Kreuz genagelt?
Wer Gerechtigkeit will, muss sie sich holen
und darf nicht auf die anderen warten
wenn du ein Mensch bist und nicht ein Verrückter
nimm dir meinen Rat zu Herzen
wenn du ihn befolgt hättest,
würdest du jetzt nicht an diesem schrecklichen Kreuz hängen.

Mattanza, *Un servu e un Cristu*
nach einem sizilianischen Volkslied

Zwei Wochen lang passierte nichts.

Der Kampfhund fiel niemanden an, weder in der Emilia-Romagna noch im Rest Italiens und wahrscheinlich auch nicht im Ausland. Tag für Tag gingen Matera und Sarrina Hinweisen, Berichten und Anzeigen nach, in denen es um Gewaltdelikte, tätliche Angriffe, Verletzungen und Morde ging, Pierluigi überprüfte die Anzeigen, die bei den Carabinieri eingingen, und glich sie mit Grazias Anzeigen ab, obwohl er das eigentlich nicht hätte tun dürfen.

Nichts.

Kein Opfer, das dem Opferschema des Kampfhundes entsprach, keine vergleichbare Vorgehensweise, und vor allem keine Bisse. Eine Ironie des Schicksals: die Verbrechensstatistiken verzeichneten in dieser Zeit sogar einen Rückgang der Gewaltverbrechen um vier Prozent im Vergleich zum Vorjahr, nur zwei Morde, beide im Rahmen einer Mafiafehde in der Gegend von Bergamo.

Carlisi: – Aber der Doktor sagte doch, er sei auf Entzug und würde bald wieder morden.

Grazia: – Genau. Er sagt, er könne im Augenblick nicht morden, weil er entweder tot oder krank oder im Gefängnis ist, oder er hat bereits getötet und wir haben es nicht bemerkt.

Sarrina: – Vielleicht hat er sein Opfer aufgefressen.

Grazia: – Sarrí, du Arsch.

Carlisi: – Ja, Sarrina, du bist ein Arschloch.

Auch bei den Ermittlungen gab es nichts Neues. Grazia überprüfte noch einmal alle Hinweise in Bezug auf Personen mit verdächtigem gewalttätigem Verhalten, vergrößerte den Radius und fügte alles hinzu, was sie mittlerweile über den Charakter des Kampfhundes wussten. Sie konzentrierte sich auf Angreifer, die zubissen, wobei sie Frauen und Männer ausschloss, die sich zur fraglichen Zeit außerhalb des Gebietes befunden hatten, das sie mithilfe der Aufnahme von Pierluigis Anrufbeantworter eingegrenzt hatten, fand aber keine nützlichen Hinweise. Ein Haufen Leute schlug nicht nur, sondern biss auch zu, aber keiner von ihnen konnte der Kampfhund sein.

Und auch bezüglich des Songs, der nach zwei Akkorden so plötzlich abbrach, hatten sie nichts herausgefunden. Der Techniker der Spurensicherung hatte ein Identifizierungsprogramm entwickelt, aber es gab nicht genug Vergleichsmaterial und das Ergebnis war eine Liste von tausendzweihundert Songs.

Grazia hatte auch über D'Orricos Worte nachgedacht. Sie hatte ihn in Dozza besucht und er hatte mehrmals beteuert, er habe nichts damit zu tun, er habe Enzinos Mutter nicht benachrichtigt. Er konnte sich nicht vorstellen, wer es gewesen sein könnte, vielleicht gab es noch weitere Informanten, vielleicht bei den Carabinieri, vielleicht ein Staatsanwalt, wer weiß. Grazia war nicht in ihn gedrungen, sie hatte auch zu wenig Zeit. Sie war auf dem Weg in die Klinik, sie sollte einen Bluttest machen, und zum ersten Mal dachte sie dabei nicht nur an den Kampfhund und an seine Morde.

Seit einigen Tagen fühlte sie sich nämlich merkwürdig.

Sie hatte Bauchweh, leichte Krämpfe, ein Mittelding zwischen Kolik und flauem Magen, aber es war keines von beiden und auch nicht so wie Menstruationsbeschwerden. Ihre Brüste waren geschwollen, das spürte sie unter dem Shirt, nur ein bisschen, aber wenn sie darüber nachdachte, glaubte sie, dass auch ihre Brustwarzen empfindlicher geworden waren. Und bei einer der seltenen Gelegenheiten, als sie gemeinsam zu Abend aßen, hatte Grazia die Spaghetti nach ein paar Bissen weggeschoben, Simone hatte sie gefragt, was mit seinem Ragout nicht stimmte, und sie hatte gesagt, nichts, es war gut wie immer, er war ein ausgezeichneter Koch, auf jeden Fall ein besserer als sie, aber ihr war übel.

Die Übelkeit.

Sie hatte Simone kaum beruhigen können (*Kein Wunder bei dem vielen Progesteron, das ich einnehmen muss, Simò*), er hatte beinahe zu weinen begonnen (*Grazia, du weißt doch, ich spüre so was*), aber am nächsten Tag musste sie ohnehin den Bluttest machen.

Sie hatte ihn gemacht, jedoch nicht auf das Ergebnis gewartet (*Sobald sie was wissen, Frau Doktor, rufen Sie mich bitte am Handy an, danke*), und um die seltsame Verwirrung loszuwerden, dachte sie nur noch an ihre Ermittlung, an ihre ziellose Jagd. Das Schweigen des Kampfhundes schien die Theorie De Zans zu bestätigen. Die Staatsanwältin Deianna glaubte allmählich, dass sie mit Canterini den Richtigen geschnappt hatten. Die Carabinieri hatten alle Zugriffe auf den Song Anton Virgilio Savonas überprüft, sie hatten bei YouTube begonnen, ursprünglich hatten sie die Nachforschungen auch auf eMule ausdehnen wollen, unter den mehr als achttausend Aufrufen des ersten Videos jedoch sofort die IP-Adresse eines Anarchisten aus Bologna gefunden, der mit Cantero befreundet gewesen und bereits bei einer Razzia ins Netz gegangen war, und obwohl De Zan sagte, es sei noch zu früh, war Deianna felsenfest davon überzeugt, dass sie die richtige Spur verfolgten. Sie hatte einen Haufen Vollmachten ausgegeben, um in der Szene aufzuräumen. Aber vorsichtig, damit es keinen Nachrichtenschwund gab. Sie hatten ja Zeit. Canterini war tot, und der Kampfhund hatte seit zwei Wochen nicht mehr zugeschlagen.

Dann waren zwei Dinge passiert.

Erstens hatte die Ärztin Grazia angerufen und ihr mitgeteilt, dass sie schwanger sei.

Grazia hatte abgehoben, ohne auf das Display zu schauen. Sie unterhielt sich gerade mit Matera darüber, wer wohl Pierluigi angerufen hatte; alle möglichen Leute kannten ja seine Handynummer und sogar die Presse hatte über gewisse Details wie die Bisse berichtet, aber niemand hatte je einen Hund erwähnt. Das Handy vibrierte, *hallo*, dann die Stimme der Ärztin, *Signora Negro, ich habe die Ergebnisse,* und Grazia lief so schnell aus dem Zimmer, dass Matera sie später fragte, *ist was passiert?*, und sie antwortete *nein, nichts, nichts*, aber offensichtlich war sie wieder völlig durcheinander.

– Hören Sie, ich möchte Sie nicht beunruhigen, aber auch keine falschen Hoffnungen wecken. Es könnte ein „falsch positiv" sein, das ist oft der Fall, um sicher zu gehen, müssen wir in ein paar Tagen noch einen Beta-HCG-Test machen, jetzt liegt der Wert bei 11, das ist gut, aber ich wiederhole, bis dahin keine falschen Hoffnungen. Selbstverständlich nur, sofern Sie bis dahin nicht ihre Periode bekommen. Okay? Es sieht gut aus, aber keine falschen Hoffnungen.

An diesem Abend blieb Grazia im Büro, obwohl die anderen schon gegangen waren. Die Worte der Ärztin gingen ihr nicht aus dem Kopf, traten und strampelten wie ein ungeborenes Kind, und sie dehnten sich so sehr aus, dass sie alle anderen Gedanken verdrängten.

Sie konnte es gar nicht erwarten, allein zu sein. Sie wusste nicht, was sie zu Simone sagen sollte, stell dir vor, „falsch positiv", er würde überhaupt nicht verstehen, worum es ging, und wenn es gar nicht stimmte? Sie schickte ihm eine Nachricht, *komme etwas später warte nicht auf mich komme bald,* und lehnte sich im Schreibtischsessel zurück, legte die Beine auf den Schreibtisch. Der Bauch tat ihr weh.

Sie verschränkte die Hände im Nacken, denn der Sessel hatte keine Kopfstütze, dann stand sie auf und setzte sich auf Materas Sessel, der näher an der Wand stand, und legte den Kopf auf das Fensterbrett. Sie wollte sich schon die Schuhe ausziehen, tat es aber dann doch nicht, sie hatte nämlich das Gefühl, dass sie geschwollen waren, und es war ihr zu mühsam, sie abzustreifen. Der Bauch tat ihr weh.

Sie dachte an die Zwillinge, an die plärrenden Gesichter im Traum, an die Milch, die wie in einem Horrorfilm überlief, wer von den beiden sollte das Fläschchen bekommen?

Sie wusste, was dieser Alptraum zu bedeuten hatte. Angst. Angst davor, Mutter zu werden, und nicht dazu bereit zu sein. Angst davor, sich zu verändern, Angst, nicht mehr dieselbe zu sein wie davor, Angst, eine andere zu werden, Angst, erwachsen zu werden?

Langsam, langsam, sagte sie dann zu sich, das ist bloß Küchenpsychologie, sie war es jedoch gewohnt, sich an Fakten zu halten, und die Fakten waren in diesem Fall die Gefühle, beziehungsweise ein Gefühl.

Glück.

Sie war doch glücklich, oder? Na also.

Das Problem bestand darin, dass sie nicht wusste, ob sie glücklich war. Sie war durcheinander, ihr Nacken lag hart auf dem warmen Fensterbrett, der Bauch tat ihr weh, und sie wusste nicht, ob sie glücklich war oder nicht. Ok, es war noch früh, „falsch positiv", okay, aber es gelang ihr nicht, sich keine falschen Hoffnungen zu machen, wie die Ärztin es von ihr verlangte, die Gedanken wirbelten zwischen Kopf und Herz herum, blieben im Hals stecken, erstickten sie beinahe, und wenn da nicht diese Angst gewesen wäre – der Traum war zwar nur ein Traum, und die kleinen Gesichter waren nur ein Symbol, trotzdem musste sie sich damit auseinandersetzen – ja, wenn da nicht die Angst gewesen wäre, dann dann dann wäre sie glücklich gewesen, ja.

Glücklich.

Wenn es bloß wahr wäre, okay, keine falschen Hoffnungen, es könnte ein „falsch positiv" sein, geschwollene Brüste, 11, wenn die Periode nicht einsetzt, ist gut, noch ein paar Tage, wenn es wahr ist. Wie sie sich fühlte? Schlecht. Ängstlich, durcheinander, atemlos und ein ganz klein bisschen glücklich.

Glücklich.

Dann plötzlich ein Ziehen im Bauch. Weich und langsam, als würde nasses Papier zerreißen.

Grazia presste die Knie aneinander, versuchte das Feuchte, Klebrige zwischen den Beinen zurückzuhalten, als könne sie es in den Bauch zurückschieben. Sie stand auf, mit der Hand im Schritt, lief ins erstbeste Klo am Gang, es war ein Männerklo, aber egal. Sie schloss die Tür, lehnte sich mit dem Rücken dagegen, öffnete den Gürtel und knöpfte die Hose auf, ließ die Jeans zu Boden gleiten, das Pistolenhalfter schlug hart auf dem Boden auf. Sie hatte nicht nachgesehen, ob Klopapier da war, zum Glück war welches da, eine neue Rolle, sie riss ein Stück davon ab, mehr als notwendig. Sie stopfte sich das Klopapier in die Unterhose, kaum Blut, sie wischte sich die dünne Blutspur von der Innenseite des Schenkels und riss noch mehr Papier ab, mehr als notwendig. Sie hatte gar nicht daran gedacht, ihre Tage waren ja fällig, aber sie hatte es vergessen, das passierte ihr oft, und sie hatte keine Tampons dabei, und auch keine Reservetampons in der Schreibtischlade, natürlich nicht. Also faltete sie das Klopapier zu einer dicken, viereckigen Binde und legte sie in die Unterhose und zog sich die Jeans bis auf halbe Höhe des Bauches.

Ist gut, dachte sie, ging jedoch nicht hinaus. Sie lehnte sich wieder an die Tür, mit zusammengepressten Schenkeln, die Binde in der Hose kniff und tat weh.

In Gedanken wollte sie noch einmal *ist gut* sagen, doch sie gab ein leises Seufzen von sich, nahezu ein Schluchzen. Sie presste die Lippen aufeinander, zog die Unterlippe ein, denn sie spürte, dass sie zu zittern begann, zog den Rotz hoch, ballte die Hände zu Fäusten, und dann blinzelte sie und stellte fest, dass sie Tränen in den Augen hatte und ihr Blick verschleiert war.

Da gab sie auf, ging von der Tür weg, versteckte ihr Gesicht in der Ellenbeuge und begann zu heulen, an den Spülkasten gelehnt heulte sie wie ein kleines Kind.

Zwei Dinge.

Erstens: Der Anruf der Ärztin.

Zweitens: Noch ein Anruf, ebenfalls für Grazia.

Vom Kriminalamt für Internetdelikte.

Wie jeden Donnerstagnachmittag war in Seregno, Provinz Monza und Brianza, ein besorgter Elternteil (genau so lautete sein Codename im Forum *Helfen wir ihnen beim Erwachsenwerden.it: BesorgterElternteil78*) in das Zimmer seines fünfzehnjährigen Sohnes gegangen, der gerade Schwimmunterricht hatte, hatte sich an den Ikea-Schreibtisch, Modell Micke, gesetzt, den Computer aufgedreht und das Passwort geknackt („lieber BesorgterElternteil78, wenn du deinem Sohn einen Computer schenkst, sorge dafür, dass er kein sicheres Passwort verwendet … ")

Zuerst ging der besorgte Elternteil ins Internet und kontrollierte den Verlauf der letzten Woche, fand wie üblich eine Menge Websites, mit denen man illegal Musik und Filme herunterladen konnte („vergiss nicht, auch das Download-Fenster zu kontrollieren"), Online-Videogames, YouTube, zwei Gratis-Pornoseiten („die man tolerieren sollte, um die Art seiner Neigungen zu überprüfen"), Facebook, Google und ungefähr ein Dutzend Adressen, die er noch nicht kannte.

Facebook ließ er links liegen, denn er war unter einem falschen Namen mit seinem Sohn befreundet (Giovanna, ein schönes Foto mit einem lächelnden Mädchen darauf), und die anderen Seiten ließen auf harmlose Teenagerinteressen schließen, mit einer Ausnahme.

Es war ein Blog, und sein Sohn war zufällig darauf gestoßen, im Zuge einer Google-Suche („suche Zusammenfassung von Hemingways *Der alte Mann und das Meer*"), und er war erschreckend.

Sehr seltsam und erschreckend.

Der besorgte Elternteil hatte die Fotos, die Musik, aber vor allem die verzweifelten Worte, *gibt es jemanden da draußen, der mir helfen kann?* nicht vergessen können, in der Nacht darauf hatte er schlecht geschlafen. Er hatte die Adresse, www.diariodibordo-numerouno.splinder.com abgeschrieben, am Tag darauf im Büro den Blog mit Schaudern durchgescrollt und dann beim Kriminalamt für Internetdelikte eine Anzeige gemacht („aber vor allem scheuen Sie sich nicht, beim ersten Verdacht zum Online-Kommissariat zu gehen … ")

Einem Kommissar in Mailand war die Anzeige aufgefallen und er hatte einen Blick auf den Blog geworfen.

Er hatte nichts Verdächtiges gefunden außer geringfügige Verletzungen des Urheberrechts und vage Gewaltverherrlichung, wie sie im Netz gang und gäbe waren, aber auch ihm war ein Satz aufgefallen. Nicht der Hilfeschrei, der den BesorgtenElternteil so alarmiert hatte, sondern der Satz davor.

Ich hole euch der Reihe nach und reiße euch das Herz heraus!

Er erinnerte sich an eine E-Mail-Anfrage von Seiten des Polizeipräsidiums von Bologna, las sich die Aussendung und die Adresse noch einmal gut durch, dann hob er den Hörer ab, rief Bologna an und ließ sich mit Grazia verbinden.

Grazia hatte gerade den Koffer mit ihren Sachen im Vorzimmer von Simones Wohnung abgestellt (*ich will dich nicht mehr sehen, Grazia, zumindest nicht, bis dir klar geworden ist, was du eigentlich von mir, von dir und der ganzen Sache erwartest. Ja verdammt, ich will dich nicht mehr* sehen, *Grazia, sehr witzig, ich weiß, dass du auch weinst!*), und mit Tränen in den Augen war sie ins Büro gelaufen, und Carlisi hatte *verdammt!* gesagt, und dann *kein Wort zu den Carabinieri, wir sehen ihn uns zuerst an,* und sie hatten den Blog geöffnet, Carlisi hatte noch einmal *verdammt!* gesagt, und dann hatten sie den bellenden Hund gehört und waren verstummt und dann hörten sie sich schweigend *La merda* und auch den Song danach an, sie hörten die beiden Töne, genau sie, und dann das Arpeggio, das dreimal wiederholte Riff und dann die Stimme, die sang: *In meiner Jugend hatte ich einen Traum, / ich wollte fliegen wie ein Vogel.*

Grazia wollte noch weiter zuhören, aber Carlisi hatte geschrien, später, später hätten sie noch genug Zeit dazu, jetzt aber müssten sie sich beeilen, sie müssten den Server finden, der den Blog hostete und sich die Daten des Bloggers geben lassen (Mario Rossi, mario83@libero.it, männlich, das war ein Fake, okay), die IP-Adresse des Computers herausfinden, auf dem der Blog entstanden war (87.16.56.35, Nationalität: Italien, Region: Emilia-Romagna, Stadt: Bologna, BO, *verdammt*, Via Antonio Gandusio, Provider: Telecom Italia), den Nutzer, auf den das Internet angemeldet war (Bianconcini Maria Clelia, *das erinnert mich an was*), Via Antonio Gandusio 105 (drei Wohnungen, gemeldet auf Bianconcini … *raten Sie mal, Herr Doktor, erinnern sie sich an die Frau, die vom Kampfhund zerfleischt wurde?*), er war gerade online (*los, raus mit euch, schnappt ihn euch!*).

Und nun standen Grazia, Matera und Sarrina im Treppenhaus und blickten nach oben, drei Stockwerke, mit einem lackierten Handlauf im Stil der Siebzigerjahre, das ganze Haus sah so aus, es hatte wohl schon zur Zeit seiner Entstehung altmodisch und überkommen ausgesehen. Sie warfen sich einen Blick zu und Matera sagte per Funk zu den anderen, die draußen auf der Straße, an den Ecken des Gebäudes, warteten und dort möglichst unauffällig die Seitenstraßen bewachten: *wir gehen hinauf.*

Mit der Pistole in der Hand und dem Arm etwas seitlich, hinter dem Schenkel, damit man sie nicht gleich sah, gingen sie ins erste Stockwerk hinauf, und Grazia klopfte und wollte schon etwas von einem eingeschriebenen Brief sagen, aber die Tür ging sofort auf. Ein Afrikaner in Unterhose und T-Shirt wurde von Matera an die Wand gedrängt, er hielt die Pistole in die Höhe, damit der andere sie sehen konnte.

Ein Gang mit zwei Zimmern, eines für Grazia und eines für Matera.

Leer.

Ein Bad am Ende des Ganges.

Leer.

– Weg hier, sagte Grazia, keiner da.

Sie hatte die vier Stockbetten an den Wänden der beiden Zimmer gesehen, insgesamt acht Personen auf fünfzig Quadratmetern (*verdammt, schlimmer als im Gefängnis*, hatte Matera gesagt), in den Plastiktüten waren Kleider, aber keine Computer, doch kurz bevor sie in die Wohnung eingedrungen waren, hatte Carlisi gesagt, dass der Nutzer noch online war.

Zweites Stockwerk, ein *eingeschriebener Brief, bitte eine Unterschrift*, und diesmal öffnete ein Mädchen im Schlafmantel, barfuß, mit zerzausten Haaren und schläfrigem Blick. Der allzu volle Mund gab ein genervtes Stöhnen von sich, und sie reichte Grazia eine Tüte, die von einem Gummiband verschlossen war. Hinter ihr ein identischer Gang mit zwei Türen, aus einem Zimmer tauchte kurz ein zweites kurviges Mädchen auf, in Slip und BH, und sie warf der anderen eine Tüte zu, die genauso aussah.

Personalausweis, Aufenthaltsbewilligung, brasilianischer Pass, *wenn Sie das nächste Mal kommen, um uns zu kontrollieren, dann bitte nicht am Vormittag, da schlafen wir, wir arbeiten ja in der Nacht.*

Oberstes Stockwerk.

Grazia und die anderen blieben augenblicklich stehen, denn kaum an der Tür, hörten sie die Musik, leise, ganz leise, aber deutlich.

Grazia klingelte, sie drückte sich an die Wand, damit man sie durch den Türspion nicht sehen konnte, aber umsonst, der Gang war zu eng.

Niemand öffnete.

Grazia klingelte nochmal, zweimal, lange, aber niemand kam. Da nickte sie, und Matera, der zwar der älteste, aber auch der kräftigste war, stützte sich auf Sarrina, hob ein Bein, legte die Schuhsohle wie einen Rammbock an die Tür und trat sie ein, hob sie aus den Angeln.

Sie waren drinnen.

Pistole im Anschlag, die Männer mit einer Hand, sie mit beiden, denn die 92er war immer ein wenig schwer für sie gewesen, sie musste die geschlossene Faust mit der Handfläche stützen.

Vor ihnen ein kurzer Gang mit schwarzweißem Terrazzoboden, er führte zu einer Art Bad. Eine Tür links und etwas weiter vorne eine Tür rechts. Die Tür links war halb offen und gab den Blick auf einen Spiegel frei, in dem das Kopfteil eines Bettes zu sehen war, die Tür rechts war geschlossen, aber hinter der Milchglasscheibe in der Mitte war etwas, ein Widerschein, etwas bewegte sich. Man hörte auch eine Stimme, ein Schreien, aber aus der Ferne, offensichtlich eine Aufnahme.

Grazia kam näher. Aus den Augenwinkeln sah sie Sarrina, der die andere Tür öffnete, langsam, aber sie wusste, dass dort nichts war, sondern dass irgendetwas hinter diesem undurchsichtigen und konvexen Glas war, das aussah wie der Panzer einer Schildkröte. Sie versuchte hineinzuspähen, aber es war unmöglich, also legte sie das Ohr an den Holzrahmen, und versuchte dabei, sich so wenig wie möglich zu bewegen.

Die Stimme kam vom Band, im Hintergrund war Musik zu hören, ein Song. Er fing immer wieder von vorne an, die raue und verzweifelte Stimme eines Mannes, er schrie immer wieder dieselben Worte.

Grazia berührte die Klinke, wartete, bis die anderen ihr Deckung gaben, dann hielt sie den Atem an und riss die Tür auf.

Niemand war drinnen.

Nur ein eingeschalteter Computer mit den Bildern eines Blogs auf dem Bildschirm.

Mitten auf der Seite ein Video, ein Mann, der die Augen aufschlug und sich umblickte, mit einem angsterregenden Blick, und dann wieder, Augen auf und Blick, Augen auf und Blick, und dazwischen ein Sprung, ein Schnitt, der das Ganze noch unnatürlicher machte.

Er schaute nicht Grazia an, die mitten im Zimmer stand und die Pistole auf ihn richtete. Er schien auf etwas hinter ihr zu schauen, auf die Innenseite der Tür, die sie nicht zur Gänze geöffnet hatte, auf die tiefen Kratzspuren im Holz, die von einem Tier zu stammen schien.

Can you see the real me, schrie die verzweifelte Stimme unaufhörlich, *can you?*

– Billy Milligan, sagte Picozzi und zeigte auf den Monitor von Carlisis Computer.

– Nein, das ist *Tommy* von den *Who*, es ist die Stimme Robert Daltreys.

– Ich bitte Sie. Ich meine den Mann auf dem Video. Er heißt Billy Milligan.

– Oh Pardon.

Carlisi verschränkte die Arme und vergrub sich im Sessel. Er schob den Sessel ein Stück zurück und bedeutete dem Professor mit einer Geste fortzufahren. Grazia, Matera und ein Techniker der Spurensicherung standen daneben, dicht nebeneinander. Sarrina war in der Via Gandusio geblieben, für den Fall, dass der Kampfhund zurückkam. Nur Carlisi saß. Picozzi stand, um die Maus zu bewegen und die Seiten des Blogs durchzuscrollen. Am Vormittag hatten sie ihm den Link geschickt und am Nachmittag war er schon gekommen.

– Das da hingegen ist Louis Vivé – der traurige, Nägel beißende Junge auf dem Holzstuhl – das da ist Shirley Adell Mason – die Oma als junges Mädchen mit dem Blümchenkleid – besser bekannt als Sibyl, und die letzte – die Frau mit dem ausdruckslosen Gesicht und dem Gemälde in der Hand – ist Chris Costner Sizemore. Lauter klinische Fälle.

– Lauter Serienmörder?, fragte Grazia.

– Nein. Multiple Persönlichkeiten.

Alle schwiegen. Carlisi hätte gern etwas gesagt, traute sich aber nicht, Grazia dachte nach, Matera wusste nicht, worum es ging, und der Techniker von der Spurensicherung nickte lächelnd, als ob sich ein insgeheimer Verdacht bestätigt hätte.

Massimo Picozzi ließ die Maus los und setzte sich an den Rand von Carlisis Schreibtisch.

– Erinnert ihr euch an Doktor Jekyll und Mister Hyde?

DSM IV
Diagnostisches und Statistisches Handbuch psychischer
Störungen
Diagnostische Kriterien

Dissoziative Störungen

Dissoziative Identitätsstörung,
F 44.81 (früher *multiple Persönlichkeitsstörung*).
Nach dem DSM-IV (dem Diagnostischen und Statistischen Manual Psychischer Störungen) müssen zwei oder mehr getrennte, völlig unterschiedliche Identitäten oder Persönlichkeitszustände vorhanden sein und im Wechsel das Verhalten des Betroffenen bestimmen.

Als ob in ein- und demselben Körper mehrere Identitäten steckten, sagte der Professor, das Buch von Daniel Keyes über Billy Milligan hieß ja auch *Ein Zimmer voller Leute, die fünf Leben des Billy Milligan.* Jede einzelne dieser Personen hatte einen eigenen Charakter, eine eigene Persönlichkeit, eigene Erfahrungen, Gewohnheiten, Erinnerungen, sie unterschieden sich im Benehmen, in der Körperhaltung, sogar im Tonfall der Stimme, jetzt hob der Techniker der Spurensicherung die Hand, wie in der Schule. In dem Gutachten, das er über die Stimmen auf Pierluigis Aufnahme verfasst hatte, hatte er nämlich nachgewiesen, dass alle Stimmen – auch der bellende Hund – von ein und derselben Person stammten, und dann lächelte er, okay, hin und wieder hörte das menschliche Ohr ja vielleicht mehr als der Computer, aber ein gutes Programm war eindeutig präziser.

Verschiedene Personen. Die anderen, die *alter,* schlüpfen abwechselnd in die Haut des Betroffenen, auf mehr oder weniger beliebige und chaotische Weise, während die Hauptperson gewissermaßen einschläft und sich beim Erwachen an nichts erinnert, als ob an ihrer Stelle tatsächlich eine andere Person gehandelt hätte.

Verschiedene Personen. Nicht alle Personen sind in gleicher Weise vom Gedächtnisverlust betroffen. Manche Personen wissen von den anderen und von der Hauptperson, die ihnen Unterschlupf gewährt und die sie hervorgebracht hat, fast als würden sie die anderen beobachten.

Verschiedene Personen. Für gewöhnlich entstehen sie nach einem frühkindlichen Trauma, etwa einem frühen Verlust, aber vor allem nach Missbrauch, einer unerträglichen Erfahrung, auf die die noch unfertige Persönlichkeit des Kindes nicht mit Verdrängen und Vergessen, sondern mit Abspaltung reagiert. Louis Vivé hatte auf dem Land eine Schlange gesehen, das klingt vielleicht lächerlich, doch ihn versetzte es in Angst und Schrecken. Milligan hingegen war von einem sadistischen Stiefvater gequält und missbraucht worden, Sybil von einer schizophrenen Mutter. Wenn die Hauptperson dann im Erwachsenenalter unerträglichem Stress ausgesetzt ist, taucht eine der anderen Personen auf und bewältigt die Situation.

Verschiedene Personen. Mindestens vierundzwanzig im Fall von Billy Milligan, neunzehn im Fall von Chris Costner.

– Und mit wie vielen haben wir es zu tun?, fragte Grazia.

– Im Augenblick mit mindestens drei und der Hauptperson. Der Kampfhund, der Junge, der, der den Blog schreibt, und der Alte, der wütend wird. Zumindest können wir das aufgrund des vorhandenen Materials annehmen. Einer von ihnen billigt auf jeden Fall nicht, was die anderen tun. Er hat den Blog angelegt und ihn mit Indizien gefüllt, zum Beispiel mit den Hinweisen auf die Multiplen Persönlichkeiten.

Gibt es da draußen jemanden, der mir helfen kann?

– Ein Kronzeuge, mit einem Wort, sagte Carlisi, ein Spitzel. Das ist das Schlimmste, was uns passieren kann.

Viele Stimmen, eine Stimme, eine Person. In der Wohnung in der Via Gandusio und vor allem auf der Tastatur des Computers hatten sie organisches Material gefunden. Die Spurensicherung glich gerade die DNA mit der DNA des Geifers ab, die Carabinieri hatten zwar die DNA erhoben, aber da sie noch zur Taskforce gehörten, besaßen auch sie eine Probe. Wenn die Proben übereinstimmten, war die Diagnose richtig.

Da war noch etwas, sagte Picozzi. Erstens würde die dissoziative Persönlichkeitsstörung nicht von allen Psychiatern anerkannt, viele weigerten sich, sie als wissenschaftlich anerkannte Kategorie zu akzeptieren. Für die einen war sie einfach ein Faszinosum, das die Fantasie beflügelte, ein anderes Wort für Doppelgänger, für die anderen eine gute Verteidigungsstrategie in einem Strafprozess. Und jetzt hob Grazia die Hand und unterbrach den Professor, der gerne über Statistiken und klinische Fälle weitergesprochen hätte.

– Wir haben es jedoch mit einer Person zu tun, die gewisse Dinge tut, sagte sie. – Wissenschaftlich anerkannt oder nicht, wir haben es mit einer Person zu tun, die immer mit derselben Stimme spricht, sich auf unterschiedliche Weise verhält und vor allem Menschen umbringt. Lassen wir die wissenschaftlichen Debatten beiseite und versuchen wir ihn zu schnappen.

Zweitens: Solange die Person keine Therapie machte – oft weigerte sie sich auch, eine zu machen –, wusste die Hauptperson – die, die Tag für Tag vor aller Augen herumlief – für gewöhnlich nichts von der Existenz ihrer Alter Egos. Sie kannte sie nicht, ahnte nicht einmal etwas von ihrer Existenz. Wäre so eine Person bereits einem Psychologen, Psychiater oder Psychoanalytiker in die Hände gefallen, der sein Diplom nicht gerade in der Lotterie gewonnen hatte, lautete die Diagnose zumindest auf Schizophrenie.

Picozzi sah Grazia an und sie nickte, denn sie hatte verstanden.

– Das heißt?, fragte Carlisi.

– Das heißt, wir haben nicht nur das Problem, dass wir einen Mörder schnappen sollen, der unauffällige Leute umbringt, sondern auch, dass wir eine unauffällige Person suchen.

Eine ruhige, anständige, friedliche Person. Unscheinbar. Ahnungslos. Das hieß, sie konnten die Liste mit den verrückten Gewalttätern, den Vorbestraften und zwangseingewiesencn Patienten in den Papierkorb werfen.

– Ich könnte noch was hinzufügen, sagte Picozzi. Er grinste und Grazia verstand auch diesmal. Carlisi hingegen ging voll in die Falle.

– Was?

– Alles Gute.

Nachdem Picozzi gegangen war, schwiegen sie eine Weile. Carlisi machte den Computer aus, ohne den Blog zu schließen, vielleicht war ein Dokument offen, das auf diese Weise verlorenging, aber es war ihm egal.

– Scheiße, knurrte er. Wir haben mit einer Mafiaermittlung begonnen, dann haben wir einen Serienmörder gejagt, dann eine Family, und jetzt sind wir wieder bei einem Serienmörder gelandet, der jedoch aus vier Personen besteht und es nicht einmal weiß. Und wir sind auf die Tipps eines Spitzels angewiesen, den es nicht einmal gibt.

– Wir müssten … sagte Grazia.

– Nein.

– Herr Doktor, sagte Matera.

– Nein. Wir informieren weder Deianna noch die Carabinieri. Diese Information gehört uns allein und wir behalten sie für uns, zumindest eine Zeitlang.

Matera fischte eine Toscano aus der Jeanstasche und zerbröselte sie zwischen den Zähnen.

– Ich bin der Chef, oder? Ich übernehme die Verantwortung. Ich gebe euch die Vollmacht.

– Was sollen wir tun?

Diese Frage hatte Grazia gestellt. In ihrer Stimme lag Sarkasmus, Carlisi hatte es gehört.

– Wir bewachen weiter die Wohnung. Und zwar unauffällig, vielleicht kommt er zurück. Wir verhören die Mieter, und versuchen ein Phantombild oder etwas Ähnliches zu zeichnen. Und wir hoffen, dass der Spitzel wieder auftaucht, im Grunde will er uns ja helfen, oder?

Grazia sagte nichts, aber ihr Sarkasmus war trotzdem deutlich zu spüren. Carlisi stand auf und machte eine Bewegung, als würde er sie aus dem Büro kehren.

– Los, haut ab. Und kein Wort zu niemandem!

Und wir hoffen, dass der Spitzel wieder auftaucht, im Grunde will er uns ja helfen, oder?

Der Kampfhund hat mich in die Gurgel gebissen, deshalb kann ich nicht sprechen. Er hat mir unter dem Kinn ein klaffendes Loch gerissen, bis zum Halsansatz, der Kehlkopf hängt heraus wie eine unnütze Zunge. Ich atme geräuschlos.

Er hat mich wie einen Käfer auf dem Rücken liegen lassen, und ich kann mich nicht einmal bewegen, denn er hat mir Arme und Beine abgebissen und sie irgendwohin gespuckt.

Ich bin ein abgerissener Knopf.

Ich möchte zurück.

Lasst mich zurück, ich werde nichts verraten, nichts, niemandem.

Ich werde schweigen, mit geschlossenen Augen und zugehaltenen Ohren, um nichts zu sehen und zu hören, aber lasst mich bitte nicht allein hier.

Ich bitte euch.

Ich bitte euch.

Ich bitte euch.

Ich sterbe vor Angst.

Gibt es da draußen jemanden, der mir helfen kann?

Die **Tollwut** ist eine seit Jahrtausenden bekannte Virusinfektion, die bei Tieren und Menschen eine akute, fast immer tödliche Enzephalitis (Gehirnentzündung) verursacht. Synonyme sind **Wutkrankheit, Lyssa** (griechisch), **Rabies** (lateinisch/englisch) und **Rage** (französisch). Früher benutzte man synonym auch die Bezeichnungen Hydrophobie bzw. *Aquaphobie* („Wasserfurcht" oder „Wasserscheu" als typisches Symptom der Erkrankung).

Es beginnt mit einer Art Blitz im Hirn, ein starker, elektrischer Schlag auf der linken Seite versengt mir das Hirn. Ich spüre, wie sich die Kopfhaut auf dem Schädel zusammenzieht wie durch heiße Schlacke, Tausende glühende Nadeln stechen mich in den Nacken. Die Hitze steigt mir ins zusammengekniffene Gesicht, die Stirn ballt sich zur Faust, die Lippen ziehen sich über den Zähnen zurück, versengt von der Hitze, die in mir explodiert.

Ich reiße den Rachen auf, und der Atem dringt aus mir wie glühender Hauch, und dabei entsteht ein schrilles Zischen, das immer größer und weiter wird, um sich selbst kreist, bis es sich in Knurren verwandelt.

Rage: Ärger, Aufgebrachtheit, Empörung, Gereiztheit, Jähzorn, Verärgerung, Verdrossenheit, Verdruss, Verstimmung, Wut, Zorn; Erzürnung, Furor, Groll, Ungehaltenheit, Unmut, Unwillen; Stinkwut.

Es geht vom Rücken aus, er biegt sich durch und krümmt sich, drückt gegen den Hals, der dadurch immer länger wird, die Sehnen treten unter der Haut hervor wie Stahlseile, und die Muskeln – alle – sind so angespannt, dass es wehtut. Die Nerven sind wie die Sehne eines Bogens, so gespannt, dass sie eigentlich reißen müssten, doch sie halten stand.

Einen Augenblick lang wird mir schwarz vor den Augen. Der Körper bebt, gebremst von einem Zittern, während das Herz hochtourig zu klopfen beginnt und aufheult wie ein Motor, bei dem die

Zündung nicht funktioniert. Der Atem schlägt meinen Speichel zu Geifer auf.

Dann geht irgendwo der Karabiner einer Leine auf und ich renne los.

Rage: Gegenteil von Ruhe, Besonnenheit, Abgeklärtheit, Gelassenheit, Ausgeglichenheit, Friedlichkeit, Gleichgültigkeit.

Vielleicht könnte ich es früher bemerken. Vielleicht könnte ich mich beherrschen. Vielleicht könnte ich mich verändern.

Zuerst ist da ein Kribbeln im Nacken, kleine Schauer laufen über meine Schädelknochen, als würden sie von den Mäulern kleiner Fische an der Oberfläche eines Zimmeraquariums angeknabbert. Ein unangenehmes Gefühl am Kiefergelenk presst meine Zähne zusammen, der Druck wird immer größer. Krallen graben sich in meine Lunge und quetschen sie zusammen, langsam, ich muss keuchen, als wäre ich gerade eine Treppe hochgelaufen, als hätte ich mich überanstrengt.

Jetzt könnte die vordere Hirnrinde ihre Funktion als höchstentwickelter Teil des Hirnes ausüben und die Impulse der Amygdala, des ältesten Teiles des Hirns, kontrollieren, die Adrenalin- und Dopaminausschüttung drosseln und den primitiven Kern, den wir mit den Walen gemeinsam haben, hemmen und kühlen.

Dann würde ich vielleicht verstehen, dass es nichts bringt, mich mit aufgerissenem Maul und ausgebreiteten Armen auf jemanden zu stürzen, ihn zu zerfleischen, zu schlagen, aufzuspreizen und zu beißen, bis ich das Herz finde, ich würde vielleicht verstehen, dass meine Opfer nicht der Grund des Übels, sondern nur die Symptome und manchmal sogar unschuldig sind.

Nein.

Nein, das kann ich nicht akzeptieren, ich kann mich nicht beherrschen und ich kann mich nicht ändern.

Ich fühle mich nämlich immer so, atemlos, angespannt und fiebrig, den ganzen Tag und jeden Tag.

Mir gefällt nämlich, was ich tue.

Ich weiß ja, dass das, was ich tue, umsonst und falsch ist.

Ich suche keine Lösung.

Ich will keine Gerechtigkeit.

Ich will Rache.

Zum Glück hatte sie zu ihm gesagt, *komm ohne Uniform,* denn auch so, im Polo-Shirt, ist er schweißgebadet, mit Jacke und Krawatte wäre es noch schlimmer.

Er bleibt stehen, um Luft zu schöpfen und schaut nach oben, kneift die Augen zusammen, weil ihn die Sonne in dem bleichen Viereck des Himmels, das man vom Treppenhaus aus sieht, blendet. Er dachte schon, er wäre am Ziel angelangt, aber da waren noch zwei Rampen, etwas mehr heruntergekommen als die in den Stockwerken darunter, dort gab es immerhin Keramikfliesen und Blumentöpfe am Geländer. Es ist ein altes Haus, wahrscheinlich hat man die zwei obersten Stockwerke erst später dazu gebaut, das oberste ist tatsächlich eine Dachmansarde, hierher hat ihn Grazia bestellt.

Bevor er klopft, bleibt er stehen und lüftet das Shirt, die dunklen Ringe unter den Achseln sind ihm unangenehmer als der Geruch, denn sein Schweiß ist immer schon geruchlos gewesen.

Grazia hingegen trägt eine Jacke. Shorts und Flipflops, aber eine hochgeschlossene Jeansjacke, und als Pierluigi die Wohnung betritt, versteht er auch warum. In einer Ecke des Raumes steht ein riesiger Ventilator und sorgt für gewaltigen Luftzug, bläst auf die Wand gegenüber, denn die Wohnung besteht nur aus diesem winzigen Mansardenzimmer unter dem Dach, ein niedriges Bett an einer schrägen Wand, ein halbrunder, zusammenklappbarer Tisch, Kochnische, Schiebetür und dahinter eine Art Bad.

– Ich weiß, sagt Grazia, es ist klein.

– Aber nein … nun ja, schon klein. Aber hübsch.

Grazia richtet sich auf. Sie sagt, *Bett oder Stuhl?* Und dann *Bier, Wasser oder Kaffee?* Pierluigi entscheidet sich für Stuhl und

Bier, Grazia holt ihm eines aus dem Kühlschrank unter dem Herd, nimmt sich auch eines und setzt sich aufs Bett.

– Ich wollte schon in die Via Costa gehen, sagt Pierluigi, zum Glück hast du mich noch einmal angerufen, um …

– Wir machen gerade eine Pause, sagt Grazia. Ich wollte nicht in die Kaserne ziehen, also bin ich hierher zurückgekehrt, in meine alte Wohnung, hier habe ich gewohnt, bevor ich zu Simone gezogen bin. Sie war gerade frei – sie hebt den Arm und macht eine kreisende Bewegung mit dem Finger –, entweder gefällt sie einem oder man findet sie schrecklich und läuft davon. Mir gefällt sie.

Pierluigi krümmt den Rücken unter dem Baumwollstoff des Shirts, allmählich fühlt es sich eiskalt an. Er hat die Adresse absichtlich erwähnt. *Eine Pause,* sehr gut. Dann wird er rot, und Grazia bemerkt es.

– Was ist?

– Nichts … sag, können wir den Ventilator ausmachen? Ich hatte gerade so eine Art Grippe.

– Dann wird es hier drinnen so heiß wie in einem Backofen. Komm hierher.

Das Bett unter der Dachschräge liegt im Windschatten. Grazia hat es ohne Hintergedanken gesagt, mit kameradschaftlicher Selbstverständlichkeit, sie rückt sogar ein Stück in Richtung Kopfende, um ihm Platz zu machen, aber einen Augenblick lang bleibt Pierluigi das Herz stehen. Das mit der Grippe stimmt nicht, es ist ihm zwar nicht gut gegangen, stressbedingt, er lässt sich sogar wegen eines Verdachts auf Anämie untersuchen, aber vor allem ist es ihm nicht gutgegangen, weil er sie nicht gesehen hat. Nur aus der Ferne, per Telefon, und jetzt ist er hier und kriegt den Hintern vom Stuhl nicht hoch.

Sie ist offenbar in Gedanken versunken, sonst fiele ihr auf, wie verlegen er ist, und würde sich über ihn lustig machen, stattdessen holt sie einen Laptop unter dem Bett hervor und stellt ihn vor ihm hin, auf den halbrunden Tisch. Er ist schon an, im Stand-by-Modus, als sie ihn öffnet, taucht ein blauer, gewellter Bildschirmschoner auf: *Staatspolizei*. Grazia beugt sich über die Tastatur, legt Pierluigi einen Arm auf die Schulter, ihre Haare kitzeln seine Wange, während sie mit den Fingern über das Trackpad gleitet.

Pierluigi betrachtet sie aus den Augenwinkeln, tut, als würde er Rotz hochziehen, um ihren Geruch einzuatmen, dann taucht der Blog auf dem Bildschirm auf, *Benzin* von Rammstein – und plötzlich vergisst er alles, auch Grazia.

Schließlich machen sie den Ventilator aus. Aber nicht wegen der Kälte, sondern wegen dem Geräusch, das leise Summen stört sie. Nachdem Pierluigi den Blog mindestens zehnmal durchgescrollt hat, erzählt sie ihm, wie sie ihn gefunden haben und was Picozzi gesagt hat, und sie muss sich konzentrieren, um nichts zu vergessen. Sie erzählt ihm auch, dass die Spurensicherung die DNA in der Via Gandusio mit der des Geifers verglichen hat und was dabei herausgekommen ist.

Viele Stimmen, eine Stimme, eine Person.

Pierluigi hört ihr schweigend zu, der Schweiß rinnt ihm wieder aus allen Poren. Als Grazia von multiplen Persönlichkeiten zu sprechen beginnt, will er etwas einwenden, doch dann nickt er schweigend und hört ihr zu.

– Eigentlich dürfte ich gar nicht hier sein, sagt er schließlich.

Grazia macht ihm noch ein Bier auf, dann setzt sie sich wieder aufs Bett, streift die Flipflops ab, zieht die nackten Füße an und lehnt den Rücken an die niedrige Wand der Mansarde.

– Deshalb habe ich dich zu mir nach Hause kommen lassen. Neutrales Gebiet, ohne Uniformen. Nur zwei Freunde, die sich unterhalten.

Freunde.

– Ich bitte dich, Grazia. Ich setze meinen Rang, meine Beförderung und meine Karriere aufs Spiel. Wenn De Zan davon erfährt, schmeißt er mich raus. Die Carabinieri leiten eine Ermittlung, und ihr, ohne Wissen der Staatsanwältin …

– Nun komm schon! Wir haben nur eine zweifelhafte psychiatrische Theorie und den Verdacht auf einen Größenwahnsinnigen. Was sagen De Zan und Deianna, geben sie uns recht?

Pierluigi trinkt einen großen Schluck Bier und schwitzt es sofort wieder aus.

– Wahrscheinlich nicht. Aber deshalb macht ihr es nicht. Es ist eine Art Wettlauf, Carlisi will den Kampfhund selbst schnappen.

– Carlisi. Mir ist völlig egal, wer ihn schnappt. Ich will den Dreckskerl aufhalten. Wenn ich ihn finde, rufe ich dich an und überlasse ihn dir, von Freund zu Freund.

Freund.

Er konzentriert sich so sehr auf den Blog und auf das Gespräch, dass ihm gar nicht auffällt, dass Grazia die Jacke ausgezogen hat. Zwischen dem Shirt und den Shorts taucht ein winziger Streifen Haut auf, ein glänzender Streifen, der an der Stelle, wo der Knopf durch die Öse lugt, etwas enger wird. Pierluigi stellt sich vor, wie er sich vorbeugt und die Shorts aufknöpft, und bei diesem Gedanken bekommt er blitzartig einen Steifen, er drückt so fest gegen die Naht der Jeans, dass es ihm wehtut.

– Okay, sagt er.

Er weiß, dass es nicht darum geht, Grazia hat recht, sie müssen zusammenarbeiten, aber ein wenig geniert er sich trotzdem. Ihr zufriedenes Kindergrinsen hilft ihm nicht dabei, den Knoten zu lösen, wegen dem er auf dem Stuhl hin- und her rutscht, als säße er unbequem.

– Komm her und gib mir den Computer, sagt Grazia.

Er gibt ihr zögernd den Computer und geht zu ihr hin. Er setzt sich an den Bettrand, weit weg von ihr, steif, sagt, *das mit der Überwachung ist eine gute Idee, wahrscheinlich habt ihr auch schon überprüft, ob es Überwachungskameras gibt,* und Grazia nickt zerstreut, einerseits, weil sie das alles schon getan haben, und andererseits, weil sie eine gewisse Stelle im Blog sucht. Dann legt sie ihm den Laptop auf die Beine, streckt die Hand aus, absichtslos, berührt ihn so, dass es ihm wehtut, und richtet den Pfeil des Cursors auf den Song auf der letzten Seite, während darunter stumm die Sekunden vergehen.

Sie hält den Cursor und die Hand ruhig und sagt, zuerst hört man Savona, und dann kommt etwas, was wir nicht hören hätten sollen, wenn es nach dem Alten ginge, also nach der Person, die wütend wird. Den Song eines Liedermachers aus Lecco, er heißt Andrea Buffa.

Sie sagt, *wir haben ihn überprüft, er hat nichts damit zu tun, wahrscheinlich ahnt er nicht einmal, dass er auf diesem Blog ist, der Song ist auch auf CD erschienen.*

Sie sagt, *Der Traum vom Fliegen,* und schließlich nimmt sie die Hand weg, und die Musik setzt ein.

In meiner Jugend hatte ich einen Traum …

– Der Song muss wichtig sein, vor allem, wenn der Junge, der Spitzel, ihn unter Umständen sogar heimlich draufgestellt hat.

Um fünf, sechs Uhr morgens, in der Dunkelheit und bei eiskaltem Wind …

– Ja, nickt Pierluigi, natürlich ist er wichtig.

Konzentriert, aufmerksam, er hat keinen Steifen mehr.

So habe ich mich von Fatima und Mohammed Roberto / heute morgen nicht verabschiedet …

– Wichtiger als die anderen Indizien. Die hat der Alte schweigend toleriert, aber bei diesem Song …

Grazia hebt den Arm.

– Horch.

Und ich fliege, fliege langsam / vom sechsten in den ersten Stock / und ich fürchte, ich werde meiner Frau / nie mehr sagen können, wie sehr ich sie liebe ….

Pierluigi runzelt die Stirn. Das hat er nicht erwartet. Er hat zwar geahnt, dass der Song trotz des ironischen Anfangs kein Happy End haben würde, aber jetzt, wo er versteht, worauf er hinauswill, fühlt er Unbehagen. Als Kompaniekommandant in

Brescia und Leiter der Arbeitsaufsicht hat er viele solche Fälle erlebt.

– Es geht um einen, der …

– Ja, um einen, der runterfällt, aber horch.

– Ich spule zurück.

– Nein später, horch.

Aber in der kurzen Zeit, die mir noch bleibt / verstehe ich nicht / was mit dem hübschen Jungen passiert ist / der eines Tages aufs Meer hinausgefahren ist / gemeinsam mit hundert anderen auf einem Floß / um nicht im Krieg oder aus Hunger zu sterben / in einem schwimmenden Sarg / nur mit der Gewissheit, nicht mehr zurückzukehren.

– Es geht um einen illegalen Einwanderer, der von einem Baugerüst hinunterfällt …

Pierluigi schafft es nicht, den Mund zu halten. Er begreift, worauf Grazia hinaus will, und das erregt ihn genauso wie sein Begehren.

Denn seien wir ehrlich / mit dreißig zu krepieren ist wirklich schade / denn in meinem Land / wäre ich mindestens vierzig geworden.

– Ein Arbeitsunfall, der Spitzel hat uns als Indiz die Geschichte eines Arbeitsunfalles geschickt …

… mein Bruder ist nicht aufs Meer hinausgefahren / und trotzdem ertrunken …

– … aber wenn der andere wegen dieser Geschichte so wütend wird, heißt das, dass darin Elemente vorkommen, mit deren Hilfe wir den Kampfhund schnappen können.

… und dann eingesperrt zu werden / ohne je ein Verbrechen begangen zu haben / nach der Flucht als Sklave zu enden / auf Tomatenfeldern, versengt von der Sonne …

Grazia hat recht, ohne Ventilator wird es hier drinnen so heiß wie in einem Backofen, aber Pierluigi spürt es gar nicht. Er steht auf, stößt dabei fast an den Deckenbalken, er würde gern auf und ab gehen, aber das Mansardenzimmer ist zu klein. Er hat ihr den

Laptop auf die Knie gelegt und dabei ihre nackte Haut mit den Fingerknöcheln berührt, es aber nicht mal bemerkt.

Er fährt fort: – Vielleicht hat das auf indirekte Weise mit seinen Morden zu tun. Wie Picozzi sagt, befinden sich Mafiosi, Bauspekulanten, Giftmüllproduzenten unter seinen Opfern, warum sollte nicht auch ein Ausbeuter, ein Chef darunter sein, jemand, der mit dem Arbeitsunfall zu tun hat?

Grazia macht die Musik aus und klappt den Laptop zu.

– Der erste Mord, sagt sie, der Auslöser. Bei Serienmorden ist der erste immer der spontanste, am wenigsten organisierte. Die anderen verraten, was uns der Killer sagen will, aber der erste erzählt immer ein wenig mehr.

Diese Worte stammten nicht von ihr, sondern von ihrem ehemaligen Chef, als sie vor vielen Jahren begonnen hatte, sich mit diesen Dingen zu beschäftigen. Vittorio, inzwischen war er tot.

– Wir haben uns die Morde der letzten Jahre angesehen, aber keinen einzigen gefunden, der so …

– Vielleicht hat er damals noch nicht zugebissen, oder vielleicht müssen wir noch weiter in die Vergangenheit zurückgehen. Oder vielleicht hat er ihn nicht einmal getötet. Pierluí, wenn wir diese Geschichte finden, haben wir den Kampfhund.

Natürlich habe ich mich bei dem Liedermacher erkundigt, wollte Grazia noch sagen, *aber er hatte nicht vor, einen speziellen Fall zu beschreiben, das war auch nicht notwendig, es gab viele ähnliche,* aber Pierluigi hört ihr nicht mehr zu.

– Deshalb hast du mich gerufen, sagt er. Weil wir eine vollständige Datenbank bezüglich dieser Fälle haben, ich weiß das, ich war ja in der Aufsichtsbehörde. Du brauchst unsere Daten …

– Ich brauche dich.

Gänsehaut. Zuerst hatte ihn das Jagdfieber alles vergessen lassen, aber jetzt verspürt er Enttäuschung, und sie macht ihn schwächer, verwundbar.

– Nun komm schon.

– Doch, ich brauche dich. Wir haben uns vom ersten Augenblick an verstanden. Für diesen Fall braucht man Intuition, Gespür, wie Carlisi sagen würde … wie viele Arbeitsunfälle hat es wohl in den letzten … sagen wir … fünf Jahren gegeben?

– Über dreitausend.

– Im Bauwesen?

– Zwanzig Prozent.

– Wir können die Suche eingrenzen. Einwanderer, illegal, kommen über das Meer, mit Kindern, Norditalien … das alles kommt in dem Song vor, der Alte wäre nicht so wütend geworden, wenn nicht was Wahres daran wäre.

Ich hätte es dir ohnehin gesagt, fügt sie hinzu, *ich konnte es nicht verheimlichen, sonst hätte ich mich scheiße gefühlt.*

Sie sitzt wieder auf dem Bett, mit ausgestreckten Beinen, die Füße auf dem Fußboden, zurückgelehnt, mit den Ellbogen auf dem Kissen und nach vor gereckter Brust. Das Shirt ist wieder ein Stück in die Höhe gerutscht und lässt einen glänzenden Hautstreifen sehen.

Pierluigi beugt sich hinunter, mit ausgestreckter Hand, um sich aufzustützen, aber er greift ins Leere, und sie stützt ihn, sonst wäre er auf sie draufgefallen. Er legt seinen Mund auf ihren Mund und küsst sie, mit geschlossenen Augen. Auch Grazia schließt die Augen, doch dann macht sie sie wieder auf und dreht den Kopf kaum merklich weg.

– Pigi, ich hab gerade jede Menge privater Probleme.

Er schnellt hoch, so rasch, dass er einen Augenblick lang schwankt. Eine Röte überzieht sein Gesicht wie ein Brand, vom Halsansatz bis zu den Haarwurzeln.

– Tut mir leid.

– Nein, mach dir keine Gedanken, ist in Ordnung.

– Tut mir leid, tut mir leid.

– Pier, mach dir keine Sorgen, es hat mir sogar gefallen, aber im Augenblick passt es nicht. Tun wir so, als ob nichts gewesen wäre.

Pierluigi nickt rasch, und wenn er nicht Camper mit Gummisohlen getragen hätte, hätte man gehört, dass er leise die Hacken zusammenschlägt.

– Die Idee ist richtig, du hast recht. Ich meine die Geschichte aus dem Song, nicht … Ich gehe der Sache nach und dann melde ich mich.

Er will gehen, und sie steht auf. Sie ist an den Holzbalken gewöhnt, sie streift ihn nicht mal. Ein Schritt und sie ist bei ihm an der Tür. Sie berührt seinen Arm und gibt ihm einen schmatzenden Kuss auf die Wange.

– Freunde?, fragt sie

– Freunde.

Freunde.

Am liebsten wäre sie in Shorts und mit Flipflops ins Büro gegangen, aber das wäre selbst für ihre Verhältnisse zu gewagt gewesen. Also zog sie eine Hose mit tief angesetzten Taschen an, die dünnste, die sie hatte, und die übliche Bluse über dem Shirt, aber hauptsächlich, damit man die Pistole nicht sah. Draußen stellte sie fest, dass es im Vergleich zur Backofenhitze in ihrer Wohnung gar nicht so heiß war, nach dem kurzen Spaziergang in die Via Castelfidardo, wo sie das Auto geparkt hatte, war sie allerdings schweißgebadet.

Gute Nachricht: Der Panda stand im Schatten, die Blätter der Bäume hielten die Sonnenstrahlen ab.

Schlechte Nachricht: Unter dem Scheibenwischer klemmte eine Strafanzeige.

Grazia nahm sie und warf sie gemeinsam mit dem Handy auf den Beifahrersitz. Sie dachte an Pierluigi, an den plötzlichen unerwarteten Kuss. Und sie ertappte sich dabei, wie sie lächelte, halb belustigt und halb verächtlich, halb verlegen und halb irgendwas, von dem sie nicht wusste, was es war, allerdings berührte sie ihre Lippen mit den Fingerspitzen.

Sie nahm das Handy und ließ den Daumen über die Tasten gleiten. Sie hätte ihm gern ein SMS geschickt, aber sie wusste nicht, was sie ihm hätte schreiben sollen, und eigentlich auch nicht warum. Sie ließ das Handy wieder auf den Beifahrersitz fallen und ließ den Motor an, noch immer unentschlossen und in Gedanken versunken, sie hörte nur den Motor des Panda.

Durch den Aufprall wurde sie gegen die Tür geschleudert, mit dem Kopf schlug sie auf der Plastikverkleidung auf, so fest, dass sie wie betäubt war. Sie fiel wieder auf den Sitz zurück, mit den Händen am Lenkrad, und einen Augenblick später stürmte alles auf sie ein: der Kopfschmerz, die Erinnerung an das Aufheulen des Motors, das immer näherkam, das metallische Scheppern, als der andere seitlich gegen ihre Tür knallte, das Knirschen, als sie den Rückwärtsgang einlegte, und jetzt wieder das Aufheulen eines Motors, es kam näher wie Donnergrollen.

Beim zweiten Aufprall zersplitterte das Glas des Beifahrerfensters, aber da sie die Hände am Steuer hatte, blieb sie sitzen, verspürte nur einen schmerzhaften Stich in den Armen, das Blech schob sich in Richtung ihrer Hüfte, der Fahrgastraum war um mehr als die Hälfte kleiner geworden.

Beim dritten Aufprall explodierte der vordere Airbag, schleuderte sie vom Lenkrad weg und drückte sie in den Sitz, die Druckwelle presste ihre Beine unter das Armaturenbrett, verrenkt wie die eines Dummies bei einem Crashtest.

Beim vierten, fünften und sechsten Aufprall und bei allen anderen, die danach kamen, wurde der Panda gegen einen Baum geschleudert, die rechte Seite des Fahrzeugs schob sich wie ein Keil ins Fahrzeuginnere, in Richtung Fahrersitz, aber inzwischen war Grazia ohnmächtig geworden und bekam nichts mehr mit.

Beim allerletzten Aufprall schob sich der Land Rover Discovery ins Innere des Pandas und blieb mit laufendem Motor stehen, während die Leute, die wie gelähmt zugesehen hatten, sich aufrappelten und zu den ineinander verschachtelten Fahrzeugen liefen.

In der Via Castelfidardo befand sich der Lebensmittelladen eines Pakistani, er sagte zur Polizei, der schwarze SUV hätte sich *ek kutta kattaha* auf den cremefarbenen Panda gestürzt, wie ein Kampfhund, der jemanden anfiel.

Ist das nicht absurd, Grazia? Wir machen so viele Kampagnen zur Verkehrssicherheit, aber du hast nur überlebt, weil du gegen die Einbahn geparkt hattest und nicht angeschnallt warst.

Kaum hatte sie die Augen aufgeschlagen und den Blick fokussiert, sah sie den Polizisten draußen auf dem Gang der Notaufnahme, hinter der halb offenen Tür ihres Zimmers. Eigentlich hätte sie Simone sehen sollen, später sagte man ihr, er habe die ganze Zeit über reglos an ihrem Bett gesessen, während sie ohnmächtig gewesen war, aber Grazia hatte den Kopf nach links gedreht und er saß auf einem Stuhl rechts neben dem Bett. Aber sie spürte ihn, denn er hielt ihre Hand.

Später geht Simone nach Hause, um etwas zu essen, und am Nachmittag kommt er ins Krankenhaus zurück. Davor geht er aber zum diensthabenden Arzt und lässt sich bestätigen, dass es Grazia gut geht, nur eine Gehirnerschütterung, ein Schnitt auf der linken Wange, der mit drei Stichen genäht worden ist, und Unmengen von blauen Flecken, am ganzen Körper und in unterschiedlicher Größe. Er und Grazia unterhalten sich leise, vor allem er spricht. Er weint viel, sie versucht nicht zu weinen, nickt mit Tränen in den Augen, aber als er schließlich geht, nicht mehr als ihr Lebensgefährte, sondern endgültig als *Freund*, weint sie auch.

Dann sah sie einen Arzt und eine Krankenschwester, und danach kam Carlisi, er war von dem Polizisten an der Tür am Handy angerufen worden, *Herr Doktor, sie ist aufgewacht,* dicht gefolgt von Sarrina, und als letzter kam Matera, die Krankenschwester ließ ihn nicht herein, wegen der Toscano in seinem Mund, obwohl sie ausgemacht war.

– Ist das nicht absurd, Grazia? Wir machen so viele Kampagnen zur Verkehrssicherheit, aber du hast nur überlebt, weil du gegen die Einbahn geparkt hattest und nicht angeschnallt warst. Wenn er dich auf der Fahrerseite erwischt hätte, hätte er dich zerquetscht wie eine Erbse.

Er sagte *scazzava,* im Dialekt, er lächelte und scherzte, um zu überspielen, wie nervös er war.

– Was ist passiert?

– Ein SUV hat dich gerammt und gegen einen Baum gequetscht. Du bist unter das Lenkrad gerutscht, während der SUV den Panda flachgedrückt hat wie eine Käsescheiblette. Zum Glück hat der Discovery eine hoch angesetzte Schnauze.

– Aber ich hatte noch nicht einmal den Motor angelassen, ihre Stimme klang wie im Traum.

– Jemand hat den SUV vom Parkplatz gegenüber geklaut. Er hat dich absichtlich gerammt, und zwar nicht nur einmal. Er wollte dich umbringen, Grazia.

– Der Kampfhund?

– Möglich, aber im Augenblick sagen wir nichts. Ich schreibe einen kurzen Bericht, wir schieben es den Anarchisten in die Schuhe, dann sehen wir.

– Wurde er geschnappt? – Ihre Stimme klang nasal, sie nuschelte. Hatte sie überhaupt den Mund geöffnet?

– Nein, er ist geflüchtet, bevor jemand kam.

– Hat ihn jemand gesehen?

– Ja, aber es gibt keine nützlichen Hinweise.

– Habt ihr das Wageninnere untersucht? Vielleicht hat er sich verletzt oder ihr findet etwas für eine DNA-Probe …

Hatte sie das wirklich gesagt oder sprach sie im Schlaf?

– Ganz ruhig, Grazia. Carlisi zog ihr das Laken bis zum Kinn und schlug es um.

– Denk jetzt nicht an die Arbeit. Erhol dich mal, und wenn du wieder ins Büro kommst, schauen wir uns die Sache in Ruhe an. Und mach dir keine Sorgen, vor deiner Tür steht immer ein Wachposten.

– Und sobald du wieder draußen bist, kümmern wir uns um dich, sagte Matera.

Grazia hörte ihn jedoch nicht mehr, denn sie war eingeschlafen, *sagt es ja nicht meiner Mutter, sonst kommt sie mit der ganzen*

Familie, dachte sie noch. Dann tauchte Simone mit verheultem Gesicht auf, die Krankenschwester brachte ein Paracetamol und eine Infusionsflasche, *schlafen Sie ruhig, wir wecken Sie hin und wieder auf, um nachzusehen,* und als sie wieder aufwachte, lag sie mit der rechten Wange auf dem Kissen und sah Pierluigi.

– Ciao.

– Ciao. Mit dem Verband siehst du aus wie eine Indianerin.

Grazia griff sich an die Stirn und spürte einen Verband und darüber ihre Haare, dann verzog sie das Gesicht, denn sie hatte mit den Fingern beinahe den Schnitt berührt.

– Wie geht es dir?

– Riesenkopfweh. Sehr erschöpft und leise Übelkeit, als ob … *als ob ich schwanger wäre,* wollte sie schon sagen, schwieg jedoch.

Eine plötzliche Traurigkeit verschloss ihr die Lippen. Sie seufzte, um sie zu vertreiben, aber es gelang ihr nicht, und als sie den Rotz hochzog, wurden ihre Augen feucht. Sie drehte sich auf die andere Seite, damit Pierluigi es nicht bemerkte, zu viele wirre Gefühle in ihrem kaputten Kopf, wenn er sie darauf angesprochen hätte, hätte sie es ihm nicht erklären können. Der Wachposten stand noch immer da, vor der halb offenen Tür, sie sah sein blaues Polizistenhemd.

– Er wollte mich umbringen, sagte Grazia.

Jetzt hörte sie ihre Stimme wieder klar und deutlich, und sie wiederholte: *Er wollte mich umbringen.*

Pierluigi nahm ihre Hand, vorsichtig, denn im Handrücken unter einem Pflaster steckte eine Infusionsnadel.

– Keine Sorge. Du wirst ja bewacht und ich bin auch da.

Sie hörte, wie er mit den Fingern auf seine Hüfte klopfte, wahrscheinlich war er bewaffnet. Instinktiv griff sie an dieselbe Stelle, *ich will meine Pistole haben,* und wollte schon aufstehen, aber Pierluigi hielt sie sanft fest, bis sie sich beruhigt hatte. In ihrem Schädel hämmerte es, und deshalb konnte Grazia ihre Gedanken noch nicht ordnen, sonst hätte sie zwei und zwei zusammengezählt und wäre noch mehr erschrocken. Pierluigi tat es an ihrer Stelle.

Zwei: Der Kampfhund war auf Grazia sauer. Oder der Alte, egal, er bezeichnete beide als Kampfhund. Sowohl er, Pierluigi, als auch sie waren in der Presse erwähnt worden, aber ihn hatte man nur angerufen, sie hingegen hatte man umzubringen versucht.

Und zwei: Woher wusste der Kampfhund, dass Grazia jetzt in der Via Altaseta wohnte? Er selbst wäre ja fast zu Simone gegangen. Und woher wusste er, dass sie genau in diesem Augenblick kommen würde?

Ist: vier. Der Kampfhund verfolgte sie. Der Kampfhund jagte Grazia.

– Ich gebe dir was zum Nachdenken, sagte Pierluigi. Anstelle der Pralinen, die man Kranken für gewöhnlich bringt.

Er hatte eine Akte in der Hand. Grazia streckte die Hand aus, Pierluigi zog sie zurück, aber bei dem Gedanken, sie lesen zu müssen, war ihr ohnehin schlecht geworden.

– Also, sechshundert Tote im Bauwesen während der letzten fünf Jahre. Zweihundertzweiundzwanzig in Mittelitalien, hundertachtzig, wenn wir die Toskana und das Veneto ausnehmen. Darunter fünfundzwanzig Immigranten mit Kindern.

Er zog eine Liste aus der Akte. Grazia sah die Namen von weitem, wie eine Ameisenstraße. Sie schloss die Augen, weil ihr speiübel geworden war, öffnete sie jedoch sofort wieder. Pierluigi war knallrot geworden.

– Was ist, starrst du mir auf die Titten?

Das sollte ein Witz sein, Pierluigi war aus einem anderen Grund rot geworden. Er hatte die Zahlen in begeistertem Tonfall von sich gegeben, fast hätte er gesagt: *ta-ta-tata!* Dann war ihm eingefallen, dass er von Toten sprach, und genierte sich.

– Rachid Mazgou, sagte er schnell. Oktober 2005, einer der ersten. Tunesier, illegal, Maurer … In Merate, Provinz Lecco, auf dem Weg zur Arbeit von einem Auto überfahren.

– Das ist er nicht.

– Warte, das habe ich mir auch gedacht und wollte ihn schon ad acta legen, aber dann habe ich einen genaueren Blick auf die Karteikarte geworfen. Er hat einen Sohn hinterlassen, der rate mal wie heißt? Mohammed Roberto. Wie in dem Song auf dem Blog.

Grazia versuchte sich aufzusetzen, gab es aber sofort auf.

– Vielleicht ein Zufall, sagte Pierluigi.

– Oder vielleicht auch nicht, sagte Grazia. Vielleicht ist genau das der Grund, warum der Spitzel den Song *Der Traum vom Fliegen* ausgewählt hat. Mohammed Roberto ist ja kein weit verbreiteter Name.

Vielleicht, vielleicht, vielleicht.

– Ich habe in Lecco angerufen. Ein mittlerweile pensionierter Maresciallo hat in dem Fall ermittelt. Ich habe auch ihn angerufen, aber er hat sich auf Andeutungen beschränkt. Er möchte mich persönlich sprechen.

– Fahren wir hin.

Grazia schlug das Laken zurück. Sie hatte nur ein Krankenhausnachthemd aus Gaze an, und diesmal schaute ihr Pierluigi tatsächlich, wenn auch nur ganz kurz, auf die Titten, aber sie bemerkte es gar nicht.

– Warte, warte. Wir haben genug Zeit.

– Nein, haben wir nicht. Ich unterschreibe den Revers und wir gehen.

Sie streckte ein Bein aus dem Bett, zog es jedoch sofort wieder zurück. Sie klammerte sich an den Arm, den ihr Pierluigi reichte.

– Siehst du? Und außerdem ist es fast sieben Uhr abends, heute fahren wir nicht mehr zu einem alten pensionierten Maresciallo, der noch dazu im Aostatal lebt. Du verbringst hier eine schöne ruhige Nacht, morgen werden sie dich ohnehin entlassen.

– Gut, dann sehen wir uns morgen.

– Ich bleibe noch ein wenig.

– Komm schon. Pigi …

– Du schläfst, ich mache es mir gemütlich. Mich hat die Sache auch ganz schön mitgenommen. Diese Stühle sind sehr bequem, ich werde fragen, ob sie mir einen verkaufen.

Er drückte die Rückenlehne nach hinten, legte die Beine auf die Fußstütze, öffnete die Knöpfe der Uniformjacke, *ich gehe gleich.* Grazia lächelte, warf ihm ein Kusshändchen zu und schloss die Augen. Wenn sie nicht so erschöpft gewesen wäre, hätte sie nie und nimmer geschlafen. Die Übelkeit war vergangen, aber der Gedanke von zuerst fiel ihr ein, und während sie in den Schlaf glitt, sagte sie zu sich, *als ob ich schwanger wäre.*

Wenig später schlief sie und träumte.

Sie träumte von den plärrenden Zwillingen, und sie stand mit dem Milchfläschchen daneben, aber sie lagen hinter einer verschlossenen Tür, auf der anderen Seite, sie rüttelte an der Klinke, konnte sie jedoch nicht aufmachen.

Alle schlafen.

Einen schweren, unruhigen, kranken Schlaf, wie üblich in Krankenhäusern, aber in diesem Trakt schlafen alle.

Mit Ausnahme von zwei Personen: Der Wachposten, der ins Krankenschwesternzimmer gegangen ist, um dort einen richtigen Kaffee zu trinken, aus der Mokkakanne, nicht aus der Maschine, und die diensthabende Krankenschwester, die ihm einen zubereitet. Eine zweite Krankenschwester sollte eigentlich auch noch da sein, aber sie ist nach oben gegangen, um irgendetwas zu tun.

Ich muss mich beeilen.

Die Frau im Bett hat einen schweren Schlaf, sie atmet tief, sie ist ohnehin schwach und ich werde mich beeilen, für sie ist es auf jeden Fall zu spät, ich muss nur aufpassen, dass ich den Capitano nicht wecke. Und früher oder später wird der Wachposten zurückkommen, allerdings nicht allzu früh, so wie er mit der Krankenschwester scherzt.

Ich muss mich beeilen und ich muss leise sein.

Ich darf ihr nicht den Kopf mit dem Feuerlöscher zerschmettern, ich darf sie auch nicht mit dem Infusionsschlauch erwürgen. Ich kann ihr jedoch das Kissen auf das Gesicht drücken, mich auf sie draufsetzen, damit sie stillhält, mich auf sie drauflegen und sie ersticken.

Oder besser noch, ich nehme das Messer, das neben dem Teller vom Abendessen liegt, sie hat es nicht gegessen, und ich steche ihr in den Hals, in die linke Seite, in die Halsschlagader, setze mich auf sie drauf und drücke ihr das Kissen ins Gesicht, auf diese Weise geht ihr früher die Kraft aus und sie kann sich weniger wehren.

Ja, so mache ich es.

Ich gehe leise zu ihr hin. Ich sehe sie an und weiß, dass es mir danach leidtun wird, denn sie hat es nicht verdient, es wird mir leidtun, aber ich werde es nicht bereuen, denn ich muss es tun.

Am Fußende des Bettes ist ein Extrakissen. Ich nehme es, packe es mit der Linken wie ein Schwert.

Das Messer liegt auf dem Tablett, auf dem Nachtkästchen, in eine Papierserviette gewickelt. Ich wickle es aus, ganz vorsichtig, damit es nicht gegen die Gabel schlägt. Dann überlege ich es mir anders. Ich lege das Messer ganz langsam auf das Tablett zurück, um ja kein Geräusch zu verursachen, nehme die Gabel und streiche mit dem Griff über den Plastikbecher, ein leises Rascheln wie von einem Atemzug.

Pierluigi wacht auf, er ringt nach Atem.

Er reißt die Augen auf, und bevor die Dunkelheit zu Halbdunkel wird, glaubt er, eine dunkle Silhouette auf dem schwach beleuchteten Gang zu sehen.

Er blinzelt, und die Silhouette verschwindet, sofern sie überhaupt je dagewesen ist. Aber er greift zur Pistole und öffnet das Halfter, steht leise auf, um Grazia nicht zu wecken, die einen schweren Krankenhausschlaf schläft.

Er geht um das Bett herum, ohne sich umzublicken, aber das ist auch nicht notwendig, denn das Zimmer ist klein und leer. Den Schrank beachtet er gar nicht, zu klein, öffnet die Badezimmertür, das Licht vom Gang dringt hinein, aber das reicht nicht, also macht er die Lampe unter dem Spiegel an.

Nichts.

Die Silhouette ist nur noch eine vage Erinnerung, ein Schemen aus dem Halbschlaf, aber die Empfindung ist noch immer da, ein Frösteln, das sich zwischen den Schultern eingenistet hat wie ein Knoten.

Die Tür des Zimmers ist noch immer halb offen, aber der Wachposten ist nicht zu sehen. Pierluigi knöpft seine Jacke zu, hält die Pistole eng am Bein und tritt auf den Gang hinaus.

Da ist er, der Wachposten, mit einem Plastikbecher in der Hand kommt er über den Gang, und als er ihn sieht, grüßt er mit einer Geste, *möchten Sie einen Kaffee, Capitano?*

Pierluigi schüttelt den Kopf, wahrscheinlich vorwurfsvoll, denn der Wachposten sagt, *schauen Sie, das Krankenschwesternzimmer ist gleich dort vorne, man kann es sogar sehen,* aber er hört ihm nicht zu.

Er geht wieder ins Zimmer und schließt die Tür.

Jetzt fällt Licht von draußen herein, von einer gelben Laterne im Sant'Orsola-Park.

Er bleibt stehen und betrachtet Grazia, die auf dem Rücken liegend schläft, mit der Binde auf der Stirn wie eine Indianerin, einer widerspenstigen Locke in der Stirn und halb offenem Mund, fast denkt er, dass er sie am liebsten im Schlaf küssen würde, aber nur fast, denn dann fällt ihm etwas ein und er kniet sich hin, noch immer mit der Pistole in der Hand, und schaut unters Bett.

Niemand.

Als er aufsteht, kommt er sich lächerlich vor.

Er setzt sich wieder auf den Stuhl und knöpft sich erneut die Jacke auf.

Die Pistole steckt er jedoch nicht ins Halfter, er lässt sie im Schoß liegen, unter der Hand.

Als er aufwacht, ist es bereits Vormittag. Grazia stützt sich auf die Kissen und schaut ihn an.

– Das ist paranoid. Steck die Kanone ein und hol mir Kleider von zu Hause. Ich rufe den Arzt und unterschreibe den Revers.

Während der ersten Stunde döste Grazia im zurückgeklappten Sitz, schlief jedoch nicht, Kopfweh und Übelkeit wurden beim Autofahren ja nicht gerade besser, aber vor allem schlief sie deshalb nicht ein, weil am Rückspiegel ein Duftbäumchen hing und zwei weitere im Seitenfach der Autotür steckten *(bist du vielleicht ein Vertreter von* Arbre magique*?).*

Und außerdem ging ihr der Traum von den Zwillingen nicht aus dem Kopf. Sie hätte über die Geschichte des tunesischen Maurers und den Maresciallo Aguiari nachdenken sollen, zu dem sie gerade fuhren, aber immer wieder tauchten die beiden kleinen Gesichter und die verschlossene Tür mit der Milchglasscheibe auf, die genauso aussah wie die des Kampfhundes, so ein Zufall, die Details aus dem Traum verschwanden zwar allmählich, doch das unangenehme Angstgefühl blieb.

Pierluigi fuhr langsam, wich Schlaglöchern aus, er hatte sogar den Navigator auf lautlos gestellt, für die Fahrt von Bologna nach Morgex in der Provinz Aosta hatte er vier Stunden berechnet, Ankunft 13.15. Schon am Tag davor hatte er sich drei Tage frei genommen, und sie hatte je ein SMS an Carlisi und Matera geschickt, *macht euch keine Sorgen bin weg komme am Abend zurück,* dann machte sie das Handy aus, weil sie wusste, dass sie mehrmals anrufen würden.

Pierluigis Audi war sehr leise, auf der Autobahn war so gut wie kein Verkehr, und Grazia hatte die Finger bequem im Nacken verschränkt, trotzdem konnte sie sich nicht entspannen. Sie sah Pierluigi an, ihr war nämlich was eingefallen.

– Pier, darf ich dir eine merkwürdige Frage stellen?

– Sicher.

– Ich möchte keine unangenehmen Erinnerungen in dir wecken, aber … du und dein Zwillingsbruder …

– Mach dir keine Sorgen, ich war erst fünf, ich habe nicht viele Erinnerungen. Hauptsächlich das, was mir meine Mutter erzählt hat …

– Genau, deine Mutter interessiert mich. Wie hat sie es geschafft, wenn … also, wenn sie euch beiden das Fläschchen geben sollte und ihr geweint habt und sie es vielleicht schon einem gegeben hatte, woher wusste sie dann, wem sie es schon gegeben hatte und wem nicht?

Pierluigi sah Grazia an, dann richtete er den Blick wieder auf die Straße.

– Wie meinst du das?

– Nun, ihr wart doch gleich, eineiige Zwillinge, auch gleich angezogen, beide im Bettchen, und einer hatte schon getrunken und der andere nicht, woher wusste sie, wer … ich meine, damit sie dasselbe Kind nicht zweimal fütterte.

Noch ein Blick, diesmal etwas länger, mit einem angedeuteten Lächeln.

– Tja, das ist einfach.

– Einfach?

– Ja, der, der weint, muss gefüttert werden. Der, der bereits gefüttert worden ist, weint nicht, sondern schläft.

– Aha, sagte Grazia, ohne noch etwas hinzuzufügen.

Die Anspannung hatte sich gelöst, sie fühlte sich plötzlich ganz leicht und am liebsten hätte sie wieder geweint.

Wie dumm, dachte sie, *wie dumm, wie dumm.*

– Aha, wiederholte sie, um nicht von Wut und Bedauern übermannt zu werden. Daran hatte ich gar nicht gedacht.

– Ich glaube, so was macht man instinktiv. Als Mutter, meine ich.

– Ich bin keine Mutter.

– Ja, aber eines Tages wirst du eine sein und dann wirst du es auch instinktiv machen.

Grazia drehte sich zum Fenster. Tränen traten ihr in die Augen, und am liebsten hätte sie die Lippen aufeinandergepresst, doch das Lächeln setzte sich durch.

– Danke, flüsterte sie, so leise, dass es von der Klimaanlage übertönt wurde.

Dann stellte sie die Rückenlehne gerade, lockerte den Sicherheitsgurt, lehnte den Kopf an Pierluigis Schulter, klammerte sich an seinen Arm wie ein Koalabär und schlief langsam ein, noch immer mit dem Lächeln auf den Lippen.

Rachid Mazgou war siebenundzwanzig Jahre alt und kam aus Tunesien. Er war mit einem Linienflug und einem Touristenvisum nach Italien gekommen und nicht mehr gegangen. Er arbeitete als illegaler Erntehelfer, bei Bedarf auch als Maurer, nach wie vor schwarz. Er wohnte in der Provinz Lecco, hatte eine Landsmännin geheiratet, die er in Italien kennengelernt hatte, und mit ihr ein Kind bekommen, Mohammed Roberto, 2005 war er achtzehn Monate alt.

Am 15. Oktober desselben Jahres, um fünf vor halb zehn vormittags, fand ihn ein zufällig vorbeikommender Autofahrer am Rand der Straße, die in die Ortschaft Cascinette führte, halb im Graben. Tot.

Maresciallo Aguiari, der Polizeichef von Garbate, hatte die Straße absperren lassen und auf den Arzt und den Staatsanwalt gewartet, diese hatten Mazgous Tod festgestellt – offensichtlicher Grund: Schädelbruch – und seinen Abtransport veranlasst.

Neben der Leiche des Tunesiers hatte man ein Fahrrad mit verbogenem Vorderrad gefunden, und da die Straße zu der Baustelle führte, wo er als Maurer arbeitete – genau an diesem Tag war er offiziell angestellt worden –, vermutete man, Mazgou sei auf dem Weg zur Arbeit von einem Straßenrowdy niedergefahren worden.

Maresciallo Aguiari glaubte jedoch nicht daran.

– Warum?, fragte Grazia. Was war daran so merkwürdig?

Der Maresciallo dreht ihr den Kopf zu, schließt halb die Augen. Bei der Begrüßung hatte er gesagt, er sehe schlecht, aber eigentlich war er so gut wie blind. Aufgrund ihrer Erfahrung mit Blinden hatte ihn Grazia sofort für sich eingenommen; anstatt ihn mit erhobener Hand stehen zu lassen und darauf zu warten, dass jemand sie drückte, drückte sie sie, als wären sie alte Bekannte.

Jetzt spricht er immer in Richtung Sofaecke, wo Grazia sitzt, ob- wohl Pierluigi ein Vorgesetzter ist und sogar – allerdings umsonst – in Uniform gekommen ist, um sich Respekt zu verschaffen.

– Die Tatsache, dass er am Tag des Unfalls angestellt worden ist. Als ob man sich absichern hätte wollen. So etwas passiert oft, wenn ein Illegaler einen Unfall auf einer Baustelle hat.

– Ja, sagt Pierluigi, aus diesem Grund sind die Statistiken vol- ler Leute, die sich am ersten Tag der Arbeit verletzen, dabei ist es in Wirklichkeit gar nicht der erste. Aber Pardon, ich habe Sie un- terbrochen. Reden Sie bitte weiter.

Der Maresciallo glaubte nicht daran. Er hatte seine Zweifel am Provinzkommando Lecco deponiert und es war ein Tenente ge- kommen.

Tenente Rosario.

– Rosario. Ist das der Nachname?, fragt Pierluigi und zieht ei- nen Notizblock aus der Jackentasche.

– Ja, Rosario war der Nachname, an seinen Vornamen erinnere ich mich nicht mehr. Ich weiß, das ist merkwürdig, als würde man einen Tenente beim Vornamen ansprechen.

Grazia schaut Pierluigi an, er lächelt.

– Wem sagen Sie das.

Er schreibt, *ten. Rosario*, dann fragt er, *Offizier oder Unteroffizier?*

– Offizier. Er kam aus der Romagna, ein tüchtiger Bursche, aber sehr impulsiv, hatte dauernd eine Riesenwut, ein junger Mann eben.

Pierluigi fügt *aus der Romagna* hinzu. Auch Grazia hat es be- merkt, sie nickt. Einer der Alter Egos auf Pierluigis Tonband hatte einen nördlichen Akzent, den Akzent einer Person aus der Po- Ebene, der Lombardei, vielleicht der Emilia-Romagna. Aus der Romagna, hatte Simone gesagt.

– Rauchte er?, fragt Grazia.

– Wie ein Schlot. Eine Zigarette nach der anderen, wie gesagt, er war sehr nervös. Schade, denn er war tüchtig.

Er raucht, schreibt Pierluigi auf und auch: *wie ein Schlot.*

Tenente Rosario war mit dem Maresciallo zum Unfallort gefahren, er hatte festgestellt, dass es keine Bremsspuren auf dem Asphalt, keine Blutspuren im Gras des Straßengrabens gab und dass das Vorderrad des Fahrrads auf merkwürdige Weise verdreht war, wie absichtlich. Der Maresciallo macht eine Geste, als würde er mit beiden Händen etwas verbiegen, wobei er sich mit dem Fuß am Boden abstützt.

Auch das ärztliche Gutachten war seltsam. Der Gerichtsmediziner hatte eine oberflächliche Autopsie gemacht, eine äußere Besichtigung, das hatte genügt, aber im Gutachten war nur von Schädelbruch und Schädelbasisbruch die Rede, nicht von Abschürfungen oder Prellungen, wie sie bei einem Autounfall wohl auftreten hätten müssen.

Das Seltsamste war allerdings die Baustelle.

– Eine Vorzeigebaustelle, Gerüste wie im Buche, Sicherheitsnetze, alle mit Helm … bei der Besichtigung kamen wir uns wie in einem Werbefilm des Ministeriums für den Paragrafen 626 vor. Und alle angestellt, mit gültigen Papieren.

Das war jedoch nicht der Normalzustand.

Am Anfang wollte keiner reden und der Polier hatte von Anfang an seinen Anwalt dabei, aber der Tenente und der Maresciallo ließen nicht locker. In einer Bar, die von Immigranten besucht und von allen *Arbeitsagentur* genannt wurde, denn hierher kamen die Leute auf der Suche nach Gelegenheitsjobs, fanden sie schließlich zwei Marokkaner. Die Marokkaner hatten auf der Baustelle gearbeitet und erzählten, dass es nur straßenseitig Gerüste gab, dass eine Menge illegaler Einwanderer, vor allem Nordafrikaner, schwarz beschäftigt waren und dass sie oft wechselten. Die beiden hatten eine Woche hier gearbeitet, aber als das Gebäude eine gewisse Höhe erreicht hatte, waren sie gegangen, denn früher oder später hätte sich hier wer verletzt.

In diesem Augenblick hatten der Tenente und der Maresciallo eine andere Theorie bezüglich des Unfalls aufgestellt. Mazgou war mit dem Kopf voran vom Gerüst gestürzt; um Probleme zu vermeiden und die Schließung der Baustelle zu verhindern, hatte man ihn auf die Straße geschafft und einen Verkehrsunfall vorgetäuscht.

– Das Ärgerlichste war, dass der Tunesier dem Gerichtsmediziner zufolge nicht sofort gestorben war. Wenn man ihn in ein Krankenhaus gebracht hätte, anstatt ihn mitten auf der Straße abzuladen, hätte er vielleicht überlebt.

Tenente Rosario schäumte buchstäblich vor Wut.

Aber da gab es ein Problem.

– Commendator Silvestro, sagt der Maresciallo, ein Hurensohn … entschuldigen Sie, Signorina … und auch Sie, Signor Capitano. Der Eigentümer der Firma, ein Bauspekulant von der Sorte, die lachen, wenn es irgendwo ein Erdbeben gibt.

Commendator Silvestro lachte, lachte tatsächlich immer, selbst beim Verhör in der Kaserne, und selbst, als ihn der Staatsanwalt und der Ermittlungsrichter verhörten. Der Commendatore hatte einen Haufen Freunde in der lokalen Verwaltung, in der Regierung. Der Maresciallo reibt Daumen und Zeigefinger aneinander. Vor kurzem hat er Probleme gehabt, man hat ihm vorgeworfen, das Geld der 'ndrangheta zu waschen, aber damals war er sehr mächtig.

– Tenente Rosario drehte durch. Spielte verrückt. Einmal hätte er ihn in der Kaserne fast verprügelt, ich konnte ihn nur mit Mühe zurückhalten. Zu impulsiv, der Junge. Aber tüchtig. Er hatte einen Algerier aufgetrieben, der am Tag des Unfalls auf der Baustelle gewesen war und gesehen hatte, wie Mazgou vom Gerüst gefallen war, wie ihn der Polier ins Auto geladen hatte und los, den anderen hatten sie gesagt, sie brächten ihn ins Krankenhaus. Aber nichts. Als er die Aussage unterschreiben soll, widerruft der Algerier, und zwei Tage später ist er auf dem Weg in die Heimat.

Der Maresciallo seufzt. – Als der Staatsanwalt den Fall ad acta gelegt hat, ist der Tenente vor dem Gericht in Tränen ausgebrochen. Der Ärmste, er hat mir so leidgetan. Nach einem Jahr haben sie ihn nach Rom oder sonst wohin geschickt, später hat er angeblich den Dienst quittiert. – Er seufzt wieder, lehnt sich im Stuhl zurück. – Schade, er war nämlich tüchtig.

Als sie die Wohnung des Maresciallo verlassen, ist ihnen, als würden sie fiebern. Grazia macht sogar ein paar Schritte allein in Richtung Auto, schnell, aber dann wird ihr schwindlig und sie muss stehenbleiben und sich auf Pierluigis Arm stützen. Sie lächelt, das Jagdfieber bringt ihre Augen zum Leuchten, Pierluigi denkt, dass er wahrscheinlich auch so ein Leuchten im Blick hat.

– Soll ich es sagen oder willst du es sagen?

– Sind wir nicht etwas voreilig? Silvestro ist noch am Leben, vor ein paar Tagen habe ich in der Presse etwas über ihn gelesen, er sitzt wegen einer Mafiageschichte.

– Dann war das nicht der erste Mord, sondern der Auslöser. Pier, soll ich es sagen oder willst du es sagen?

– Nein, wir sind nicht voreilig … nein, du hast recht, verdammt, es können nicht lauter Zufälle sein. Ich sage: Volltreffer.

Grazia hält sich an Pierluigis Arm fest, stellt sich auf die Spitzen der Turnschuhe und drückt ihm einen Kuss auf die Wange, der ihn atemlos macht.

– Fahren wir nach Hause, schnell, los.

Im Auto kann Grazia kaum stillsitzen, wie ein kleines Kind rutscht sie auf dem Sitz hin und her. Immer wieder öffnet und schließt sie den Sicherheitsgurt, *klick klack,* und dabei spricht sie hastig, *ich kann mir diesen Rosario gut vorstellen, vielleicht ist er jetzt Anwalt, irgendein Beamter, ein untadeliger Ex-Carabinieri-Offizier.*

– Ja, sicher, sagt Pierluigi, aber sie hört gar nicht, was er sagt, denkt laut, *er wohnt irgendwo in unserer Nähe, wahrscheinlich in Bologna, er hat nichts mehr mit euch zu tun.* – Sicher, Grazia, *aber er ist bis auf die Knochen frustriert und wütend, er entwickelt multiple Persönlichkeiten, um seine Bedürfnisse zu stillen, Selbstjustiz, Rache, Denunziation …*

– Stopp, Grazia!

– Was ist?

– Genau das. Angenommen, er ist's tatsächlich, ein ehemaliger Carabinieri-Offizier. Ich bin allerdings auch noch immer Carabinieri-Offizier und führe gerade insgeheim eine Ermittlung durch, mit einer Polizistin, die ebenfalls geheim agiert, und zwar ohne das Wissen beziehungsweise schlimmer noch gegen den Willen meines direkten Vorgesetzten. Mit einem Wort, wenn ich nicht aufpasse, bin ich ebenfalls bald Ex.

– Na und?

Klick. Klack.

– Sobald wir angekommen sind, muss ich sofort De Zan informieren und mit ihm darüber sprechen.

Klick. Klack.

– Okay, ist wohl richtig so.

– Verstehst du? Nicht, um die Lorbeeren zu ernten, sondern weil wir Nachforschungen über einen, wenn auch pensionierten, Carabinieri-Offizier anstellen …

– Ich verstehe, ich verstehe. Ich sage nichts, ich bin ja im Krankenstand. Aber wir machen weiter, nicht wahr? Fürs Erste können wir ja ein paar Informationen über diesen Rosario einholen, nicht wahr?

Pierluigi seufzt, wirft einen Blick auf die Uhr am Armaturenbrett – es ist zwanzig nach drei –, dann stopft er sich die Kopfhörer in die Ohren. Er hatte es ja auch vorgehabt, er hätte ja auch nicht stillsitzen können auf der vierstündigen Fahrt, also tippt er eine gespeicherte Nummer ein, *Annichiarico? Ich bins, Pigi, aus Bologna, könntest du mir einen Gefallen tun und einen Blick in die Kartei machen?*

Auch Grazia hat das Handy angemacht. Zehn Anrufe, drei von Carlisi, vier von Matera, einer mit der Vorwahl 0833, der Vorwahl von Nardò, ihre Mutter, und tatsächlich gleich darauf zwei Anrufe ihres Bruders, *verdammt, wie haben sie es erfahren?*

Sie schickt ihrem Bruder eine Nachricht, *alles okay nur ein klei-ner Unfall rufe abends an,* und macht das Handy aus.

– Ein Freund in der Personalabteilung, sagt Pierluigi, er ruft später zurück.

Grazia ist munter wie ein Vögelchen, wenn da nicht das Apa-chen-Stirnband wäre, würde man gar nicht glauben, dass sie einen Unfall gehabt hatte. Pierluigi sieht ihr zu, wie sie auf die Innensei-te der Wange beißt, und denkt, er hätte gern, dass sie wieder an seiner Schulter schläft wie am Vormittag. Aber Grazia streckt die Hand aus und macht die Stereoanlage an, mit einer Bewegung, so entschieden wie ein Peitschenhieb.

Eine Musik mit schnellem, mitreißendem Rhythmus über-schwemmt den Fahrgastraum des Audi, so laut, dass es fast die Lautsprecher sprengt. Gitarrenakkorde im Tarantella-Rhythmus und darüber eine raue Stimme, die in kalabresischem Dialekt singt.

E Vui Signuri chi tuttu viditi, / pecchí 'sti cosi storti suppurtati, / du' sugnu 'i cosi: o Vui non ci siti, / o puru Vui d'i ricchi Vi spagnati!

Ihr Herren, die ihr alles seht, / warum duldet ihr diese krummen Dinge, / zwei Möglichkeiten gibt es: entweder es gibt Euch nicht, / oder Ihr täuscht Euch mit den Reichen!

– Wieso hörst du diese Bauernmusik?, schreit Grazia.

Pierluigi stellt leiser, bis nur noch ein Säuseln zu hören ist, aber Grazia stellt wieder lauter, nicht mehr so laut wie zuvor, aber doch so laut, dass die Musik ihr unter die Haut geht. Es ist ein Live-Mitschnitt, im Hintergrund hört man das Schreien der Leute, die sich vom Rhythmus der Tarantella mitreißen lassen.

– Das sind die Arangara, sagt Pierluigi, eine kalabresische Band, die Mitglieder wohnen in Bologna. Der Sänger ist ein Kol-lege, stell dir vor, ein Colonello, ein sehr guter Liedermacher, er macht auch noch viele andere Sachen.

– Und warum so laut? Tanzt du beim Fahren?

– Wahrscheinlich hab ich übertrieben.

Er sieht Grazia an, die sich kaum merklich im Takt der Musik bewegt, ein wenig mit den Schultern und den Füßen am Boden wippt, nur ganz wenig, sie trägt das Apachen-Stirnband ja nicht wegen der Schönheit, obwohl es ihr gut steht, es verleiht ihr was Wildes, und Pierluigi verspürt wieder das Begehren wie einen Knoten in seinem Inneren, so stark, dass es ihm fast wehtut. Er keucht, und Grazia keucht auch, sie stützt sich auf die Hand, die sie in den Nacken gelegt hat, weil sie den Kopf nicht ruhig halten kann. Pierluigi redet weiter, um den Knoten loszuwerden, der ihn zu ersticken droht.

– Riccelli, mein Kollege, könnte dir erzählen, dass sich die Anzahl der Herzschläge bei diesem Rhythmus verdoppelt und dass man in einen Zustand der Erregung fällt, der am Anfang angenehm, am Schluss aber kaum auszuhalten ist.

… Du' sugnu li cosi: o Vui non ci siti, / o puru Vui d'i ricchi Vi spagnati!

Zwei Möglichkeiten gibt es: entweder es gibt Euch nicht, / oder Ihr täuscht Euch mit den Reichen!

– Ich bin auch so schon genug aufgeregt, sagt Grazia, und schaltet von der CD auf Radio um.

Jetzt dringt eine andere Musik aus dem Lautsprecher, ebenfalls mitreißend, aber langsamer, Maria Rei singt mit leidenschaftlicher Stimme zu einer Elektrogitarre.

Ich bin hier, um dir zu sagen, dass ich keine Angst mehr habe.

Pierluigi ist ein vorsichtiger Fahrer, im Augenblick versucht er Grazias kaputtem Kopf zuliebe alle Erschütterungen zu vermeiden. Seine Hände liegen auf zehn nach zehn und den Blick hat er unverwandt auf die Straße gerichtet, aber wenn er sich zu ihr hindrehte, würde er bemerken, dass auch sie ihn unverwandt anblickt und dass sie ihn noch nie auf diese Weise angeblickt hat.

Um halb acht kommen sie in Bologna an. Pierluigi parkt so nahe wie möglich bei ihrem Haus und schaut sich lange um, bevor er Grazia erlaubt auszusteigen, und auch danach dreht er sich noch lange um.

An der Kreuzung zur Via Altaseta steht ein Auto im Parkverbot. Pierluigi greift zum Pistolenhalfter, aber als er sieht, dass es Matera ist, lässt er es los.

– Wir haben uns Sorgen um dich gemacht.

– Ich habe euch doch gesagt, ich komme am Abend zurück.

– Du kannst nicht einfach so verschwinden, Carlisi ist stinksauer.

– Ich bin ja wieder da, oder nicht? – Pause. – Ich erzähle es euch später – ein Blick zu Pierluigi – später. Jetzt gehe ich mal hoch, denn ich bin müde und mir ist schwindelig. Fahr nach Hause, Matè, ich schließe mich in der Wohnung ein und mache niemandem auf, versprochen. Wir sehen uns morgen.

– Bleiben Sie bei ihr, Capitano?

Er hat die Frage ohne Hintergedanken gestellt, es ist fast eine dienstliche Frage, aber Pierluigi wird trotzdem rot.

– Sicher, ich meine, ich begleite sie hinauf, gewiss …

– Wir sehen uns morgen, Matè, und danke an alle.

Matera nickt, er sagt *die Knarre,* beugt sich ins Innere des Autos und reicht Grazia ihre Pistole, ohne Magazin, *ich hatte sie in Verwahrung genommen,* dann verabschiedet er sich von Pierluigi, legt zwei Finger an die Stirn und geht.

– Ich begleite dich hinauf, sagt Pierluigi.

Grazia gibt keine Antwort, öffnet das kleine Tor und betritt entschlossen den Gang, der zur Außentreppe führt. Er steht zögernd auf der Schwelle, dann stellt er fest, dass sie auf der ersten Stufe innehält, mit einer Hand auf dem Geländer, während sie den anderen Arm in seine Richtung ausstreckt. Er tut so, als würde er stehenbleiben und zurückschauen.

Jetzt müsste er vorgehen, um zu überprüfen, ob jemand da ist, aber er denkt gar nicht daran, er versucht sich nämlich vorzustellen, was er zu ihr sagen soll, sobald sie oben sind, und die Röte will nicht aus seinem Gesicht weichen. Aber auch Grazia schafft es nicht, die Treppe hochzugehen, auch sie stellt sich vor, was oben passieren wird.

Und als sie oben sind, öffnet Grazia die Wohnungstür und sie bleiben stehen, auf der jeweiligen Seite der Schwelle, und lächeln einander verlegen an.

Dann sagt Grazia: – Ich glaube, du wärst imstande, den ganzen Abend hier zu stehen und zu warten.

Pierluigi sagt *ja,* und da packt Grazia ihn an der Krawatte und zieht ihn herein.

Sie fallen sofort aufs Bett, er auf sie drauf, einen Augenblick beißt sie die Zähne zusammen wegen der blauen Flecken am Rücken, er liegt auf ihr und gibt Acht, ihr nicht wehzutun. Sie hat noch seine Krawatte fest in der Hand und zieht daran, um ihn zu küssen, vergräbt die Zunge in seinem Mund wie ein Teenager, und als sie spürt, dass sich etwas Hartes an sie presst, zuckt sie zusammen und stöhnt, ein Begehren lodert auf, das sie schon lange nicht mehr gespürt hat. Sie schleudert die Schuhe weg, zieht die Jeans gemeinsam mit dem Slip hinunter, während er den Gürtel aufmacht, der Reißverschluss der Uniformhose klemmt, inzwischen hat sie auch das Shirt ausgezogen und liegt nackt unter ihm, nur mit dem Stirnband und sonst nichts.

Guter Gott, flüstert Pierluigi, *du weißt ja gar nicht, wie lange ich …,* aber sie presst ihren Mund auf den seinen, schlingt ihre Arme um seinen Hals, vergisst Kopfweh und Schwindel, vergisst die blauen Flecke, beißt sich auf die zitternden Lippen, bis sie bluten, und als sie spürt, wie er am Ende zu zucken beginnt, behält sie ihn in sich, instinktiv, mit zusammengeschlagenen Beinen über seinem weißen Hintern.

Pigi, ich bins, Annichiarico, ruf mich an, wenn du die Nachricht abhörst und bestätige bitte offiziell die Informationsanfrage. Und entschuldige, dass ich so lange gebraucht habe, ich musste ein paar Dinge in Ordnung bringen, Also, Tenente Francesco Rosario, geboren in Faenza am 26. 10. 1975 …

Sarrina machte die Gürtelschnalle zu, und dabei dachte er, dass es eigentlich gar keine schlechte Idee gewesen war.

Seit drei Tagen wohnte er nun mehr oder weniger in der Via Gandusio, genauer gesagt in der Via Gandusio Nr. 105, oder noch genauer gesagt im dritten Stockwerk des Gebäudes in der Via Gandusio Nr. 105, und er hatte sich die Freiheit genommen, nach Belieben ein und auszugehen und ein wenig mit Staglianò und Rizzo zu plaudern, die ein Stück weiter vorne auf der Straße das Auto geparkt hatten, nahe genug, um das Tor im Auge zu behalten. Jedoch nur untertags, denn nachts wären sie aufgefallen, die Antimafia-Abteilung hätte es nämlich nicht rechtfertigen können, zwei weiteren Beamten Überstunden in der Nacht zu bewilligen. Offiziell hatte sie übrigens gar nichts bewilligt, und deshalb waren Staglianò und Rizzo heute Vormittag verschwunden.

Deshalb hatte Sarrina sich einen kleinen Spaziergang gegönnt, war bis zum John-Lennon- und Chet-Baker-Park gegangen, hatte die ausländischen Studentinnen in Birkenstockpantoffeln und T-Shirt beobachtet, die aus dem pastellfarbenen Torbogen des Universitätscampus kamen, war ihnen bis zu dem aus sowjetischem Beton errichteten Gebäude, dem Sitz des Kulturzentrums ARCI, gefolgt und hatte zugesehen, wie sie an alten Bolognesern und an verschleierten islamischen Studentinnen vorbeigingen, die sich vor der Sprachschule Arca und auf dem Flohmarkt drängten, und wie sie zwischen den Wandmalereien der Straßenbrücke über der Via Stalingrado verschwanden. Dabei hatte er das Tor von Nr. 105 nicht aus den Augen gelassen, niemand hatte sich genähert, mit Ausnahme eines weißhaarigen Alten mit einer kamelfarbenen Jacke, er hatte einen Koffer in der Hand und stöberte in den Mistkübeln.

Er hatte sich ein paar Minuten gesonnt wie eine Eidechse, dann war er in seinen Kerker zurückgekehrt, da oben im dritten Stockwerk konnte er nämlich nichts anderes tun als ausgestreckt auf dem Bett zu liegen, mit der Pistole auf dem Bauch und dem Handy am Boden, tatenlos, denn das leiseste Geräusch hätte den Kampfhund alarmieren können, sofern er überhaupt zurückkam. Wenn er kam, hätte er allerdings bereits mit der Pistole im Anschlag dastehen und Staglianò und Rizzo angerufen haben müssen, sofern sie überhaupt noch da waren.

Der erste Tag war schnell vergangen, er hatte das Schloss repariert, hatte Körperhaare eingesammelt, die auf die Tastatur gefallen waren, hatte Überwachungskameras gesucht, sie waren immer zu weit entfernt, um etwas Interessantes aufzunehmen, hatte die Senegalesen aus dem ersten Stock, die Brasilianer aus dem zweiten Stock und die Leute aus dem Viertel befragt. Umsonst, niemand kannte den Mieter aus dem dritten Stock, niemand hatte ihn je gesehen.

Am zweiten Tag hatte er die meiste Zeit geschlafen, er hatte sich auf die zwei Wachposten im Auto verlassen, aber der dritte Tag wollte einfach nicht vergehen. Ans Fenster durfte er nicht treten, denn da hätte man ihn sehen können, einen Kaffee durfte er sich nicht machen, denn den hätte man gerochen, fernsehen durfte er auch nicht, aber es gab ohnehin keinen Fernseher, und in der Dämmerung konnte er nicht einmal die „Gazzetta" lesen.

Totale Stille, denn nach dem Besuch der Polizei waren die Senegalesen, die zusammengepfercht im ersten Stock hausten, verschwunden.

Am Vormittag, als die Brasilianer nach Hause kamen, hatte er eine Idee gehabt. Es war ja der letzte Tag, am späten Vormittag würde ihn Matera abholen und dann auf Wiedersehen.

Es war gar keine schlechte Idee gewesen, dachte Sarrina, während er den Gürtel zumachte. Am Anfang hatte er gar keine große Lust gehabt, er wollte einfach etwas tun, ohne das Gebäude zu verlassen, was sprach dagegen, sich auf einen Kaffee einladen zu lassen und ein wenig zu plaudern, aber so etwas wäre ihm nicht im Traum eingefallen, denn er gehörte zu den Menschen, die bei einem Transvestiten nur an eine gewisse Sache denken. Zuerst hatte er die Hose anlassen wollen, aber der Brasilianer, der sich mit einem Schulterzucken dazu bereit erklärt hatte, hatte Angst, sich die Lippen am Reißverschluss zu verletzen, also hatte er die Hose bis zu den Knien runtergelassen, bei angelehnter Wohnungstür, damit er hörte, wenn jemand die Stiege hoch ging.

Am Anfang hatte er gar keine Lust dazu gehabt, am Schluss jedoch schon, und was für eine, der Brasilianer verstand sein Geschäft und außerdem – Polizeirabatt – hatte er nicht einmal dafür bezahlen müssen.

Er war ebenfalls tüchtig und vorsichtig, deshalb stieg er leise die Treppe hoch, die zur Wohnung des Kampfhundes führte, und drehte den Schlüssel zweimal im Schloss, wie er es auch davor gemacht hatte, korrekterweise, bevor er gegangen war, nur in die andere Richtung. Er legte sich aufs Bett, ohne die Schuhe auszuziehen, einen Augenblick lang überlegte er, ob er ins Bad gehen und sich waschen sollte, doch der Gedanke wurde sofort von einer Welle klebriger, unangenehmer Schläfrigkeit weggespült. Er nahm die Pistole vom Gürtel ab und legte sie auf den Boden, schloss mit einem tiefen Seufzen die Augen.

Für gewöhnlich hatte er einen leichten Schlaf, aber nicht immer, und heute war eine Ausnahme. Plötzlich wachte er atemlos auf, ein Gewicht lag bleischwer auf seiner Brust, die Bettfedern quietschten. Er riss die Augen auf, beim Atmen sog er eine Plastikfolie ein, man hatte ihm eine Plastiktüte über den Kopf gezogen, auch seine Sicht war verschleiert. Auf ihm eine schwarze Silhouette, die seine geöffneten Arme auseinanderspreizte, umsonst, seine Unterarme waren zu kurz, um etwas zu ergreifen. Er versuchte sich aufzurichten, allein mit der Kraft des Rückens, aber die Silhouette beugte sich über ihn und deckte ihn zu wie eine Muschel, Stirn an Stirn.

Sein Herz begann zu rasen, er keuchte, das Kohlendioxyd, das in der Tüte entstand, stieg ihm zu Kopf, die Pupillen zogen sich zusammen, und die Hände griffen ins Leere. Schon nach zehn Sekunden war er blau im Gesicht und verlor allmählich das Bewusstsein.

Er versuchte zu husten, aber es gelang ihm nicht, er biss sich auf die Zunge und die feuchte beschlagene Innenseite der Plastiktüte färbte sich rot. Nach nicht einmal einer Minute fiel er ins Koma, wurde von dem schwarzen Felsblock aufs Bett gepresst, die Matratze schluckte die Zuckungen, die Bettfedern quietschten und seufzten wie bei einem Orgasmus.

Ich war tüchtig.

Wenn Grazia schlief, schlief sie tief und fest, nicht einmal ein Kanonenschuss hätte sie geweckt. Pierluigi musste sie rütteln, er rüttelte sie mehrmals, weil er ihr nicht wehtun wollte. Aber schließlich gelang es ihm. Sie setzte sich im Bett auf, mit noch halb geschlossenen Augen, das Indianerstirnband schief auf der Stirn, sie seufzte tief und danach war sie klar genug im Kopf um zu sehen, dass Pierluigi bereits angezogen war, er saß in Uniform auf der Bettkante. In der Hand hielt er eine Tüte, aus der warmer, süßer Geruch strömte.

– Ich wusste nicht, welche du magst, also habe ich alle genommen.

– Mit Creme. Oder mit Aprikosenmarmelade.

– Gut, dann esse ich die Vollkorncroissants mit Honig.

Er fischte ein schmales, dunkles Croissant heraus und reichte Grazia die Tüte, sie steckte die Nase hinein, um zu schnuppern.

– Du bist bald aufgestanden.

– Eine Kasernengewohnheit. Und außerdem möchte ich weg sein, wenn deine Kollegen kommen. Stört dich das?

Grazia nahm sich ein Croissant und schüttelte den Kopf. Einerseits, weil das Bett genauso klein war wie das Zimmer, und andererseits, weil es zu früh war, um zu begreifen, was passiert war, und vor allem, weil Sarrina, wenn er gemeinsam mit Matera gekommen wäre, mindestens einen Monat lang doppeldeutige Bemerkungen gemacht hätte.

– Wir sehen uns. Wir hören uns. Bald. Später.

– Pier, technisch gesehen sind wir zumindest ein Liebespaar … spiel also nicht den Schüchternen.

Pierluigi lächelte, küsste sie auf den Mund, der nach Aprikosenmarmelade schmeckte, dann küsste er sie noch einmal und dann noch einmal, ging und schloss die Türe.

Grazia lehnte sich an die Wand und aß ihr Croissant auf.

Sie dachte, vielleicht war es noch zu früh, um zu verstehen, was passiert war, aber was auch immer es war, es hatte ihr gefallen.

Teil IV

Der Traum vom Fliegen

E così adesso che il sole si spegne
sopra il cantiere ed il cielo tutto
sono incazzato ed ho molta paura
ma dire male mi pare brutto
voglio che l'ultimo dei miei respiri
si stringa attorno a ciò che ho di più bello
il viso di Laura … il riso dei bimbi …

Und jetzt, da die Sonne untergeht
und die Baustelle und der Himmel sich verdunkeln
bin ich wütend und habe Angst
will aber nichts Schlechtes denken
mein letzter Atemzug soll dem Schönsten gelten
das ich in meinem Leben hatte
Lauras Gesicht … dem Lachen der Kinder …

ANDREA BUFFA, *Il sogno di volare*

Ich war tüchtig.

Ich habe alles geregelt, ich habe alle ruhig gestellt.

Die Frau, den Capitano, all die verdammten Nervensägen, die mich aufhalten wollten.

Ich war ruhig, habe mich zurückgehalten, habe mich nicht vom Impuls übermannen lassen. Okay, er hat mir leid getan, denn auch er hat es nicht verdient, aber es musste getan werden, und vor allem, es musste auf diese Weise getan werden.

Ich war tüchtig.

Jetzt kann ich von vorne beginnen.

Ich werde nicht noch mal dieselben Fehler machen.

Nein, meine lieben Arschgesichter, nein, meine lieben Idioten, Scheißhaufen und Arschköpfe, diesmal keinen Irrtum, keinen Fehler, keinen infamen Verräter, jetzt sind wir allein hier und ganz still, bereit, loszurennen, ihr verdammten Trottel und Nervensägen, du Scheißhaufen, ich spreche mit dir, mit dir und dieser Hure, die dich auf die Welt gebracht hat, ihr seid schuld, aber ich ficke euch in den Arsch und auch in den Mund, denn ich war tüchtig, und deshalb komme ich jetzt, ich komme, ich komme, ich suche dich, ich hole dich, ich hole euch alle, ihr verdammten Idioten, ich hole euch der Reihe nach und reiße euch das Herz heraus!

– Was für eine Scheiße!, sagte Carlisi.

Als Matera Sarrina früh am Morgen in der Via Gandusio abholen wollte und dieser sich nicht am Handy meldete, nicht einmal, nachdem er eine Zeitlang gewartet und einen Kaffee in der Bar getrunken hatte, bekam er es mit der Angst zu tun und lief mit der Hand am Halfter die Treppe hinauf, klingelte, klingelte noch einmal, rief ihn an und hörte, wie das Handy in der Wohnung läutete, und da trat er wieder die Tür ein und sah, wie Sarrina auf dem Bett lag, mit kreuzförmig auseinandergespreizten Armen und Beinen, weit offenem Mund und aufgerissenen Augen.

Auf dem Boden, neben der Pistole, lag eine Tüte mit glacierten Mandeln, und eine davon, eine große, war ihm im Hals steckengeblieben, er war, wie der Gerichtsmediziner noch am selben Vormittag feststellte, daran erstickt.

Mit Sarrinas Tod änderte sich vieles.

Doktor Carlisi musste erklären, warum einer seiner Männer in der Wohnung in der Via Gandusio gewesen war, und so war die Sache mit der nicht bewilligten Untersuchung aufgeflogen, und auch, dass sie ihre Informationen nicht an die Carabinieri und vor allem nicht an die Staatsanwältin weitergegeben hatten. Frau Doktor Deianna war stinksauer, Colonello De Zan war stinksauer, auch der Polizeipräfekt war stinksauer und Carlisi stand eine Untersuchung ins Haus, bis dahin war er suspendiert.

Auch Pierluigi saß in der Patsche. *Nie und nimmer,* hatte ihm De Zan zugezischt, so nahe, dass ihm sein Atem wie eine eisige Windbö ins Gesicht fuhr, *nie und nimmer in meiner Karriere bei den Carabinieri hätte ich es gewagt, auch nur im Entferntesten daran zu denken gewagt, etwas ohne das Wissen meiner Vorgesetzten zu tun, und ehrlich gesagt, Capitano Pierluigi, hätte ich Ihnen das auch nicht zugetraut,* mit rollenden *R* und verschluckten Vokalen. Er hatte auch so etwas Ähnliches wie *das kommt davon, wenn man mit dem Geschlechtsteil denkt* hinzugefügt, aber daran konnte sich Pierluigi nicht mehr so genau erinnern, der Colonello war ja immer überkorrekt, aber bei dieser Gelegenheit hatte er vielleicht sogar *Schwanz* gesagt. Auch der Capitano war suspendiert worden, vielleicht wurde er sogar versetzt.

Grazia war ja schon beurlaubt, man hatte sie bereits am Vortag für eine Woche krankgeschrieben, sie würde erst Ende der Woche wieder ins Büro kommen. Keine disziplinären Maßnahmen für sie und Matera, Carlisi hatte sie nämlich gedeckt, wenn sie wieder ihren Dienst antrat, musste sie allerdings mit ihrem neuen Chef über ihre Zukunft reden.

Angesichts des Durcheinanders war die Theorie, dass in Bologna noch immer ein Serienmörder mit multipler Persönlichkeitsstörung herumlief, der seine Opfer wie ein tollwütiger Hund anfiel, mittlerweile genauso glaubwürdig wie eine Theorie über das Bermudadreieck.

– Was für eine Scheiße. Ich meine natürlich, was für eine Scheiße für den armen Sarrina. Sarrina war zwar ein großes Arschloch, aber wir hatten ihn gern. Manche Dinge passieren wirklich im falschen Augenblick, eine Mandel im Bett zu essen und daran zu ersticken, so eine Scheiße.

Kaum Dialekt, er war ja eher traurig als wütend.

Das Begräbnis war seit geraumer Zeit vorüber, außer ihnen beiden auf dem Betonboden des neuen Friedhofs waren nur noch die Arbeiter da, sie standen auf einer Leiter und mauerten die Steinplatte auf das Mauergrab. Auch davor waren nicht viele Leute dagewesen, Verwandte aus der Basilicata, ein paar Kollegen, ein Journalist und der Brasilianer aus dem zweiten Stockwerk, er hatte vorbeigeschaut, weil er ein schlechtes Gewissen hatte. Es waren nicht viele, aber offensichtlich waren sie betroffen, denn Carlisi hatte recht, Inspektor Antonio Sarrina, der auf dem Foto der Parte milde lächelte, war zwar immer ein Arschloch gewesen, aber sie hatten ihn gemocht.

Auch Grazia konnte es gar nicht erwarten, den glühend heißen Friedhof zu verlassen und die schwarzen Kleider auszuziehen, aber sie wollte Sarrina nicht allein lassen. In der Kirche hatte sie während der ganzen Begräbnisfeier geheult.

Carlisi nahm die Krawatte ab und steckte sie in die Tasche. Er zog auch die Jacke aus, sein Hemd war fast durchsichtig vom Schweiß, klatschnass klebte es an der Haut.

– Ich bin ja jetzt draußen. Ich gehe fischen und warte darauf, dass sie mich nach Sardinien schicken, wie man früher sagte, sofern sie mich nicht gleich ins Gefängnis stecken. Du bist die einzige, die noch da ist. *'Ngàppalo, piccè* – schnapp ihn dir, Kleine, seine Wut kehrte zurück – *cudde strunz de' cazz* – schnapp dir den Dreckskerl.

Vor dem Friedhof wartete Matera auf sie im Auto. Carlisi verabschiedete sich mit einer Handbewegung von ihm, wiederholte, *'ngappalo, piccè,* küsste Grazia auf die Wange und ging, die Jacke über der Schulter.

Matera rauchte wieder. Er saß mit laufender Klimaanlage im Auto, stechender, eiskalter Rauch, der in der Lunge brannte, füllte den Fahrgastraum. Während er den Motor anließ, zündete er sich eine neue Toscano an.

– Wohin fahren wir?, fragte er, mit zusammengebissenen Zähnen und der Zigarre im Mund.

– Ich will nach Hause und die schwarzen Klamotten ausziehen, es wäre nett, wenn du mich heimfährst. Danach kannst du machen, was du willst.

– Sie haben dir Polizeischutz entzogen, weil die Anarchisten, diese Arschköpfe, angeblich nicht so gefährlich sind, aber wir wissen, dass du den Kampfhund am Hals hast. Ich lasse dich nicht aus den Augen.

– Ich bin beurlaubt, du musst arbeiten.

– Ich habe mich auch beurlauben lassen. Das stand mir zu, aufgrund meines Alters.

– Und was sollen wir tun, willst du zu mir ziehen? Matè, ich kann auf mich selbst aufpassen.

Er war so daran gewöhnt, die Zigarre aufzuessen, dass er sie ausgehen ließ. Mit dem Zigarettenanzünder unter dem Armaturenbrett zündete er sie wieder an, mit halb geschlossenen Augen, damit der Rauch nicht in den Augen brannte.

– Hat dir der Arzt nicht verboten zu rauchen?

– Man stirbt aus allen möglichen Gründen, schau dir den armen Sarrina an. Es ist egal, warum man stirbt. Grazia, der Kampfhund, dieser Dreckskerl, ist uns immer einen Schritt voraus … oder einen Schritt hinter uns, egal. Auch die Sache mit Sarrina … ich glaube nicht, dass er einfach so gestorben ist, aufgrund eines Zufalls. Er war zwar ein kleiner Trottel, das wussten wir alle und wir hatten ihn gern – bei den letzten Worten war seine Stimme etwas heiser geworden –, aber er war nicht blöd.

– Keine Anzeichen von Gewalt, keine Abwehrverletzungen, der Gerichtsmediziner hat gesagt …

– Ich weiß, ich weiß, Matera machte eine Geste, als wollte er den Rauch vertreiben, vergiss es, es ist unwichtig. Was willst du jetzt machen?

– Ich muss mit Pierluigi sprechen. Wir haben eine Spur, aber nur er kann ihr nachgehen.

– Ich glaube, er sitzt noch mehr in der Tinte als du.

– Ich hoffe nicht. Wir arbeiten gut zusammen, wir sind ein schönes Paar.

Matera warf ihr einen Blick zu. Grazia lächelte, hörte jedoch sofort damit auf, als sie bemerkte, dass er sie ansah.

– Ich meine, im Hinblick auf die Untersuchung. Matè, was ist, bist du eifersüchtig?

– Ich kenne dich doch von Geburt an. Ich meine natürlich auch in Hinblick auf die Untersuchung. Machen wir es so: Allein gehst du nicht auf die Straße. Wenn du mit Pierluigi zusammen bist, soll er auf dich aufpassen, ich will nicht das dritte Rad am Wagen sein. Wenn er nicht da ist, komme ich. Auch wir sind ein schönes Paar, oder nicht?

Ich habe keinen Rachen mehr und kann nicht mehr sprechen.

Ich habe keine Arme mehr, ich habe keine Beine mehr, ich kann mich nicht mehr bewegen.

Aber ich habe noch immer einen Mund und kann lachen.

Lautlos, stimmlos, atemlos, ich reiße den Mund zu einem stummen Lachen auf, nur Zähne, Lippen und Zunge.

Dein Hund macht mir keine Angst. Sein heißer Atem auf dem Gesicht, sein glühender Geifer tropft auf mich, ich lasse ihn jaulen, während er an der Kette zerrt und fast erstickt, weil er mich anfallen und zerfleischen will, ich lasse ihn kommen, damit er mir das Herz herausreißt.

Ich lache, denn ihr macht mir keine Angst mehr.

Ich lache.

Sie werden dich schnappen, du Dreckskerl, das weiß ich jetzt.

Das weiß ich jetzt.

Für gewöhnlich trägt Grazia beim Schlafen T-Shirt und Slip, auch im Winter unter der Daunendecke, aber wenn es sehr heiß ist, schläft sie nackt. Wenn jemand da wäre, würde sie sich genieren, am Anfang hatte sie sich sogar vor Simone geniert, obwohl er sie nicht mal sehen, nur spüren konnte, er streckte die Hand aus und bewegte sie entlang ihres Körpers, ohne sie zu berühren, er folgte einfach der Körperwärme. Als sie neben Pierluigi eingeschlafen war, hatte sie tatsächlich Shirt und Slip angehabt, im Halbschlaf hatte sie sich vom Leib gerissen, in der Wohnung in der Via Altaseta war es heiß wie in einem Backofen, und sie waren klatschnass. Sie schlüpfte wieder unter das Laken, rollte sich zusammen wie ein Embryo, im Licht des Morgengrauens waren die Rundung ihrer Hüfte und die angezogenen Knie unter dem weißen Stoff deutlich zu sehen.

Als Pierluigi das Laken hebt, vorsichtig, um sie nicht zu wecken, rollt sich Grazia auf den Bauch und streckt einen Arm unter das Kissen. Sie seufzt und hält sich dabei die Faust vor den Mund, mit dem Daumen berührt sie fast die Lippen, zwischen ihren Augenbrauen steht eine hartnäckige Falte.

Einen Augenblick lang spürt Pierluigi die Versuchung, die Hand auszustrecken und die hartnäckige Falte, die sogar dem Schlaf widersteht, glattzustreichen, tut es jedoch nicht.

Er sieht sie an.

Ausgestreckt auf dem weißen Laken, im Licht der Morgendämmerung, das ihre Haut dunkel aussehen lässt wie das einer Mestizin, wirkt sie wie ein Model, das für einen Fotografen posiert. Die weiche Linie der Schultern zeichnet zwei Grübchen auf den Schulterblättern. Der Bogen des Rückens, die runden Hinterbacken, die geraden Beine. Die aneinandergelegten Fersen. Die parallele Wölbung der Fußsohlen.

Er sieht sie an.

Er sitzt auf einem Stuhl neben dem Bett, bereits in Uniform, klammert sich mit der Hand an den Tisch, ihm ist plötzlich so schwindelig, dass er die Augen schließen muss. Er hält den Atem an, ganz im Banne eines Gefühls, das so stark ist, dass er sich fast wie ein anderer fühlt, dann erholt er sich, lächelt etwas verwirrt, wie jemand, der aus einer Ohnmacht aufwacht.

Es hat nur einen Augenblick lang gedauert.

Ein Augenblick absoluter Liebe.

Er hat einen Entschluss gefällt. Er hat die ganze Nacht darüber nachgedacht, während er sich am Rand des Bettes kleinmachte, um Grazia, die neben ihm schlief, so viel Platz wie möglich zu lassen, er hingegen hatte wachgelegen und die dunkle Linie der Deckenbalken am Plafond der Mansarde betrachtet. Der Augenblick der Ekstase beim Anblick von Grazias nacktem Körper hat ihn darin bestätigt.

Er geht zu Fuß zum Bahnhof, er hat ja genug Zeit, der erste Eurostar nach Rom fährt um sechs Uhr morgens. Ticketautomat, erste Klasse, Wagen 4, Sitzplatz 92, er bezahlt mit der Kreditkarte, *entnehmen Sie bitte das Ticket.*

Er würde am liebsten schlafen.

Willkommen an Bord des Eurostar Nr. 9581 nach Roma Termini, voraussichtliche Ankunft acht Uhr fünfundzwanzig ...

Er würde am liebsten schlafen.

Schalten Sie bitte Ihr Handy auf lautlos, um die anderen Reisenden nicht zu stören ...

Schlafen.

Uelcam tu de Eurostar namber ...

Ein metallisches Gedudel, immer lauter werdend, hartnäckig. Es kommt von weit weg und fängt immer wieder von vorne an.

Ja. Warten Sie, ich kann Sie nicht hören, ich bin im Zug, im Tunnel ...

Darf ich Ihnen etwas anbieten? Sind Sie in Bologna zugestiegen?
Er nimmt einen Kaffee, ohne Zucker, *ein wenig Milch bitte, danke.* Einen süßen Snack. Mürbekuchen. Eine Serviette und ein Feuchttüchlein.

Er versucht zu schlafen.

Shakira singt *Waka Waka,* der Song setzt direkt beim Refrain ein, die Musik auf dem Mp3 ist ein schlechter Download und Shakira krächzt, *this time for Africa.*

Hallo. Anwalt Gaddoni hier. Nein, ich bin im Zug, der Empfang ist schlecht, ich bin im Tunnel …

Er kommt rechtzeitig in Rom an. Er steigt in aller Eile aus, er hat kein Gepäck, nicht einmal eine Tasche, nur den Notizblock in der Jackentasche. Er eilt zum Taxistandplatz vor dem Eingang, niemand stellt sich an, er ist der erste.

Beim Einsteigen nennt er eine Adresse, als er sitzt, nennt er sie noch einmal, was nicht notwendig ist, denn der Taxifahrer hat schon begriffen.

Das Radio ist an. Eine Stimme per Telefonverbindung sagt, *nein, schauen Sie, ich möchte ja nicht polemisch sein, aber wenn jemand sagt, der Fußballclub Roma sei eine Glaubenssache …*
Er schließt die Augen.

An der Straßenecke, gleich hinter dem Eingang der Kaserne, ist eine Bar. Er schaut auf die Uhr, es ist kurz nach neun, vielleicht kommt er noch rechtzeitig.

Und tatsächlich steht Capitano Annichiarico an der Theke und trinkt gerade seinen Kaffee aus, mit einem raschen Schluck, denn er ist spät dran. Für gewöhnlich ist er pünktlich, jeden Morgen Koffeinnachschub um zehn vor neun in der Bar, spätestens um fünf nach neun ist er im Büro. Pierluigi hat sich darauf verlassen.

Er tippt ihm auf die Schulter, antwortet auf sein überraschtes Lächeln, drückt ihm die Hand und bestellt noch zwei Kaffee.

– Nur eine Minute, sagt er, ich möchte dir was erzählen.

Als er die Kaserne verlässt, ist es beinahe zwei. Annichiarico möchte ihn zum Bahnhof begleiten, doch Pierluigi besteht darauf, ein Taxi zu nehmen. Sie verabschieden sich mit einer Umarmung und einem Händedruck. Annichiarico sagt, *tut mir leid.* Pierluigi zuckt mit den Achseln. *Na ja, kann man nichts machen.*

Im Taxi die hektische Stimme Mariones, *ich würde nie einen Spieler einstellen, der Totti beleidigt hat …*

Im Zug, *im Namen von Trenitalia wünsche ich Ihnen einen angenehmen Aufenthalt an Bord. Uelcam tu de Eurostar namber …*

Das metallische Klingeln, *ja, gleich wird die Verbindung abbrechen, denn ich fahre durch einen Tunnel, ich sage es dir dann persönlich, mein Auto steht ja in der Tiefgarage am Bahnhof, ich komme gleich, aber ich bleibe dabei, Kinder oder nicht, wer nicht bezahlt, bekommt auch nichts, die Gemeinde hat kein Geld zu verschenken …*

In Rom zugestiegen? Darf ich Ihnen was anbieten?

Er schließt die Augen, und einen Augenblick lang schläft er sogar. Der Schaffner entwertet das Ticket und gibt es ihm zurück.

Pierluigi schaut aus dem Fenster, auf die dunkle Betonwand hinter dem Fenster, an der sie vorbeiflitzen.

Ich habe nicht verstanden … der Empfang ist schlecht … ich bin im Tunnel.

Grazia war spät aufgewacht, eingewickelt in das Laken, mit dem Pierluigi sie zugedeckt hatte, bevor er gegangen war, jetzt war es feucht und klebte an ihr wie ein Leichentuch. Sobald sie bemerkte, dass sie nackt war, legte sie den Arm auf ihre Brust, instinktiv, als ob Pierluigi da wäre, und als sie bemerkte, dass sie allein im Zimmer war, blieb sie mit angezogenen Knien liegen, bis sie endgültig wach war.

Am Handy war eine Nachricht von Pierluigi, *ich bin weg muss was erledigen rufe später an* und eine von Matera, *ruf mich an wenn du wach bist*. Sie ignorierte beide, den einen, weil er nicht da war, und den anderen, weil er ihr auf die Nerven ging, machte sich einen Kaffee auf der Herdplatte, mehr Platz gab es in ihrer Küche nicht, und trank ihn im Stehen, noch immer nackt, wie zum Protest, allerdings wusste sie nicht, wogegen.

Unter der Dusche, während sie darauf achtete, die Nähte nicht nasszumachen, dachte sie wieder an den Kampfhund. Sie machte nur Katzenwäsche, aber bevor sie aus der Wanne stieg, öffnete sie den Mund vor dem Duschkopf, füllte die Backen mit Wasser und sprühte es auf die Fliesen, das machte sie, seitdem sie ein Kind war.

Es war der 3. September, ein merkwürdiger, schwüler September. Atemlos kam Grazia im Präsidium an, mit in der Taille geknoteter Bluse, zuerst hatte sie die Bluse unter einer Arkade ausgezogen, mit dem Rücken zur Wand, damit man die Pistole an ihrer Hüfte nicht sah. Im Lift hatte sie sie dann wieder angezogen, um ihre nackten Schultern zu bedecken, und in Materas Büro zog sie sie wieder aus, die Klimaanlage war nämlich kaputt.

Sie blieb den ganzen Vormittag hier, benutzte Materas Telefon und seinen Computer, sein Büro war nämlich etwas weiter vom Schuss als ihres, das sich direkt neben dem des Chefs befand. Sie fragte Matera, wie sein Passwort hieße, aber er verriet es ihr nicht, sondern tippte es ein, während sie wegschaute, Grazia sagte, *was ist, hast du Angst, ich könnte herausfinden, dass du Pornos runterlädst?* Zuerst lächelten sie, dann wurden sie wieder ernst, denn beides – sowohl der Witz als auch die Idee, Pornos runterzuladen – hätte von Sarrina stammen können.

Sie versuchte irgendetwas über Rosario Francesco zu finden, Jahrgang '75, geboren in Faenza, Ex-Offizier der Carabinieri, fand aber nichts.

Er hatte keine Facebookseite, keinen Blog, war nicht auf Twitter oder sonst einem bekannten sozialen Netzwerk. Auf Google tauchten nur ein paar Informationen von Zeitungsseiten aus der Provinz Lecco auf, sie waren jedoch spärlich und ohne Fotos.

Er hatte keinen Wohnsitz in der Stadt und in keiner anderen Gemeinde der Provinz, auch nicht in Modena, Reggio Emilia, Piacenza, Ravenna oder Forlì.

Es gab auch kein Auto, das auf ihn zugelassen war. Er hatte keine Jahreskarte bei den Verkehrsbetrieben und auch nicht bei Trenitalia. Er hatte weder einen Strom- noch einen Gasanschluss, und im Telefonbuch gab es nur einen Francesco Rosario, aber der war er nicht. Er hatte keinen Handyvertrag, weder bei Tim, Vodafone noch 3.

Er war nie von der Straßenpolizei aufgehalten, nie angezeigt oder kontrolliert worden, nicht einmal von einer Streife, er war nie verurteilt worden und es gab auch keine laufenden Verfahren gegen ihn.

Fürs Erste und soweit sie feststellen konnte, gab es innerhalb des Aktionsradius des Kampfhundes keinen Francesco Rosario, Jahrgang '75, der in Faenza geboren worden und Ex-Carabiniere war.

Irgendwann hatte es ihn jedoch gegeben. Beim Einwohnermeldeamt in Faenza hatte Grazia die Geburtsurkunde von Rosario Francesco aufgetrieben, Sohn von Rosario Salvatore und Bulzamini Maria, geboren am 26. 10. 1975.

Dann vibrierte das Handy, eine Nachricht von Pierluigi, *bin bald da sehen wir uns um 19 Uhr?*

Grazia sah auf das Handy. Am liebsten hätte sie ihn angerufen, ließ es jedoch bleiben. Sie schrieb *ok* und dann machte sie noch ein wenig weiter, fand jedoch nichts.

Bevor sie sich von Matera nach Hause fahren ließ, überprüfte sie, wie viele Rosario es in ganz Italien gab.

Vierhundertsiebenunddreißig.

Was die Verbreitung des Namens anbelangte, lag er auf Platz siebentausendvierhundertdreiundneunzig.

Sie war wütend auf Pierluigi, weil er aufs Neue per SMS ein Treffen mit ihr ausgemacht hatte, anstatt sie anzurufen. Bevor sie wegging, nahm sie eine lange Dusche, ausnahmsweise zog sie keine Jeans und keine Bluse an, sondern ein leichtes Kleid, das ihre Schultern freiließ – so sah sie noch mädchenhafter aus –, und Sandalen. Anstelle des Indianerstirnbandes trug sie jetzt ein großes, aber unauffälliges Pflaster. Die Pistole steckte sie in einen Lederbeutel, den sie sich um die Taille band.

Sie hatten sich im Café *La linea* verabredet, direkt hinter der Piazza Maggiore. Grazia kam als erste, aber draußen gab es keine freien Tische, und sie wollte nicht hineingehen, aus der Galerie, die die Piazza Maggiore mit der Piazza Re Enzo verband, drang kühle Luft, sie kroch ihr unter das Kleid und zwischen die Zehen in den Sandalen, und sie wollte sie genießen.

Sie ging auf und ab, schaute in die Auslage einer Buchhandlung genau an der Ecke. Es war eine Kinderbuchhandlung, man hatte eine Auslage für sehr kleine Kinder gestaltet, die Bücher waren so ungewöhnlich und so bunt, dass Grazia einen Augenblick lang glaubte, vor einer Konditorei zu stehen. Als sie ihren Irrtum bemerkte, schloss sie die Augen und lehnte die Stirn ans Glas, so blieb sie lange stehen, mit zusammengekniffenem Mund, dann machte sie ihn wieder auf und betrachtete aufmerksam die Cover mit Fischen, Vögeln und bunten Wolken darauf, es tat ihr nämlich weh und das sollte auch so sein.

Ist gut, wiederholte sie, *ist gut, ist gut, ist gut.*

Sie war wütend auf Pierluigi, aber als sie ihn kommen sah, musste sie lächeln. Er hatte sie schon gesehen, sie saß an einem der Holztische in der Galerie, ernst und nachdenklich.

– Wie hübsch du bist, sagte er und setzte sich ihr gegenüber.

– Nur hübsch?

– In meiner Rangordnung ist hübsch viel mehr als schön. Ich glaube, ich sehe dich zum ersten Mal in einem Kleid.

– *Weiblich gekleidet,* wolltest du wohl sagen.

– Aber nein, ich bitte dich.

– Warum treffen wir uns ausgerechnet hier?

– Weil ich in der Kaserne wohne und du in einem Backofen. Und außerdem sind wir beide beurlaubt, oder nicht? Hier ist es doch sehr angenehm.

Stimmt, dachte Grazia.

Und sie dachte auch: *Wie fröhlich er ist.*

– Warum bist du einfach so verschwunden, Pierluí?

– Ich erzähle es dir gleich. Aber zuerst musst du mir etwas sagen. Ich nehme an, du hast ein paar Nachforschungen zu unserem Typen angestellt.

– Ja, aber ich habe so gut wie nichts gefunden. Wir bräuchten mehr Zeit und müssten offiziellere Nachforschungen anstellen.

Und vor allem, hatte Matera gesagt, als er sie nach Hause fuhr, *müssten wir mit den Carabinieri zusammenarbeiten, die Hälfte seines Lebens hat er ja hinter dem Eisernen Vorhang verbracht.*

– Es ist Zeit für einen Aperitif. Was trinkst du?

Sie hätte sich ärgern sollen, aber sie konnte nicht. Pierluigi war so fröhlich und entspannt. Auch er wirkte jung und bubenhaft, mit seinem üblichen pastellfarbenen Poloshirt, diesmal in Hellgrün. Also bestellte sie einen Prosecco und wartete, dass er zu erzählen begann.

– Ich bin nach Rom gefahren, um einen Freund zu treffen. Ich glaube, ich habe mehr oder weniger dieselben Nachforschungen angestellt wie du, mit denselben Ergebnissen. Es ist, als ob es diesen Typen nie gegeben hätte. Unmöglich herauszufinden, wo er wohnt, wie und wovon er lebt.

– Und worüber freust du dich dann so?

– Annichiarico, mein Freund, hat einen Freund im Personalbüro, er ist ausgerechnet für Offiziere zuständig. Er hat mir seine Akte gezeigt.

Auch Pierluigi hatte einen Lederbeutel. Er zog den Notizblock heraus.

– Unser Rosario hat einen Lebenslauf wie viele Offiziere, wie ich. Sohn eines Carabiniere, anstatt zum Militär geht er gleich zu den Carabinieri, zwei Jahre Akademie, dann schicken sie ihn zum Kommando in Lecco, dort passiert das bewusste Schlamassel und er hat einen Nervenzusammenbruch. Möchtest du noch einen Prosecco?

– Pier, bitte.

– Schon gut. Dann schicken sie ihn nach Rom, Büroarbeit, Personalabteilung, der Posten, den später Annichiarico bekommen hat. Er ist wohl noch ein wenig durch den Wind, denn er bleibt nur kurz, etwas mehr als ein Jahr, er wandert durch alle Abteilungen, von den Ausweisen ins Archiv, sogar ins historische Archiv. Bis er ein Unheil anrichtet … guter Gott, vielleicht war es gar nicht seine Schuld, aber letzten Endes haben sie es ihm angehängt. Ich nehme noch einen Prosecco.

Grazia schloss die Augen. Sie wartete, bis Pierluigi eine Geste in Richtung Lokalinneres machte, zwei Finger, die ein V bildeten, zum Zeichen der leeren Gläser. Normalerweise hätte sie ihn zurechtgewiesen, aber er war so fröhlich, wirklich wie auf Urlaub.

– Was für ein Unheil?, sagte sie nur.

– Einen Kurzschluss, angeblich hätte er einen Drucker ausschalten sollen. Es gab einen Brand, bei dem ein Teil des Archivs zerstört wurde, ganze Lebensläufe verschwanden und mussten neu zusammengesetzt werden wie ein Mosaik. Ich weiß das, meiner war nämlich auch dabei. Auch im elektronischen Archiv hat er ein Chaos verursacht, das heißt, unser Rosario hat nicht den Dienst quittiert, sondern ist davongejagt worden.

Grazia nickte und biss sich auf die Innenseite der Wange, die nach Weintrauben schmeckte.

– Auch das passt zu unserem Profil, wieder eine Ungerechtigkeit, wegen der er furchtbar wütend ist.

– Nenn es Ungerechtigkeit. Mir ist jedoch aufgefallen, dass er versetzt und zum Capitano befördert worden ist, wahrscheinlich hat ihm Annichiarico dabei geholfen.

– Und wo ist er jetzt?

Pierluigi zuckte mit den Achseln.

– Keine Ahnung.

– Was heißt, keine Ahnung?

– Er hat die Streitkräfte verlassen und auf Wiedersehen, er hat jeden Kontakt abgebrochen und nicht einmal das Abonnement des „Carabiniere" erneuert. Vielleicht gab es eine Adresse, aber der Virus, den er in den Computer des Personalbüros eingeschleppt hat, hat alles vernichtet.

Die Prosecchi wurden serviert. Grazia ließ den Finger über den Rand des Glases kreisen, ohne zu trinken.

– Pier, weißt du, was mich wundert? Du verschwindest und schickst mir nur eine Nachricht, okay, ist egal, bei deiner Rückkehr weißt du nicht viel mehr als ich, und trotzdem scheint dir die Sonne aus dem Arsch, wie der arme Sarrina gesagt hätte, wieso?

– Ich bin ja noch nicht fertig. Ich habe sogar eine Adresse und ein Foto.

Er zog das Handy heraus, spielte damit, ließ es auf dem Tisch kreisen wie ein Rad, stupste es immer wieder am Rand an. Er reichte es Grazia, sie riss es ihm so gut wie aus der Hand.

Auf dem Display war das Brustbild eines dünnen jungen Mannes mit kantigem Gesicht zu sehen, in Uniform. Sein Gesicht war zu Dreiviertel abgewandt, ein Adlerprofil, und trotz der Kappe sah man, dass er sehr kurze Haare hatte und dass sie wahrscheinlich schwarz waren, mehr war nicht zu sehen.

Grazia sah ihn lange an, versuchte seinen Blick zu erhaschen, aber es war nicht einfach, denn Rosario sah zur Seite. Sie wiederholte ganz leise seinen Namen, *Rosario, Rosario, Rosario*. Doch sie spürte nichts. Sie hatte immer eine Art sechsten Sinn gehabt, obwohl sie nicht wirklich daran glaubte. Als sie bei der Elitetruppe der Polizei in Palermo gewesen war, die auf flüchtige Mafiaverbrecher spezialisiert war, hatte sie die Fotos der Gesuchten an die Wand gepinnt und sie angeblickt, und irgendetwas hatte sie dabei immer gespürt, sie gewann einen Eindruck, bekam eine Ahnung, erfuhr etwas über den Charakter, das Leben oder die Geschichte der Person, und auf diese Weise wurde ihr allmählich klar, wie sie sie fassen konnte.

Aber bei Rosario war es anders. Sie spürte nichts. Anonym und kalt wie ein Ausweisfoto eben.

Einen Augenblick lang überkam sie der schreckliche Zweifel, dass er gar nicht der Kampfhund war, doch dann dachte sie: Aber nein, zu viele Indizien, zu viele Übereinstimmungen, und außerdem war der Kampfhund eine der Nebenpersonen, die Hauptperson war ein anonymer Typ, wie der hier.

– Das war das einzige Foto, das es gab, sagte Pierluigi, wir haben es in der Ausweisabteilung gefunden, aber auf der Akademie muss es noch welche geben. Annichiarico lässt sie mir morgen Nachmittag direkt von der Akademie schicken, per E-Mail.

– Sehr kooperativ, dein Freund. Ich dachte, ihr Carabinieri seid noch förmlicher als wir, aber nein.

Es war ihr nicht aufgefallen, dass sich Pierluigis Lächeln einen Augenblick lang verdüstert hatte. Grazia betrachtete das Foto, und als sie zu ihm sagte, *und die Adresse?*, war sein Ausdruck wieder so heiter wie davor.

– Es ist nicht wirklich seine Adresse, aber fast. Es ist die seiner Mutter. Natürlich haben wir einen kurzen Blick auf Maresciallo

Rosario Salvatore und seine Frau Bulzamini Maria geworfen, aber der Maresciallo ist 2006 an einem Krebs gestorben und die Signora hat unter dieser Adresse keinen Strom-, Gas- oder sonstigen Vertrag. Da haben wir nachgeschaut, ob die Signora die Rente ihres Mannes bezieht, und ja, sie bezieht sie. Die Sache mit der Adresse ist nicht ganz klar, aber sie holt die Pension immer am Postamt von Sasso Marconi ab. Morgen Vormittag fahren wir hin und lassen uns die Adresse der Signora geben.

– Ich verwette die Eier, die ich nicht habe, dass er noch bei seiner Mutter wohnt – den Blick starr auf Rosarios ausweichenden Blick geheftet, bis das Handy auf Stand-by-Modus ging und das Bild verschwand. – Ich sehe den Typen vor mir, wie er im Wohnzimmer seiner Mama sitzt und fernsieht …

– Nein, sie sind nicht angemeldet. Oder sie bezahlen keine Gebühr.

– Na gut, dann sehe ich ihn vor mir, wie er im Wohnzimmer sitzt und die Geranien anstarrt, okay? Frustriert, voller Groll, nutzlos, er lebt von der Pension seiner Mutter und denkt an die Dinge, die er hasst, dann schläft er ein und der Kampfhund schlüpft in seinen Körper.

Doch die Rechnung ging nicht auf. Wenn Rosario tatsächlich so weltfremd war, woher wusste er dann etwas über sie und Pierluigi und über die Ermittlungen? Gut, aus der Presse, aber woher wusste er von Canteros Geständnis? Hatte er der Camorra-Mutter einen Tipp gegeben?

Vielleicht ist seine Mutter tot und er wohnt mit ihrer Mumie zusammen, wie in Psycho, sagte Pierluigi, er hatte sich urplötzlich umgedreht und umgeblickt.

– Was ist los?

– Keine Ahnung. Ich hatte auf einmal so ein Gefühl, als würde mich jemand ansehen. Du kennst ja dieses Gefühl …

Ja, sie kannte es. Nach Jahren bei der Antimafia-Abteilung – vor allem in Palermo – kannte sie das bewusste Gefühl, die Gänsehaut im Nacken, die in schmerzhaftes Zucken am Hals überging. Doch da war nie jemand, auch jetzt war der Tisch hinter Pierluigi leer und an den anderen Tischen saßen Studenten, Intellektuelle, Bologneser, die gar nicht auf sie achteten.

Ein Mädchen brachte die dritte Runde Prosecco. Pierluigi bezahlte und hob das Glas, um mit Grazia anzustoßen.

– Wenn ich das auch noch trinke, bin ich betrunken. Ich habe einen leeren Magen.

– Dann gehen wir essen, wir sind im Urlaub. Ich lade dich ein.

– Nein, ich lade dich ein. Du warst tüchtig, Pierluí … – Plötzlich überkam sie ein Zweifel. – Aber bist du dir sicher, dass nicht offiziellere Ermittlungen notwendig gewesen wären? Ich meine, diese ganzen persönlichen Ermittlungen …

Diesmal sah sie, dass ein Schatten über sein lächelndes Gesicht huschte. Auch seine Augen verdunkelten sich. So schnell, dass es auch schon wieder vorbei war.

– Ich habe eine Abmachung mit Annichiarico getroffen, sagte Pierluigi. Ich habe ihm gesagt, ich sei in offizieller Mission unterwegs, im Auftrag von De Zan und dem Staatsanwalt.

– Aber das stimmt nicht.

– Sicher, und das weiß auch Annichiarico, ich habe es ihm gleich gesagt. Er tut so, als würde er mir glauben, er hilft mir dabei, Informationen zu sammeln, und er gibt uns sogar ein paar Tage Vorsprung, dann ruft er De Zan an und bittet ihn um eine Bestätigung. Natürlich wird er keine bekommen, aber dafür übernehme ich zur Gänze die Verantwortung. Los, gehen wir essen.

Pierluigi leerte das Glas und stand auf. Grazia blieb sitzen, und als er neben ihr stand, packte sie ihn am Arm.

– Bist du verrückt geworden?

– Hör zu, am meisten fürchte ich mich im Augenblick vor De Zans Anschiss. Ich weiß nicht, was sie sonst noch mit mir tun werden, und es ist mir auch egal. Ich liebe meine Arbeit, ich bin einer der Carabinieri, die glauben, die Tressen seien auf der Haut aufgenäht, wie General Dalla Chiesa einmal sagte, ich war immer so. Ich glaube nicht, dass sie mich davonjagen, aber im Falle des Falles … irgendetwas ist in diesen Tagen zu Ende gegangen. Ich weiß nicht was, aber ich spüre, dass es so richtig ist.

Er sagte es mit einem fröhlichen Lächeln. Er war entspannt, natürlich, tatsächlich wie im Urlaub. Doch Grazia ließ nicht locker, im Gegenteil. Hör zu, Pier, sagte sie, aber er streckte die Hand aus und streichelte ihr Gesicht, ließ seine Hand auf ihrer Wange liegen.

– Nein, du hast nichts damit zu tun, und ich stelle keine Ansprüche. Ich weiß nicht, wie es mit uns weitergehen wird, ich möchte, dass es gut geht, ich möchte bei dir bleiben, unter Umständen weiterhin die Uniform und wenn möglich auch meine Tressen tragen, aber egal. Der Grund für das alles liegt irgendwo anders, ich weiß nicht einmal wo, aber es ist okay.

Er zog sie in die Höhe und hängte sich bei ihr ein, und sie sahen wirklich aus wie zwei Touristen, beide mit dem Lederbeutel, in Polohemd, Sommerkleid und Sandalen. Am Ende der Straße blieben sie stehen und betrachteten die beiden Türme, die im Licht des Abendrots wie eine perfekte Postkartenansicht aussahen. *Es stimmt nicht, dass niemand mehr diese Stadt mag*, sagte Pierluigi, *ich liebe sie, und immer, wenn ich sie so sehe, bleibt mir das Herz stehen*, und Grazia spürte dabei seine warme Hand auf ihrer nackten Schulter, und sie drängte sich an ihn, legte ihm den Arm um die Hüfte, als wäre sie seine Verlobte.

Später, unter der Arkade in der Via de' Falegnami, als sie im Bistrot *Caminetto d'oro* an einem Tisch saßen, noch ein Glas Prosecco geleert hatten und jetzt wirklich ein wenig betrunken waren, sagte Grazia, dass es ihr auch so ginge, dass auch sie das Gefühl hatte, etwas sei zu Ende gegangen. Oder dass sie vielleicht auf andere Weise von vorne anfangen müsse.

– Ich kenne mich. Als ich in Palermo bei der Elitetruppe war, dachte ich den ganzen Tag an den flüchtigen Verbrecher, den ich schnappen sollte, ich studierte ihn, als wäre ich in ihn verliebt, allerdings wollte ich mich nicht mit ihm verloben, sondern ihn ins Gefängnis werfen, aber es war ein und dieselbe Obsession, so bin ich nun mal. Jetzt schnappen wir den Kampfhund, wenn nicht, kann ich an nichts anderes mehr denken, danach gebe ich Ruhe. Eine Zeitlang zumindest. Ich muss verstehen, ob etwas, das ich machen möchte, wirklich so wichtig ist, wie ich im Augenblick glaube.

Ich glaube schon, hatte sie noch hinzugefügt.

– Und kann ich dir dabei irgendwie helfen?

Grazia lächelte, und in dem Augenblick begriff sie, dass sie wirklich betrunken war.

– Wer weiß. Schauen wir mal.

In der Tiefgarage am Bahnhof lassen die Kunden ihr Auto auf einem freien Parkplatz stehen, mit unverschlossener Tür und dem Schlüssel im Zündschloss. Es kann nicht gestohlen werden, denn am Eingang steht ein Parkwächter in einer Weste mit grün leuchtenden Streifen, er notiert das Kennzeichen und schreibt zwei Empfangsbestätigungen, eine klemmt er unter den Scheibenwischer und die andere gibt er dem Autobesitzer.

Wenn die Parklücke aus irgendeinem Grund gebraucht wird, wenn das Auto schlecht geparkt ist und den Verkehr behindert, oder wenn alles voll ist und ein Auto in zweiter Spur parkt und auf eine freie Parklücke wartet, kommt ein zweiter Parkwächter in einer Weste mit grün leuchtenden Streifen und fährt damit weg, stellt es woandershin, meistens in der Nähe.

So auch an diesem Vormittag.

Das Hinterrad eines Suzuki Grand Vitara ragte über den weißen Strich, und zwar auf derselben Höhe wie eine Säule, die sich inmitten der zweispurigen Fahrbahn zwischen zwei Sektoren befand. Die meisten Autos hatten sich durchgequetscht, doch dann war ein Cherokee gekommen und nahezu steckengeblieben, und so kam ein Junge mit Brille, mit den Händen an den Aufschlägen der Jacke, zuerst langsam, und dann, weil der Herr im Cherokee zu hupen begonnen hatte, im Laufschritt.

Der Junge öffnete die Tür des Suzuki und saß schon zur Hälfte auf dem Sitz und dachte, *verdammt, wie sehr es in manchen Autos stinkt,* als er bemerkte, dass da etwas war. Da ließ er sich rücklings aus dem Auto fallen und begann auf dem Boden der Parkgarage liegend zu schreien, er strampelte mit Armen und Beinen wie eine auf dem Rücken liegende Schildkröte.

Der Herr im Cherokee war ebenfalls ausgestiegen, im ersten Augenblick dachte er, der Junge hätte einen elektrischen Schlag bekommen, und kam deshalb mit ausgestreckten Armen gelaufen, um das Auto ja nicht zu berühren, aber dann sah auch er, dass etwas auf dem Rücksitz lag, wich zurück, bis er mit dem Rücken an der Säule anstieß, und begann zu schreien.

Wer weiß, warum keiner der beiden das Blut bemerkt hatte, das wie roter Lack auf der Windschutzscheibe klebte. Als erstes hatten sie den Kopf gesehen, unten auf dem Autoteppich, der sie aus aufgerissenen Augen und mit herausgestreckter Zunge anblickte, als wolle er einen Maulfurz machen.

Ein anderer Parkwächter, der in dem Verschlag am Eingang saß, rief dann die Carabinieri; als er Schreie gehört hatte, war er angelaufen gekommen, und er hatte es geschafft, halbwegs die Fassung zu bewahren, zurückzulaufen und den Telefonhörer abzunehmen.

Er hatte nämlich den Kopf am Boden des Autos nicht gesehen. Er hatte nur die Leiche gesehen, die quer über den beiden Rücksitzen lag, und ein Loch mit ausgefransten Rändern auf der Brust hatte, das so groß und tief war, dass man die Knochen darunter sah.

Das Herz fehlte.

Als die Autos der Carabinieri mit heulendem Motor die Rampe in die Tiefgarage hinunterfuhren, waren Grazia und Pierluigi auf dem Autobahnkreuz in Richtung Florenz unterwegs, erste Ausfahrt Sasso Marconi.

Grazia spielte mit dem Handy, sie hatte die nackten Füße auf das Armaturenbrett gelegt und ihre Beine bis zu den Schenkeln entblößt, aber ohne Hintergedanken, denn sie dachte nur an Rosario und daran, was sie von seiner Mutter erfahren würden. Pierluigi nicht, er sah sie immer wieder an. Dann vibrierte Grazias Handy, ganz kurz, und blieb reglos in ihrem Schoß liegen. Der Akku war leer.

– Scheiße. Du hast natürlich kein Ladegerät für ein BlackBerry, oder?

Natürlich nicht.

– Möchtest du meines verwenden?

– Nein, vergiss es. Ist ohnehin besser, wenn sie uns nicht auf die Eier gehen.

Als sie ankamen, war das Postamt noch geschlossen, und Grazia klopfte mit der Polizeimarke an die Glastür. Sie trug noch immer das leichte Kleid vom Vorabend, aber Pierluigi war in Uniform, und das half, um die Bedenken des Direktors zu zerstreuen, er ließ sie hinein und beantwortete sogar ihre Fragen.

Nein, Signora Bulzamini hole die Pension nicht persönlich ab, sie hatte jemanden damit beauftragt.

Nein, nicht den da, keinen Carabiniere, nein, er hieß auch nicht Rosario, sondern ein Mädchen, sie hieß Sabrina, Sabrina Marra, sie hatte eine Vollmacht. Wenn Sie noch zehn Minuten bleiben, sehen Sie sie, sie kommt immer vor neun und holt die Post.

Sie warteten. Pierluigi schlug Grazia vor, einen Kaffee zu trinken, doch sie war zu nervös. Sie biss auf die Innenseite ihrer Wange und machte den Reißverschluss des Lederbeutels, in dem sich die Pistole befand, einen Zentimeter auf und wieder zu. Das war reiner Zufall, denn wenn sie eine Jacke angehabt hätte, hätte sie es mit dem Reißverschluss der Jacke gemacht, oder mit irgendetwas, das sie auf- und zumachen konnte.

Irgendwann holte Pierluigi das Handy aus der Tasche und sah nach, ob wer angerufen hatte.

De Zan. Er zeigte es Grazia.

– Sind sie dir schon auf die Schliche gekommen?

– Ich weiß nicht, ich glaube nicht. Auf jeden Fall hast du recht, es ist besser, wenn sie uns jetzt nicht auf die Eier gehen, und er steckte das Handy in die Seitentasche der Jacke, wo er das Vibrieren nicht so stark spürte, dann überlegte er es sich anders, holte es wieder heraus und schaltete es aus.

Sabrina kam um fünf vor neun. Ein rundliches Mädchen mit schwarzem Lockenkopf. Sie begrüßte den Direktor, der zeigte auf Pierluigi und Grazia, den Carabiniere und die Polizistin mit der Marke in der Hand.

Ja, sicher kannte sie Signora Bulzamini.

Ja, sie hob jeden Monat die Pension für sie ab, sie hatte eine Vollmacht, aber nicht nur für sie, sie hob für alle Insassen des Heimes, die sich kein Geld auf das Konto überweisen lassen wollten, die Pension ab, die Leute wollten Bargeld sehen, nun ja, man musste eben Geduld mit ihnen haben.

Was für ein Heim? Das Altersheim *Le Viole,* ein Heim für alte Menschen, die nicht pflegebedürftig waren. Für Menschen mit speziellen Bedürfnissen.

Welchen?

Alzheimer.

Als Colonello De Zan die zerfleischte Leiche in der Tiefgarage sah, den Kopf, der offenbar vom Hals abgebissen worden war, und das Loch anstelle des Herzens, machte er zwei Anrufe.

Zuerst rief er Pierluigi an, doch der antwortete nicht.

Dann rief er die Staatsanwältin Deianna an, nur ganz kurz, aber er sprach so laut, dass sich alle umdrehten, sogar die von der Spurensicherung, die gerade den Tatort sicherten.

Seine letzten Worte waren, *ich hatte es Ihnen ja gesagt, dass die Theorie nicht stimmt, verdammt!*

Verdammt!

Signora Maria Bulzamini, verwitwete Rosario war wohl noch keine sechzig Jahre alt, sah jedoch viel älter aus. Sie saß ganz hinten in ihrem Zimmer, neben dem Fenster. Sie saß an einem Tisch mit einem Strauß Plastikgladiolen darauf, und hin und wieder beugte sie sich vor, um ein Blütenblatt zwischen den Fingern zu reiben. Ansonsten starrte sie auf die Mauer des Hauses gegenüber, ein Mosaik grauer Ziegel, die alle gleich aussahen.

Sabrina klopfte an die Zimmertür, aus reiner Gewohnheit, denn die Signora sagte kein Wort, und sie wartete auch nicht, bevor sie hineinging. Sie begleitete Grazia und Pierluigi hinein und stellte sie der Signora vor, die schaute sie einen Augenblick lang an, dann starrte sie wieder auf die Mauer.

– Ist sie immer so?, fragte Grazia leise.

Der abwesende Blick in dem starren Gesicht mit den verkrampften Zügen, die aussahen, als wollten sie ein Geheimnis bewahren, machte ihr Angst. Ansonsten schien sie bei guter Gesundheit zu sein, sie war angezogen und frisiert.

– Mal so, mal so, sagte das Mädchen. Soll ich noch ein bisschen bleiben, um das Eis zu brechen?

– Ja, sagte Pierluigi.

Sabrina kniete sich hin, obwohl sie sich nur hätte etwas bücken müssen, um auf gleicher Höhe mit dem Gesicht der Signora zu sein.

– Maria, Sie haben Besuch!, sagte sie sehr laut, und auch das wäre nicht nötig gewesen. Signora Bulzamini sah Grazia an und einen Augenblick lang wurden ihre Züge weich.

– Bist du Gaias Tochter?

Sie hatte eine klare, hohe Stimme, mit einem starken Akzent aus der Romagna. Sie sprach die *È* ganz offen aus.

– Ich bin eine Freundin Ihres Sohnes Francesco.

– Franci?

– Ja, Franci. Können Sie mir sagen, wo ich ihn finde?

Signora Bulzamini sah Pierluigi an, sagte, *da ist er ja,* und während sie ihn ansah, wurden ihre Züge wieder verschlossen und der Blick wanderte zur Mauer.

– Ihr Sohn, Maria, sagte Sabrina noch lauter, Franci, Sie haben mir ja oft von ihm erzählt. Der Carabiniere.

Signora Bulzamini drehte sich wieder zu Pierluigi um, aber diesmal sagte sie nichts. Sie rieb wieder ein Plastikblütenblatt zwischen Zeigefinger und Daumen und flüsterte, *sind sie echt oder falsch,* und Sabrina stand auf.

– So ist sie nun mal, man muss Geduld haben. Sie ist erst vor kurzem aufgewacht, bald wirkt die Medizin. Sie halten sich aber im Hintergrund, wenn sie die Uniform sieht, wird sie Sie mit ihrem Sohn verwechseln.

– Kommt er sie besuchen?, fragte Pierluigi.

– Nein, er ist noch nie gekommen.

– Und diesen Herrn hier, haben Sie den jemals gesehen?

Sabrina betrachtete Rosarios Foto auf dem Display, Pierluigi hatte das Handy angemacht. Sie schüttelte den Kopf.

– Den kenne ich nicht. Vielleicht kennt ihn wer vom Personal, aber ich nicht. Ich lasse Sie jetzt allein, wenn Sie was brauchen, rufen Sie mich.

Pierluigi lehnte sich an die Wand, so dass ihn die Signora nicht sehen konnte. Grazia gab ihm einen Wink, er solle ihr das Handy geben, er reichte es ihr und lehnte sich wieder an die Wand. Grazia hoffte, die Signora würde in irgendeiner Weise reagieren, wenn sie ihr das Foto ihres Sohnes unter die Nase hielt, und tatsächlich betrachtete sie es, lange sogar, und dann lächelte sie sie an.

– Dein Verlobter, sagte sie, Gaia wird sich freuen, er ist ein hübscher junger Mann.

Grazia warf Pierluigi das Handy zu. Sie nahm einen Stuhl und setzte sich vor die Frau. Sie wartete, bis sie den Blick von der Mauer ab- und einer kalten Gladiolenblüte zuwandte, dann näherte sie sich ihr mit dem Gesicht.

– Maria, versuchte sie es noch einmal, erzählen Sie mir von Franci. Wo wohnt er jetzt? In welcher Stadt? In Bologna? Was macht Franci jetzt? Ist er Anwalt?

Schweigen.

So darf es nicht zu Ende gehen, dachte sie. Sie betrachtete die Augen der Signora Bulzamini, die gar nicht so leer waren, wie sie zuerst geglaubt hatte, sie bewahrten ein Geheimnis in einem tiefen grauen Teich, an einer unerreichbaren Stelle. Unmöglich. Sie fühlte sich so ohnmächtig, dass sie am liebsten geweint hätte.

Pierluigi bemerkte es nicht. Er löste sich von der Wand und machte Grazia ein Zeichen, sie solle warten, offenbar hatte er eine Idee und kam näher.

– Maria, sagte er, dann hielt er inne, machte einen Schritt zurück, als würde er von vorne beginnen, dann kam er wieder näher, bückte sich neben der Signora und legte ihr eine Hand auf den Arm.

– Mama, sagte er. Ich bins, Franci, – und er blickte Grazia an, sie nickte – ich bin gekommen, um dich zu besuchen.

Signora Bulzamini drehte sich um und blickte ihn an.

– Wer bist du?

– Franci, Mama, dein Sohn. Ich bin da.

Sie lächelte und legte ihm eine Hand auf die Wange. Dann tätschelte sie ihn sachte mit den Fingerspitzen, liebevoll.

– Ich weiß, wer du bist. Du bist Gaias Sohn.

Pierluigi seufzte und schloss die Augen. Er richtete sich auf, seine Knie knacksten.

– Tja, sagte er. Dafür bräuchte man Geduld. Geduld und Zeit.

– Die wir nicht haben.

– Die ich nicht habe. Er zeigte Grazia das Display des vibrierenden Handys. Schon wieder De Zan, er schaltete es aus. – Aber wir nehmen sie uns. Du bemühst dich um die Signora, ich befrage das Personal, ob sie unseren Rosario gesehen haben.

Grazia hatte keinerlei Erfahrung mit Alzheimer, sie wusste nicht einmal genau, was das war. Vielleicht sollte sie mit jemandem wiederkommen, der sich besser auskannte als sie, einem Arzt vielleicht, einem Spezialisten, denn die Spur war wichtig, man musste sie verfolgen. Ja, Pierluigi hatte wenig Zeit, aber sie schon, sie konnte wiederkommen.

Da sie nicht wusste, was sie tun sollte, begann sie zu sprechen. Leise, und mehr zu sich selbst, wie man mit Komapatienten spricht, und dabei betrachtete sie die Signora, die das Blütenblatt zwischen den Fingern rieb und flüsterte, *sind die echt oder falsch.*

– Ich glaube, ich hatte Angst, sagte Grazia. Es stimmt nicht, dass ich einfach so mit dieser Sache der künstlichen Befruchtung angefangen habe, dass ich es nur Simone zuliebe gemacht habe. Vielleicht kann ein Mann das so nebenbei machen, keine Ahnung, aber für eine Frau ist es anders, als Frau muss man einfach davon überzeugt sein. Okay, ich hatte jede Menge Arbeit, mir wurde klar, dass man es mit Hingabe machen muss, deshalb ist es schiefgegangen ... – Sie schluckte, sie konnte nicht zu Ende sprechen. Sie betrachtete Signora Bulzamini, die die Wand anstarrte. Sie begann wieder von vorne: – Ich weiß auch, warum wir uns für die künstliche Befruchtung entschieden haben, obwohl ich gesund und jung bin, aber er wollte nicht warten und ... Nein, das stimmt nicht – Blick starr auf die Wand, grenzenloses Grau, sowohl im Blick als auch an der Wand – das stimmt nicht. Wir wollten uns den ganzen Beziehungskram sparen, wir haben uns nicht mehr gern und deshalb ist es jetzt aus.

Blütenblatt zwischen den Fingern, *sind sie echt oder falsch.*

– Aber ich glaube, ich hatte wirklich Angst. Angst, mich zu verändern, Angst, erwachsen zu werden, Angst ... einfach Angst. Oder vielleicht sage ich das auch nur zur Rechtfertigung, keine Ahnung. Ich träume immer von Zwillingen ...

– Franci hatte einen Zwillingsbruder.

Sie stand so im Bann ihrer Erzählung, dass ihr gar nicht auffiel, dass die Signora sie seit einiger Zeit anblickte, richtig anblickte.

– Franci hatte einen Zwillingsbruder, aber der ist gestorben, als er noch ganz klein war … Er war … ich erinnere mich nicht mehr, mein Kopf spielt nicht mehr mit, er war klein. Er hieß Giulio. Du bist Francis Verlobte, ja?

Immer mit offenen *È*.

– Ja, sagte Grazia, und dann wiederholte sie das Ja, aus Angst, sie könnte zu leise gesprochen haben. Irgendetwas hatte sie abgelenkt, aber sie wagte nicht darüber nachzudenken, aus Angst, Signora Bulzamini könnte zu sprechen aufhören und wieder auf den Grund ihres bleifarbenen Meeres sinken.

– Du musst ihn gern haben, er war nämlich immer allein. Als wir in Kalabrien waren, wollte keiner mit ihm spielen. Hast du ihn gern?

– Ja, ganz leise, mit angehaltenem Atem.

– Sehr gut. Du musst bei ihm bleiben. Der arme Franci war ja immer allein, immer allein, er hat einen Freund erfunden, wie Kinder es eben so machen.

Mit angehaltenem Atem, mit angehaltenem Atem.

– Er nannte ihn Pierluigi.

Der Atem entwich stoßweise, sie gab ein Stöhnen von sich, eine Art Ächzen.

– Pierluigi?

– Da bin ich, sagte Pierluigi, von der Tür her. – Nichts zu machen, ich habe alle gefragt, aber niemand hat je diesen Rosario gesehen. Wie läuft's bei dir?

Sind die echt oder falsch, sagte Signora Bulzamini, verwitwete Rosario, und ihr Blick erlosch, während sie wieder in die Tiefe sank, immer weiter nach unten, die gespannten Züge erfassten etwas, das inzwischen weit entfernt war.

Gegen Mittag rief Capitano Annichiarico Colonello De Zan an, um ihn zu fragen, ob er Pierluigis Ermittlungen bewilligt hatte. Er hätte zwar noch warten sollen, aber sein Büroleiter war wegen der vielen Arbeit vom Vortag argwöhnisch geworden, und der Capitano fürchtete, er würde Probleme bekommen.

De Zan hörte ihm aufmerksam zu, ließ sich ein paar Absätze wiederholen, machte sich sogar ein paar Notizen auf dem Briefpapier mit dem Briefkopf der Carabinieri, das auf seinem Schreibtisch lag, schrieb ROSARIO FRANCESCO, in Großbuchstaben und unterstrichen, und dann sagte er, kein Problem, alles genehmigt, er schicke gleich die Bestätigung per E-Mail. Der Capitano solle allerdings einen kurzen Bericht auch an ihn schicken. Ja, und auch die Fotos von der Akademie, die sie Pierluigi geschickt hatten, und zwar so bald wie möglich.

Dann nahm er das Handy und rief wieder Pierluigi an, doch eine Stimme vom Band sagte, der Teilnehmer sei gerade nicht erreichbar.

Annichiarico begriff, dass irgendetwas nicht stimmte, er wollte keine Schwierigkeiten bekommen, deshalb machte er einfach, was man ihm sagte. Er schrieb rasch einen Bericht über die Ermittlungen und rief persönlich in der Akademie an, man möge die Fotos bitte so schnell wie möglich an colDeZan@carabinieri.it schicken.

De Zan erhielt die Fotos um zwei, gleich nach dem Mittagessen, er war gerade in der Bar der Kaserne. Das Handy gab einen dumpfen Klavierakkord von sich, De Zan nahm es, drückte auf das E-Mail-Icon, machte das E-Mail auf und erstickte fast an seinem Kaffee.

Verflucht!

Grazia hat wieder die Beine auf das Armaturenbrett gelegt, so, dass die nackten Schenkel zu sehen sind, und Pierluigi betrachtet sie aus den Augenwinkeln. Er könnte sie ganz offen betrachten, sie auch streicheln – er würde es gern tun –, aber sie ist so ernst und nachdenklich, dass es ihm peinlich ist, fast flößt sie ihm Angst ein.

Sie hat die Sandalen angelassen und der Sand von den Kieswegen im Altersheim rieselt auf die raue Plastikoberfläche, aber es fällt ihm gar nicht auf.

Er beäugt sie schweigend, den geblümten Stoff, der die braune Haut ihrer Schenkel umrahmt, die auf der Brust verschränkten Arme, ein Träger ist ihr fast auf halbe Höhe des Arms hinuntergerutscht, die Haarlocke über dem Pflaster, er beäugt die Falte zwischen den Augen und den Finger, der in die Wange bohrt, und fragt sich, was sie denkt.

Er möchte wissen, was sie denkt.

Warum sage ich es ihm nicht, dachte Grazia. Zufälle, lächerliche Zufälle. Eine Übereinstimmung bei den Namen, okay, die Namen stimmten überein, okay, aber was hatte das schon zu bedeuten, Rosario hatte einen imaginären Freund, der Pierluigi hieß, Pierluigi hatte einen, der Checco hieß, Francesco, Franci. Und beide hatten einen Zwillingsbruder, der gestorben ist, als sie noch klein waren.

Zufälle. Lächerliche Zufälle.

Aber warum sah sie ihn nicht an? Warum starrte sie auf ihre Knie wie auf eine Zielscheibe? Warum starrte sie auf die Straße, die vor ihr lag wie ein Band, das sich Kurve um Kurve aufrollte? Warum schaute sie nicht aus dem Fenster, warum genoss sie nicht die Aussicht, ein paar Kilometer außerhalb von Bologna begann ja schon der Apennin. Oder sie hätte sich zu Pierluigi hindrehen können, zu seinem runden Kindergesicht, zu diesem schüchternen Lächeln, das sie so gut kannte. So gut.

Zufälle.

Pierluigi kannte natürlich alle Details der Ermittlungen, er war ja daran beteiligt gewesen. Er wusste alles über sie, er wusste alles über sich, er wusste von Canterinis Geständnis.

Pierluigi kannte Enzino, weil er in seinem Fall ermittelt hatte, er kannte auch die Wohnungsvermieterin, weil er auch in ihrem Fall ermittelt hatte, er hatte auch im Fall des Industriegiftmülls in der Emilia-Romagna ermittelt, *er begehrt das, was er sieht, er hasst das, was er sieht,* hatte Picozzi gesagt.

Pierluigi war da, weil er nun mal da war, weil er da sein musste, und das konnte auf zweierlei Weise interpretiert werden.

Die erste war einfach. Ein Zufall.

Aber warum sah sie ihn dann nicht an?

Sie dachte, dass ihre Gedanken, die sich irgendwo in ihrem Hirn versteckten und sich nicht heraustrauten, nicht die konkrete Gestalt von Bildern und Worten annehmen konnten, weil sie es nicht wollte, und dass sie deshalb nur ein lästig schabendes Hintergrundgeräusch blieben und dass es einfach unmöglich war.

Unmöglich.

Sie streckte den Arm aus und machte die Stereoanlage an, denn sie wollte ihre Gedanken von Lärm übertönen lassen. Ein schneller, lauter Rhythmus, Tamburins, Gitarren, Stimmen, das wäre ja noch okay gewesen, aber die Worte, nein, die nicht, *attentu a chine ti sta vicinu mo',* pass auf, wer gerade neben dir ist, *raraggia,* Wut.

Das sind auch Kalabresen, Il parto delle nuvole pesanti, *keine Ahnung, wer mir die CD aufgenommen hat,* sagte Pierluigi, *vielleicht Riccelli, mein Kollege, der Liedermacher,* aber Grazia hörte ihm nicht zu. Sie schaltete das Radio ein, Verkehrsmeldung, zwischen Roncobilaccio und Barberino war die A1 gesperrt.

Sie biss sich wieder auf die Innenseite der Wange, aber diesmal auf der anderen Seite, mit dem Finger drückte sie den Kopf in Richtung Pierluigi. Sie zwang sich ihn anzusehen. Er bemerkte es, erwiderte den Blick und lächelte sie an.

Unmöglich, dachte Grazia.

Wenn sie sich getraut hätte, hätte sie Pierluigis Gesicht mit den Zügen des Kampfhundes überblendet, so wie sie sich ihn vorstellte. Sie hätte sein rosiges Gesicht mit dem aufgedunsenen, geröteten Gesicht von jemandem überblendet, der von Wut, von *raggia* übermannt wurde, mit dem Gesicht des Ungeheuers, das sie jagten; sie hätte sein aufgerissenes, geiferndes Maul über Pierluigis Lippen gelegt, die sich gerade ein wenig kräuselten, weil die Kurve so eng war, sich aber gleich darauf wieder zu einem heiteren Lächeln entspannten, das noch breiter wurde, als er sich zu ihr drehte und sie wieder anblickte.

Unmöglich.

Ein Zufall.

Jetzt sage ich es ihm, dachte sie und setzte an: – Pier, willst du etwas Merkwürdiges hören?, hielt aber sofort inne.

Nach der Verkehrsmeldung kamen die Radionachrichten. Gleich zu Beginn ein Bericht über einen Mord in Bologna, in der Tiefgarage am Bahnhof. Brutal, bestialisch, unsagbare Details.

– Scheiße, sagte Grazia. Sie begriffen augenblicklich. Der Kampfhund war wieder da.

– Gib mir das Handy, ich muss sofort anrufen, los!

Pierluigi gab Grazia das Telefon, sie sagte, *verdammt, wie geht das denn,* also nahm er es wieder an sich und drückte auf den Knopf, um es anzumachen. Mit dem Daumen gab er den Pin ein und gab es ihr zurück. Gerade noch rechtzeitig sah er den Namen De Zan auf dem Bildschirm.

– Deshalb hat er mich angerufen. Ich lasse dir den Vorrang, weil ich ein Kavalier bin, aber dann gibst du es mir sofort zurück.

Grazia versuchte sich an Materas Nummer zu erinnern, aber sie war so daran gewöhnt, einfach auf seinen Namen zu klicken, dass sie ihr nicht einfiel. Sie wollte schon 113 anrufen und sich mit ihm verbinden lassen, aber gleichzeitig versuchte sie die Radionachrichten zu hören, das Opfer war ein Gemeinderat, am Abend davor war er mit dem Zug von einer Sitzung aus Rom gekommen.

– Sieh mal an, sagte Pierluigi, mit dem bin ich auch gefahren.

Grazia hörte ihn nicht, eine Verwirrung hatte von all ihren Sinnen Besitz ergriffen, und sie hatte einen metallischen Geschmack im Mund, wie als Kind, wenn sie die Pole einer Batterie mit der Zunge berührte. Sie drückte irrtümlich auf das E-Mail-Icon, es pulsierte und kündigte ein ankommendes E-Mail an. Das E-Mail, das die Akademie auf Annichiaricos Bitte hin Pierluigi geschickt hatte.

Das Foto ging automatisch auf, Rosario Francesco, 127° Ausbildungskommando, Reserveoffizier.

Aber auf dem Display erschien nicht das Gesicht des dünnen Jungen mit der Adlernase, sondern ein anderes.

Das von Pierluigi.

Pierluigi dreht sich um, sieht Grazia an und sagt, *sieh mal an, so ein Zufall, mit dem Zug bin ich auch gefahren, vielleicht habe ich ihn sogar gesehen,* dann sieht er das Foto auf dem Display, Rosario Francesco, 127° Ausbildungskommando, und er sagt *oh.*

Einen Augenblick lang flattern seine Augenlider.

Er schließt die Augen, als würde er urplötzlich von Schlaf übermannt.

Als Grazia spürte, dass das Auto zu schlingern begann, packte sie instinktiv das Lenkrad und hielt es gerade. Pierluigi war beinahe auf sie draufgefallen, aber er rappelte sich hoch, mit weit aufgerissenen Augen.

– Entschuldige, sagte er zu ihr.

Mit einer anderen Stimme.

Grazia erstarrte zu Eis, sie verspürte eine absolute Angst. Den Blick starr nach vorne gerichtet, auf die Knie wie auf eine Zielscheibe, die Schultern hochgezogen, der Nacken so hart wie aus Marmor, die Zähne zusammengebissen. Kein Gedanke, nur blinde Angst.

Angst. Eine undurchdringliche Wand aus schwarzem Eis.

Dann der erste Riss in der Wand.

Sie dachte: *Die Pistole.*

Die Drecksau hat es bemerkt.

Die Pistole lag im Lederbeutel auf dem Rücksitz. Um an sie ranzukommen, hätte Grazia sich losschnallen, sich mit den Füßen am Armaturenbett abstützen und sich blitzschnell umdrehen müssen. Dann sich gegen die Tür fallen lassen, so weit nach hinten wie möglich, den Reißverschluss öffnen, die 92er rausholen und mit beiden Händen in Anschlag bringen.

Sie schaffte es nicht.

Bei der ersten Bewegung nahm er die Hand vom Lenkrad und schlug ihr mit den Knöcheln der Faust ins Gesicht, verkehrt, die Lippe platzte. Dann schlug er sie noch einmal, eine Gerade direkt auf die Schläfe, sodass die Wunde unter dem Pflaster wieder zu bluten begann.

Grazia schwankte, sie hielt sich am Sicherheitsgurt fest und versuchte wieder zu sich zu kommen. Als sie sich aufgerichtet hatte, war ein Auge voller Blut, Blut verklebte die Wimpern. Die Lippe brannte, sie war geschwollen und schmeckte süßlich.

Der Lederbeutel lag auf seinen Knien, er hatte nur den Arm ausstrecken müssen, um an ihn ranzukommen. Er zeigte auf das staubige Armaturenbrett.

– Mach das bitte sauber.

Pierluigi, flüsterte sie und drückte den Handrücken auf die Lippe, damit es nicht so wehtat. *Pier, Pigi, wach auf, komm heraus, komm zu dir, ich bin's, Grazia, Pier, bitte, bitte, das bist doch nicht du, das ist die Wut, das weißt du, das ist der Kampfhund, du bist gar nicht so,* und dann senkte sie den Kopf, weil er wieder die Faust gehoben hatte.

Die Hure hat nichts begriffen.

Ich sage zu ihr: Hure, hast du nicht begriffen?

Ich habe Pierluigi erfunden.

Als Colonello De Zan zu husten aufhörte, nahm er die Papierserviette und wischte sich den Kaffee vom Mund, dem Kinn und auch von den Tressen auf dem Kragen seiner Jacke, die die Form von Akanthusblättern hatten.

Sein Hirn arbeitete auf Hochtouren, und als er wieder das Foto auf dem Handydisplay anschaute – Pierluigi von vorne, bis zur Brust, viel jünger und noch bubenhafter –, sah er es beinahe nicht, denn er dachte bereits an etwas anderes.

Er rechnete nach.

Mitte 2007 hatte der Offizier Rosario Francesco den Dienst bei den Carabinieri quittiert.

Anfang 2008 war Capitano Pierluigi Lorenzo beim Kommando in Brescia eingetreten, dessen Leiter er – der Colonello – war.

Tadelloser Offizier, einwandfreie Personalakte, allerdings ein gewisses Durcheinander bei den Papieren, man hatte sie ergänzen müssen.

Der Colonello schloss die Seite mit den E-Mails und rief Annichiarico an. Dieser bestätigte ihm, dass man Pierluigis Personalakte bis Anfang 2008 rekonstruieren hatte müssen, und Annichiaricos Stimme war dabei so verlegen, dass der Colonello annahm, es habe sich dabei um eine Gefälligkeit gehandelt. Da man einen Carabinierioffizier nicht einfach so aus dem Hut zaubern konnte, fragte er den Capitano, ob es bis dahin einen Offizier mit Pierluigis Merkmalen bei den Carabinieri gegeben hatte, vielleicht unter einem ähnlichen Namen, einen, der vielleicht zu diesem Zeitpunkt gestorben war oder der den Dienst quittiert hatte. Kurz und gut einen, dessen Personalien er übernehmen hätte können. So was dauerte natürlich, Capitano Annichiarico würde so bald wie möglich zurückrufen, aber der Colonello war sich sicher.

Während er in sein Büro hinaufging, um einen Haftbefehl für Pierluigi zu erlassen, stellte er fest, dass er überhaupt nichts über ihn wusste, abgesehen davon, dass er ein tadelloser Offizier war und eine einwandfreie Personalakte hatte, und abgesehen davon, dass er im Laufe ihrer Zusammenarbeit Hochachtung und fast väterliche Zuneigung für ihn entwickelt hatte.

In seiner Akte waren Eltern, Verwandte, kurz und gut, eine Biografie, Schulen, Freunde. De Zan rief noch einmal Annichiarico an und bat ihn nachzusehen, ob es sie wirklich gab, ob es sie je gegeben hatte.

Der Colonello glaubte nämlich, es habe sie nicht gegeben.

Im Gegensatz zum Hirn Colonello De Zans arbeitete Grazias Hirn wie in Zeitlupe. *Entweder ziehst du die Sandalen aus oder du nimmst die Füße vom Armaturenbrett,* hatte der Mann am Steuer zu ihr gesagt, und sie hatte gehorcht, sie hatte die Beine auf den Boden gestellt und saß jetzt da wie eine brave Schülerin.

Die Straße war schwierig und kurvenreich, und er musste den Blick so gut wie möglich nach vorne richten, im Gegensatz zu Pierluigi, der das Lenkrad immer mit beiden Händen festhielt, lenkte er nur mit einer Hand, während die andere auf dem Lederbeutel lag, Grazia hätte ihn an sich reißen und die Pistole an sich nehmen können, aber ihr Hirn arbeitete langsam und mühevoll.

Er hatte ihr das Handy abgenommen und betrachtete das Foto auf dem Display, dann machte er es aus.

– Was für ein Idiot, flüsterte er.

– Pierluigi …

– Ja, genau Pierluigi. So ein Idiot, so eine Nervensäge, eigentlich hat er mich auffliegen lassen.

Grazia hatte eigentlich was anderes gemeint, sie hatte ihn gerufen, *Pierluigi,* aber er hatte sie falsch verstanden. Grazias Hirn wurde noch langsamer. Es war, als hätte sie die Hand auf die Schulter eines Bekannten gelegt, und als der sich umdrehte, war da plötzlich ein anderer, der dem Bekannten nur ähnlich sah, und die Verwirrung war so groß, dass man nur noch stottern konnte.

– Hättest du mich sonst geschnappt?, mit offenem *È* wie Signora Bulzamini. – Du hast einen gesucht, der vor den Geranien einschläft, während seine Alter Egos herumlaufen und Leute umbringen, dabei ist genau das Gegenteil der Fall.

– Pierluigi …

– Ja, der Idiot, er verstand noch immer nicht, seitdem wir miteinander gespielt haben, wollte er Carabiniere werden, und ich habe ihn überredet, es tatsächlich zu werden. Sehr bequem, er hat mich überall hingeführt, wo ich hin wollte, im Schutz seiner Tressen konnte ich tun, was ich wollte. Der Trottel war ahnungslos. Zu ahnungslos vielleicht. Es war ein Fehler, ihn machen zu lassen. Ich hätte mehr auf ihn aufpassen sollen.

Er beugte sich vor, um das Handschuhfach zu öffnen, und in dem Augenblick, in dem er vor ihr, fast unter ihr war, hätte sie was tun können, tat es aber nicht. In dem Mann steckte eine Energie, eine nervöse Anspannung, die ihr Angst machte. Fast als ob man allein bei einer Berührung einen elektrischen Schlag bekommen würde.

Er nahm ein offenes Päckchen Zigaretten heraus. Er steckte sich eine in den Mund und zündete sie mit dem Zigarettenanzünder des Audi an. Er öffnete den Aschenbecher, der voller Kippen war.

– Ein Vertreter von *Arbre magique,* sagte er grinsend, mit zusammengekniffenen Augen, damit ihn der Rauch nicht störte, und der Zigarette zwischen den Lippen.

– Pierluigi …

Diesmal begriff er.

– Es gibt keinen Pierluigi, es hat nie einen gegeben! Es gibt nur mich! Ich war immer dabei! Immer! Als der Trottel über mich gesprochen hat, als der Verräter ihn angerufen hat, als ihr meine Mutter befragt habt, ihr zwei Idioten, war ich auch dabei, immer! Du hast ein Muttermal unter dem Nabel, du widerliche Hure, da war ich auch dabei, immer!

Er knurrte ihr ins Gesicht, und mehr als seine Worte machte ihr seine heisere, wütende Raucherstimme Angst. Das war nicht Pierluigi, es war zwar sein Gesicht, beinahe, aber es waren nicht seine Augen und vor allem nicht seine Stimme.

Es war nicht Pierluigi, nicht mehr.

Da schnellte Grazia los, packte das Lenkrad und riss es herum. Das Auto brach nach links aus, streifte die Leitschiene und stürzte in den Graben, rutschte über das Gras, saß auf einem Stein auf und landete in einem Weingarten, parallel zu den Reihen der Rebstöcke, stieß gegen einen weiteren Stein und krachte gegen einen Stützpfosten, Blech auf Beton, die dicken Blätter des Weinstockes bedeckten die Windschutzscheibe.

Diesmal überlebte Grazia nur, weil sie angeschnallt war. Sie hing im Sicherheitsgurt, und der Schmerz in der Brust strahlte bis in den Rachen aus, während das Auto die Betonsäule fast zerschmetterte. Sie wurde in den Sitz zurückgeschleudert, keuchte.

Aber auch er war angeschnallt.

Grazia konnte sich gerade noch abschnallen, doch er lag schon auf ihr, presste sie gegen die Tür. Er legte ihr die Hände um den Hals, und der Schmerz war so heftig, dass sie husten musste. Sie zog die Knie an, eher unwillkürlich, um sich wie ein Embryo zusammenzurollen, und nicht absichtlich, es gelang ihr, ein Bein gegen seine Brust zu stemmen, aber nicht fest genug, um ihn wegzustoßen.

Pier, wollte sie sagen, *bitte nicht,* aber sie gab nur ein heiseres Ächzen von sich, das ihr die Zunge aus dem Mund presste, während sie sich an seine Handgelenke klammerte und umsonst versuchte, sie wegzudrücken.

Ich bring dich um, du dreckige Hure, du Drecksau, ich bring dich um, ich bring dich um, es ist nämlich deine Schuld, du hast es zwar nicht verdient, aber du hast alles ruiniert, du dumme Kuh, auch Pierluigi muss ich jetzt dem Kampfhund ausliefern, aber dich bringe ich um, du dumme Kuh, du Drecksau, ich bringe dich um und dann reiß ich dir den Kopf ab und fresse dein Herz.

Die Uniformjacke behinderte ihn und er konnte nicht fest zudrücken, ihr Knie lag auf seiner Brust und sie zerrte verzweifelt an seinen Handgelenken. Er streckte die Arme aus und mit dem Ellbogen berührte er die Stereoanlage, die CD wurde abgespielt, die Zahlen auf dem Display, die die Lautstärke angaben, schnellten unter dem Druck des schwarzen Uniformstoffes in die Höhe, während die Musik das Autoinnere überschwemmte.

Allarme, Allarme, le campane sona
li Turchi su' sbarcate alla Marina
allarme, allarme, le campane sona
attentu a chine ti sta vicinu mo'
ra-raggia.

Alarm, Alarm, die Glocke läutet
die Türken sind im Hafen gelandet
Alarm, Alarm, die Glocke läutet
pass auf, wer neben dir ist
die Wut.

Eigentlich hätte Grazia schon ohnmächtig sein müssen, aber sie hustete, sie hatte das Gefühl, als würden ihr die Augen aus den Höhlen treten, ihre Schläfen pochten schmerzhaft, aber sie war noch da, in Panik, aber imstande zu kämpfen.

Sie bemerkte, dass er ihre Brust anstarrte, und da ließ sie eines seiner Handgelenke los und presste ihren Arm quer unter sein Kinn, dann ließ sie das zweite Handgelenk los und drückte sein Gesicht mit der Hand nach oben, er hatte nämlich schon das Maul aufgerissen, sie sah, wie er die Zähne fletschte, mit dem Nacken presste er den Kopf nach unten, ein langes Knurren wie ein Heulen, der Geifer tropfte ihr warm auf den Stoff über dem Herzen, wo er sofort erkaltete.

Ra-raggia.

Seine Krawatte war aus der Jacke geschlüpft und baumelte vor ihrem Gesicht wie eine Hundeleine. Grazia packte sie und zog sie nach oben, mit einem heftigen Ruck verrenkte sie ihm den Hals und riss sein Gesicht nach oben. Sie packte die Krawatte auch mit der zweiten Hand und zog sie hoch, als wolle sie ihn hängen, er gab ein kurzes, heiseres Ächzen von sich wie ein Rülpsen. So hielt sie ihn, während sein Gewicht schwer nach unten drückte und er sich würgte wie ein Hund an der Kette, und um ihn besser halten zu können, streckte sie das Bein aus und schlang beide Beine um seine Hüften, als würde sie ihn von vorne reiten.

Er spannte den Rücken an und hob sie hoch, zog sie aus dem Sitz hoch, doch sie ließ nicht locker, drückte die Knie zusammen und hielt sich an ihm fest, wickelte den schwarzen Stoffstreifen um ihre Hand, bis sie beim Knoten angelangt war.

Auch er würgte sie, Gesicht an Gesicht, so nah, dass Grazia fürchtete, er könne sie beißen, doch sie hatte ihn besser im Griff, die Hand am Knoten wie an einer Schlinge, und tatsächlich riss er das Maul noch weiter auf, um zu keuchen, nicht um zuzubeißen, und er ließ ihren Hals aus, um die Finger unter die Schlinge zu stecken, die ihn zu erwürgen drohte.

Hör auf, Pier. Hör auf, dachte Grazia, doch sie wusste, dass sie das nicht denken durfte, sie musste denken, dass das nicht Pierluigi war, er hatte zwar rote kurze Haare, aber er ist es nicht, dieses Wesen mit weit aufgerissenem Maul und riesigen Augen, das sie anknurrte, war der Kampfhund, wenn sie ihn ausließ, würde er sie töten, würde er ihr die Gurgel aufbeißen und ihr das Herz herausreißen.

Also schloss sie die Augen und zog noch fester zu, aufgrund der Anstrengung wurde der Spalt in ihrer Lippe immer größer, die Wunde auf ihrer Stirn hämmerte, der Stoff schnitt ihr in die Finger wie ein Kabel, selbst als sie glaubte, ihn flüstern zu hören, *Grazia, nicht,* denn um näher an ihm dran zu sein und fester zuziehen zu können, hatte sie den Kopf auf seine Schulter gelegt und seine Lippen waren an ihrem Ohr, aber vielleicht war es auch nur Einbildung oder auch nur ein Röcheln, auf jeden Fall war es zu spät, auch sie knurrte vor Wut, *raggia,* und sie dachte nur, *ich erwürge dich, du Dreckschwein, ich erwürge dich.*

Sie hörte erst auf, als er sich nicht mehr rührte. Keine Ahnung, wie lange er sich schon nicht mehr rührte, sie sagte nur, *oh Gott* und stieß ihn mit den Füßen aus der offenen Tür, einer war nackt und der andere steckte in einer Sandale, aber nur, damit er atmen konnte, sachte ließ sie ihn auf das Gras des Weingartens gleiten, hielt ihn an der Jacke fest und versuchte den Knoten zu lösen, und dabei flüstert sie, *Pierluigi, Pier, ich bitte dich,* und sie hämmerte mit beiden Fäusten auf seine Brust, mit dem Mund auf dem seinen, um ihn zu beatmen.

Pierluigi, Pier, ich bitte dich!

Ein schwarzer kalter Regen, ein Herbstregen, war heftig auf die Stadt niedergegangen, und alle sagten, der Sommer sei nun vorbei, aber es hatte sofort wieder aufgehört zu regnen und die Schwüle war zurückgekehrt, bald würde es wieder heiß sein wie in einem Backofen, als hätte sich der Regen nur über sie lustig gemacht.

Als Grazia ins Krankenhaus kam, waren ihre Haare klatschnass. Sie trug ein Kapuzenshirt, aber sie hatte vergessen, die Kapuze rechtzeitig aufzusetzen, deshalb strich sie die Haare mit den Händen zurück und band sie zu einem Pferdeschwanz zusammen. Mit dem Spalt auf der Lippe, dem Kratzer auf der Stirn und den blauen Flecken am Hals erweckte sie den Eindruck, als ob sie ärztliche Hilfe benötigte, und die Krankenschwester am Empfang wunderte sich, als sie hörte, wie sie sich nach einer Zimmernummer erkundigte. Natürlich irrte sie sich auch beim Namen des Patienten, *Pierluigi,* doch sie korrigierte sich sofort. *Rosario.*

Zwei Carabinieri standen vor dem Zimmer. Einer war ein Wachposten, sie kannte ihn, sie hatte ihn nämlich schon gesehen, als sie Pierluigi – ja, *Pierluigi* – auf der Intensivstation besuchte. Und sie kannte auch den anderen, De Zans Chauffeur. In der letzten Woche hatte sie den Colonello des Öfteren getroffen. Wie übrigens auch Frau Doktor Deianna – bevor der neue Staatsanwalt kam und ihre Aufgabe übernahm –, den neuen Leiter der Kriminalabteilung, der Carlisi ablösen sollte, und auch Professor Picozzi. Alle, und zwar mehrmals am Tag. Den Kommissar von der Abteilung für Internetkriminalität, der den Blog gelöscht hatte, hatte sie nicht gesehen, aber Matera hatte ihr gesagt, als sie endlich daran gedacht hatten, ihn zu schließen, gab es bereits hundertfünfundzwanzig Kommentare zum letzten Posting, und alle ergriffen Partei für den Kampfhund.

Inzwischen hatte sie sich an den Gedanken gewöhnt und Pierluigi machte ihr nicht mehr soviel Angst wie zuvor. Als sie ihn durch die Glasscheibe in der Tür der Intensivstation gesehen hatte, ganz bleich, mit Halskrause und einer Sauerstoffmaske auf dem Gesicht, war sie in Tränen ausgebrochen und hatte sich an Materas Arm geklammert, er sagte zu ihr, *es ist nicht deine Schuld, es ist nicht deine Schuld, du hast ihm sogar das Leben gerettet, ich an deiner Stelle hätte ihn umgebracht, dafür, was er Sarrina angetan hat.*

Mittlerweile war er außer Gefahr. Sie hatten ihn aus dem künstlichen Tiefschlaf geholt, er hatte gut auf die Behandlung angesprochen, so wie es aussah, hatte sein Gehirn keine dauerhaften Schäden erlitten, und deshalb hatten sie ihn aufs Krankenzimmer verlegt.

Jetzt schlief er allerdings. Grazia hatte die Stationsschwester gerufen, um sicherzugehen, De Zan hatte dasselbe gemacht. Sie wollten ihn nicht im Wachzustand sehen.

Der Colonello zog die Lederhandschuhe aus, um Grazia die Hand zu drücken. – Die Schwester hat mir gesagt, dass Sie kommen, sagte er, ich habe auf Sie gewartet, um mich von Ihnen zu verabschieden. Morgen fahre ich nach Nuoro.

– Sardinien ist nicht übel.

– Nein, Sardinien ist sogar wunderschön, sowohl zum Urlaubmachen als auch zum Arbeiten. Aber wenn man irgendwohin versetzt wird, weil man einen Serienmörder mit multipler Persönlichkeit als Stellvertreter hatte, kann man nicht erwarten, dass sie es einem leicht machen. Und sie haben sogar recht, verdammt … Entschuldigen Sie. – Er zwang sich, leiser zu sprechen – Wie konnte ich mich nur so täuschen? Ich wusste, dass die Theorie von den Anarchisten nicht standhielt, aber ich wollte mich nicht gegen die Staatsanwältin stellen. Ich habe natürlich weiter ermittelt, aber langsam … zu langsam. Ihr hattet Recht, ihr beide, Sie und Pierluí … verdammt.

Pierluigi, dachte Grazia, *ist gut, Pierluigi.*

– Wie konnte ich mich nur so täuschen, wiederholte der Colonello, aber er meinte etwas anderes, er meinte Pierluigi und nicht die Ermittlungen, und Grazia erriet es, er hatte nämlich geflüstert. Am liebsten hätte sie De Zans Hand genommen – nicht ihn umarmt, allein daran zu denken, war zuviel –, denn sie hatte sich in den Mann, nein, den Jungen, der jetzt bleich und unbeweglich im Bett lag, verliebt, und auch sie hatte sich *getäuscht,* aber sie mochte das Wort nicht, bei dem Wort musste sie weinen. Pierluigi war eine Täuschung. Pierluigi war eine Erfindung. Es gab keinen Pierluigi.

– Dabei war er tüchtig, flüsterte der Colonello, und jetzt war es zu spät, um seine Hand zu nehmen, denn er zog sich schon wieder den Handschuh an. – Er hat sich gewissermaßen selbst überführt. Leider war auch der andere tüchtig.

Er zeigte auf Pierluigi, aber Grazia sah ihn nicht an. Er trug jetzt eine leichtere Sauerstoffmaske, die einen Großteil seines Gesichts frei ließ, aber es war nicht mehr sein Gesicht, und sie schaffte es nicht, es anzusehen.

– Er hätte nicht mehr lange durchgehalten, es ist ja nicht einfach, einen Carabinierioffizier zu erfinden, so etwas kommt nicht so oft vor. Falls es Sie interessieren sollte, auch Capitano Annichiarico wird irgendwohin versetzt werden, wo es nicht sehr lustig ist.

Es interessierte sie nicht. Der Colonello sah wieder Pierluigi an und flüsterte, *vielleicht wäre es besser gewesen, wenn Sie ihn nicht zurückgeholt hätten,* in einem Ton, der bedeutete, für ihn, Pierluigi, wäre es besser gewesen. Er würde ein paar Tage im Krankenzimmer bleiben, und dann würde das Verfahren beginnen, in dessen Verlauf man ihn zur Therapie in eine Sonderanstalt für Gewaltverbrecher bringen würde.

Wenn es funktioniert, hatte Professor Picozzi bei einer der Sitzungen mit dem neuen Staatsanwalt gesagt, würden zwei Dinge passieren. Bei erfolgreicher Therapie würden die multiplen Persönlichkeiten in die Hauptperson *integriert* werden – genau diesen

Begriff hatte er verwendet. Für gewöhnlich weiß die Hauptperson nichts über das, was die anderen tun, sie weiß nicht einmal, dass es sie gibt, und deshalb ist sie unschuldig. Aber in diesem außergewöhnlichen Fall einer dissoziativen Persönlichkeitsstörung hatte ja ausgerechnet die Hauptperson die Verbrechen begangen.

Rosario wusste ja sehr gut, dass es den Spitzel, den Kampfhund und Pierluigi gab, Pierluigi war der einzige, der nichts von den anderen wusste. Und sobald er genesen war, würde deshalb der Ex-Carabinierioffizier Rosario Francesco als Serienmörder angeklagt werden, und wenn sein Anwalt nicht so schlau war, auf geisteskrank zu plädieren, würde man ihn zu ein paarmal lebenslang verurteilen.

Das zweite sagte er nicht, diesmal war es kein Witz. Grazia hatte sofort begriffen, was er sagen wollte, und deshalb hörte sie ihm gar nicht zu, als er über Identitätsstörungen und lebenslange Haftstrafen weiterredete.

Wenn die Therapie funktionierte und die Alter Egos in die Hauptperson integriert würden, würde Pierluigi auf immer und ewig verschwinden.

Denn Rosario war der richtige.

Sie hatte zwar Pierluigi kennengelernt und sich in ihn verliebt, aber es hatte ihn nie gegeben, zumindest nicht in Grazias realer und greifbarer Welt.

Der Colonello war schon gegangen. Grazia stand allein im Zimmer, sie hörte dem zischenden Geräusch zu, das Pierluigis Beatmungsgerät erzeugte, sie sah ihn nicht an. Sie wollte sich von ihm verabschieden, denn sie würde ihn nicht wiedersehen. Wenn er aufwachte, würde er der andere sein, Rosario der Kampfhund.

Das wusste sie und deshalb konnte sie ihn nicht ansehen. Sie hätte ihm gerne zum Abschied einen Kuss auf die Wange gegeben, aber das Gesicht war nicht Pierluigis Gesicht. Deshalb sagte sie *ciao,* ganz leise, warf ihm ein Kusshändchen zu, den Blick zu Boden geschlagen, und ging.

Simone wartete im alten Cinquecento seiner Mutter auf sie. Er hatte einen Arm aus dem offenen Fenster gestreckt und spürte sie kommen, noch bevor sie die Tür öffnete und sich ans Steuer setzte.

– Wir sind schon zu spät dran, sagte er.

– Nur mit der Ruhe, Simò. Ich musste unbedingt noch etwas erledigen. Wir fahren gleich.

Sie ließ den Motor an, und kaum hatten sie den Parkplatz des Krankenhauses verlassen, holte sie das Handy aus der Jeanstasche. In der letzten Woche hatte sie auch Simone mehrmals getroffen. Sie waren nicht wieder zusammen, nicht wie zuvor, aber sie wollten dasselbe, oder zumindest glaubten sie das. Und obwohl Grazia – im Gegensatz zu Simone – sich nicht sicher war, ob das die richtige Art und Weise war, es zu verwirklichen, glaubte sie, dass es ein guter Anfang gewesen war. Sie war zu Simone nach Hause gegangen und hatte an den Fingern abgezählt: Daumen *drei Monate Schwangerschaftsurlaub*, Zeigefinger *plus Mutterschaftsurlaub*, Mittelfinger, *keine Ahnung, was danach ist,* und Simone hatte genickt, eine Hand gehoben, ihre gesucht und abergläubisch Zeige- und Mittelfinger ihrer Hand überkreuzt, *man kann nie wissen, nur zur Vorsorge.*

Sie suchte die Nummer der Klinik im Adressbuch und verlangte die Ärztin. Während sie wartete, war sie aufgeregt und nervös, und deshalb fragte sie Simone, *angenommen, wir schaffen es, und angenommen, es werden Zwillinge, eineiige Zwillinge, Simò, die einander gleichen wie ein Ei dem anderen, woher soll man dann wissen, wer getrunken hat und wer nicht,? Kannst du mir das sagen, Simò?* Dann meldete sich die Gynäkologin.

– Frau Doktor, sagte Grazia, ich bins, Negro. Ich weiß, ich bin zu spät dran … aber ich komme.

Neben der Schrift *facebook* das Icon mit den beiden Silhouetten, weiß auf blauem Hintergrund: Freundschaftsanfragen (123), eine Gestalt am Computer: Nachrichten (25), und ein Atlas: Benachrichtigungen (14).

Als Titelbild zwei raufende Hunde, mit aufgerissenem Maul und zurückgelegten Ohren, einer weiß und der andere braun, etwas unscharf, weil die Auflösung für die Größe nicht ausreichte.

Als Profilbild ein kleiner Hund mit gut geblecktem Gebiss, infolge des Weitwinkels etwas verzerrt, eine große Knopfnase und Schneidezähne wie Säbel, grotesk. Daneben in Lucida Grande, Größe 20, schwarz: *Der Kampfhund.*

Keine Angaben in der Rubrik Info (wo hast du gearbeitet, wo bist du zur Schule gegangen, wo wohnst du, füge deine Geburtsstadt hinzu). Im Viereck darunter: Freunde (657), Fotos (2)

Darunter das erste Posting, *vor drei Stunden: hier findet ihr ein noch aktives Link zum Blog des Serienmörders Der Kampfhund.*

Neben dem Händchen mit dem erhobenem Daumen: *Benzin, Inkazzato, Rabbiamille und 345 anderen gefällt das.*

Erster Kommentar: Inkazzato.

Gebt Acht, ihr verdammten Arschlöcher, wir holen euch der Reihe nach und reißen euch das Herz raus!

In aller Kürze

In aller Kürze zwei Empfehlungen, ein paar Entschuldigungen, viele Danksagungen und eine Drohung.

Die erste Empfehlung besteht darin, diese kurze Nachbemerkung nicht eher zu lesen, bevor Sie das Buch nicht zu Ende gelesen haben (außer Sie haben beschlossen, es nicht zu Ende zu lesen, was ich jedoch nicht hoffe). In meiner Erzählung gibt es ein paar überraschende Wendungen, die vielleicht banal sind und von vielen Lesern wahrscheinlich gleich verstanden werden. Ich möchte sie jedoch nicht verraten, jenen Lesern zuliebe, die sich wie ich von einem Roman mitreißen lassen, ohne innezuhalten und ohne allzu viel nachzudenken.

Die zweite Empfehlung werde ich später aussprechen, gemeinsam mit der Drohung. Zuerst aber zu den Entschuldigungen.

Ich bin Romanschriftsteller und in erster Linie ein Autor von Krimis, Thrillern, Detektivgeschichten, oder wie auch immer man sie nennen mag. Wir Schriftsteller erfinden, mit der einzigen Verpflichtung, so wahrscheinlich oder so wahrhaftig wie möglich zu sein. Ich weiß, es ist nicht so einfach, einen Häftling in Dozza, dem Bologneser Gefängnis, umzubringen, die Gefängniswärter, die in allen Gefängnissen der Welt eine wenig anerkannte Arbeit verrichten, über die kaum jemals etwas gesagt wird, mögen mir verzeihen. Und ich weiß auch, dass die Carabinieri nicht so durchlässig sind und nicht tun können, was sie bei mir tun müssen (ich ergehe mich in vagen Andeutungen, weil ich nach wie vor fürchte, jemand könnte meinen ersten Rat nicht ernst genommen haben). Aber ich bin ein Romanschriftsteller, ich erzähle Geschichten, und obwohl ich mich in den meisten Fällen sehr eng an die Wirklichkeit halte oder mich von ihr sogar in die Knie zwingen lasse, muss ich mir doch die eine oder andere Freiheit herausnehmen.

Wie bei jedem Buch wären viele Danksagungen angebracht. Der Legende zufolge ist das Schreiben ein einsames Geschäft, aber letzten Endes ist ein Buch wie ein Sternennebel und nährt sich mehr oder weniger bewusst von vielen Anregungen.

So möchte ich mich zum Beispiel bei Gianfranco Riccelli bedanken, einem Freund, Liedermacher und Colonello der Carabinieri, der mir die Volksmusik mit ihrer Fülle an Poesie, mit ihrem Protest- und Wutpotential nahegebracht hat, wie es auch in der Musik meines Freundes, des genialen Mimmo Martino zum Ausdruck kommt, um nur einen der vielen zu erwähnen, die in meinem Buch vorkommen.

Vor allem aber muss ich ihm danken, dass er mir Andrea Buffa und seinen Song *Il sogno di volare* vorgestellt hat; ich habe ihn einmal fast zufällig gehört, als er gemeinsam mit Sonia Cenceschi bei einem Benefizkonzert aufgetreten ist. Ich glaube, in genau diesem Augenblick ist mein Roman entstanden.

Ich muss mich bei Professor Alberto Merini aus Bologna bedanken, der mir ein wenig von den Störungen erzählt hat, unter denen mein Serienmörder leidet (ach, ich schaffe es einfach nicht, ein Detail meines Roman zu enthüllen) und dem ich lange sein DSM III, das diagnostisch-statistische Handbuch psychischer Störungen, weggenommen habe (aber es war eine alte Ausgabe, ich schwöre, ich gebe sie ihm zurück).

In gleicher Weise muss ich mich bei Massimo Picozzi bedanken, bei dem ich mir nicht nur Kompetenzen, sondern auch das Aussehen ausgeliehen habe und den ich direkt in die Geschichte eingebaut habe. Ich muss mich bei Rajinder Singh bedanken, der mir einen Satz auf Urdu zur Verfügung gestellt hat, den ich einer meinen Personen in den Mund gelegt habe, ich muss der echten Grazia Negro danken (die keine Polizistin, sondern Sängerin und Trompetenspielerin ist), der ich wie immer den Personalausweis geklaut habe, ich muss mich bei Beatrice, meiner Assistentin bedanken, bei Mauro, meinem Mitarbeiter, bei Roberto, meinem Agenten, bei Severino, Paolo, Valentina, Ernesto, dem Verlag Einaudi, und ich müsste mich auch noch bei vielen anderen Leuten bedanken, die genauso wichtig sind, die ich jedoch aus Platzgründen und weil ich ein schlechtes Gedächtnis habe, auslasse.

Außerdem sind da noch die vielen Schriftsteller, Musiker und Autoren, auf die man sich beim Schreiben indirekt bezieht, bei denen man sich unbewusst Assoziationen oder Anregungen holt, die dann zu Zitaten werden und den Sternennebel nähren, von dem ich zuerst gesprochen habe. Bei den Tiraden des Kampfhunds zum Beispiel habe ich auf Catull und Pompeo Bettini zurückgegriffen und auch auf das Theater der Grausamkeit; Gefühle, Klänge und Wörter bringen weitere Wörter, Gefühle und Klänge (meine) hervor, und ich hoffe, sie nehmen alle dasselbe Ende.

Und jetzt zur letzten Empfehlung und der Drohung.

Ich war nie der Meinung, Bücher oder klassische Detektivgeschichten seien nur so gut wie die Überraschung am Ende, und schon gar nicht Krimis, wie ich sie schreibe, und ich hoffe, man liest mein Buch nicht nur, um herauszufinden, wer es gewesen ist. Für den Fall, dass es jemand nicht verstehen sollte – am Schönsten ist es immer noch, wenn man es selbst herausfindet. Vor Jahren habe ich meinen Roman *Almost Blue* vorgestellt, am selben Tag, als er erschienen war, und deshalb hatte ihn außer dem Typen, der mich vorstellte, noch niemand gelesen. Er – ein tüchtiger, sympathischer, beflissener Mann – sagte gleich zu Beginn, *also, der Leguan*, und enthüllte damit das Ende. Das Publikum war sauer, am liebsten hätte ich gesagt, aber *nein, das stimmt gar nicht, so geht es nicht aus, das ist ein falsches Ende*, am liebsten hätte ich gesagt, Simones Farbentheorie sei genauso interessant wie die Überraschung am Ende. Ein Roman ist eine Geschichte, die man sich anhört, und man lauscht und hofft bis zum Ende, mit offenem Mund.

Deshalb appelliere ich an die Leser, die sich nicht zurückhalten können, das Finale zu erzählen, und auch an die Kritiker, die nicht über ein Buch schreiben können, ohne den ganzen Plot nachzuerzählen.

Ich bitte euch, offenbart nicht die zwei oder drei überraschenden Wendungen, die ich eingebaut habe. Tut es nicht, auch wenn ihr sie sofort erkennt, auch wenn euch das Buch nicht gefällt: bitte nicht.

Sonst hole ich euch der Reihe nach und reiße euch das Herz raus.

C. L.

Nachweis der zitierten Lieder

Die Liedtexte auf den Seiten 7, 83, 141, 171/172 und 209 stammen aus *Il sogno di volare*, einem Song, geschrieben und interpretiert von Andrea Buffa im Album *Il sogno di volare*, © & ℗ Galletti-Boston srl, Faenza 2011. https://itunes.apple.com/it/album/il-sogno-di-volare/id425135650?uo=4

Die Zeilen auf S. 13 stammen aus dem Lied *Non ricordo più*, gespielt von Bandabardò im Album *Tre passi avanti*, © On the Road Music Factory 2004.

Die Zeilen auf den Seiten 53–55 stammen aus dem Lied von Luca Carboni und Mauro Malavasi *La mia città*, gesungen von Luca Carboni im Album *Carboni*, © Bmg Ariola 1992.

Die Zeilen auf S. 85 stammen von dem von Till Lindemann verfassten Song *Benzin*, gespielt von den Rammstein im Album *Rosenrot*, © Motor Music Records 2005.

Die Zeilen auf den Seiten 130/131 stammen vom Lied von Anton Virgilio Savona *La merda*, gesungen von Anton Virgilio Savona im Album *È lunga la strada*, © I Dischi del Zodiaco 1973.

Die Zeilen auf S. 143 stammen aus dem Lied *Un servu e un Cristu*, einem sizilianischen Volkslied in der Bearbeitung von den Mattanza.

Die Zeilen auf den Seiten 197/198 stammen aus dem Lied *Ricchi e poveri*, nach einem Text von Francesco Salvatore Filocamo *Ricchi e povari*, gespielt von den Arangara im Album *Arangara*, © & ℗ Galletti-Boston srl, Faenza 2008.

Die Zeile auf S. 198 stammt aus dem Lied von Marina Restuccia (Marina Rei) und Davide Pinelli *Un inverno da baciare*, gesungen von Marina Rei und als Single aufgenommen, © Virgin 1999 (wiederaufgenommen im Album *Anime belle*, © Virgin/Emi 1999).

Die Zeilen auf den Seiten 247 und 257 stammen aus dem Lied von Peppe Voltarelli und Salvatore De Siena *Raggia*, gespielt von Il Parco delle Nuvole Pesanti im Album *Alisifare*, © Storie di note 1994.

Inhalt

Erster Teil 13

Zweiter Teil 85

Dritter Teil 143

Vierter Teil 209

In aller Kürze 268

Nachweis der zitierten Lieder 270